マイ・ファースト・レディ

尾北圭人

集英社文庫

My First Lady

Contents

Damn! Cinderella!!

First Lady
マイ・
Damn! Cinderella!!
ファースト・
レディ

プロローグ

「……シンデレラのヤツぅ、んにゃろぉ〜〜」

手にしたハンカチを落とした拍子に、慣れないヒールにガクンとバランスを崩しそうになって、秋葉麗（あきばあきら）は思わず悪態をついた。

最近、気付けば口をついて出るこのフレーズ。たとえ、声に出さなくたって、頭の中で悪態つくみたいに叫んじゃう。シンデレラ、こんにゃろう。シンデレラ、あんにゃろう。一人だけ、抜け駆けしやがってさぁ。別に、彼女が幸せになるのが許せないってワケじゃないの。世の多くの少女がそうであるように、かつて少女であった私にとっても、シンデレラは憧れのお姫様の一人だったのだから。

ある夜、母が読み聞かせてくれた『シンデレラ』にご満悦した私は、「ウチもシンデレラになれる？　王子様と結婚できる？」なんて、可愛い質問をしてみたことがある。

「ガラスの靴を落とすことやね」

母は、まったく可愛げのない返事をして絵本を閉じた。幼かった私は、母の言葉を額面通りに受け取ったけれど、今にして思えば、母はしたたかな女だったのだろう。

　だから小学五年生の夏、父がたった一枚の書き置きと多額の借金だけ残して蒸発した時も、母は顔色一つ変えはしなかった。それどころか、「今日何食べたい？」っていつもの調子で聞いてくるもんだから、私もつい「……ジンギスカン？」とか答えちゃって。「じゃ、買い出し行ってくるから」って、母は涼しい顔をして家を出て行った。それっきり、母も戻ってはこなかった。「マジか」とは思ったけど、不思議と悲しくはなかった。当時小学生だった私にとっては、これからどうやって生きていこうってことの方が大事だったからかもしれない。

　結局、親戚中をたらい回しにされた私は、行く先々で厄介者扱い。たまに若さに釣られてか、あわよくばと優しくしてくる男もいたけれど、居候ってだけでも肩身が狭いのに、オマケに女連中の僻（ひが）みまで一手に引き受けなくちゃならなくなるんだから、迷惑千万この上ないったらありゃしない。こっちだって追い出されないためにおべっか使うのに必死なワケで、掃除に洗濯、料理に身の回りの世話まで、お望みとあれば何でもどうぞの召使い生活。ご家族の和を乱さぬよう、起きて半畳寝て一畳の小部屋で、息を殺して身を潜める毎日。まるで気分はそう、憧れのシンデレラ。

　……シンデレラになれるかなって、そういうことじゃなかったんだけどな。

胸の内でモヤモヤと渦を巻くシンデレラに対する黒い感情。私だって、頑張ってんじやん？　私だって、超かわいそうじゃん？　私だって！　私だって不幸じゃんっ！　だのに、なぜ、なんで、どうして？　どうして、私の前に王子様は現れてくれないの。

　愛情と憎悪がそうであるように、憧れも時にまったく正反対の性質に転じることを、その後の人生で私は知った。そして悟ってしまったのだ。

　私にとってシンデレラは憧れではなく、嫉妬の対象なのだと。

「――ちょっと！　おねーさん！」

　背中越しに自分を呼び止める若い男の声に、麗はその場ではたと足を止めた。歌舞伎町(かぶきちょう)のガヤガヤと賑(にぎ)わう雑踏の声が耳に騒がしい。煩わしいネオンの明滅から逃れるように、麗は目尻に滲(にじ)んだ涙を指で拭いながら夜空を見上げた。

　また、やってしまった。記憶の奥底に埋没している忌まわしい過去を掘り起こすことに夢中になって、危うく仕事そっちのけで涙に溺れるところだった。

「ハンカチ、落としたよ」

　馴(な)れ馴(な)れしい口調。ホストらしき男の手には、麗が先刻落としたハンカチが握られている。その男――荒川(あらかわ)は麗の顔を確認すると、締まりのないにやけ面を更にだらしなく崩してヘラヘラと笑った。ひと目見て麗を気に入ったらしかった。

　それもそのはずで、素朴な黒髪、簡単に束ねたひとつ結び、パリッとしたリクルートスーツと、風俗街にはまるで場違いな麗の出(い)で立(た)ちは、ヘアスタイルからファッション、その後ろ姿に至るまで、何から何まで荒川好みに仕上げてある。対荒川に特化した餌と言い換えても差し支えない。でなければ、荒川もわざわざ落ちたハンカチを拾ってまで麗を呼び止めはしなかっただろう。麗も麗で荒川の容姿にさっと一瞥をくれる。毛先を遊ばせた派手な髪型に対して、地蔵のような丸顔にメイクをしてなお地味な顔立ち。この界隈に最近できたばかりのクラブに在籍している、見るからに三流のホスト。年齢は二十九歳。源氏名は確か……Ｔｈｅ・蔵。

麗は咄嗟に腹筋に力を込めた。「ふっ」と鼻から空気が漏れる。事前に入手した資料に目を通した時に散々爆笑したのに、本人を目の前にしてまた笑いがこみ上げてくる。競争激しいホストの世界で埋没しないためとはいえ、一体どういった経緯からこんな源氏名になったのか。やっぱり自分でも地蔵顔って自覚あるのかな。

「道にでも迷った？」

ここで計画を台無しにするワケにはいかない。麗は「えっ？」と大げさにすっとぼけた声を出すと、わざとらしく動揺しているふうの演技で身を強張らせた。拾わされたとは夢にも思わず、荒川の手の中でハンカチが揺れる。

古典的なやり方だが、ハンカチを落とすのは麗の常套手段だ。偶然を装えるし、労せずに男の方から声をかけてきてくれる。荒川は麗が狙う今回のターゲットだ。いつものように騙して、脅して、金を巻き上げる。彼はホストである自分の立場を利用して、何人もの女の子たちから金と性を搾取してきた。だから、特に心は痛まない。

「は、ハンカチ！　あ、ありがとうございますっ。えっと、なんてお礼を言えば……」

いかにも男慣れしていないといったたどたどしい口調で礼を言うと、麗は何度もペコペコと荒川に頭を下げた。荒川はさっきよりも若干浮ついた陽気な声で、「可愛い子だなぁって眺めてたら、落とすのが見えたからさぁ」と口説くようなお喋(しゃべ)りを始める。仕組まれた接触に気付く様子もなく、目の前の〝餌〟に夢中になっている。麗はいつもの作り笑いを浮かべながら、心の中でため息を吐(つ)いた。

この手を使う時はいつも比べてしまう。シンデレラと自分を。

これから地獄を見るとはつゆ知らず、荒川は饒舌(じょうぜつ)にお喋りを続けている。連絡先の交換、食事の誘い。麗にとっては事務的な会話が、彼女の意識の外で機械的に進んでいく。

私がガラスの靴を落とす相手は、決まってこんな男ばかり。王子様なんて、いやしない。だから、私は今日も彼女に悪態をつく。

秋葉麗。二十四歳、独身。住所不定。職業、詐欺師。借金——一千万とんで三千円。

シンデレラ、んにゃろぉ。

一章★ガラスの靴

都内、某テレビ局。全国に向けて数々の人気番組を制作・放送しているキー局の一つ。連日様々な芸能人たちが番組の収録に局を訪れるが、その姿を一目見ようとする熱心な輩（やから）の姿もそこにはある。所謂（いわゆる）〝出待ち〟というやつで、テレビ局では特別珍しい光景でもない。

「うわっ！　なんだぁ、こりゃあ？」

　しかし、その日の出待ちは、明らかに普段のそれとは様子が違っていた。エントランスから見える本社出入り口前でひしめく人集り（ひとだか）に、そのテレビ局に勤める男性社員は思わず間の抜けた声を漏らした。出待ちと呼ぶにはあまりにも人数が多すぎる。まるでライブ会場にでも押しかけてきたかのような、人、人、人の群れ。以前にも似たような規模の出待ちがなかったワケではないが、それはドラマ番組が全盛だった十数年前まで遡る。

　それに数だけではない。年齢層の幅広さも男性社員の目を引いた。見たところ老若男女を問わず、実に様々な人間がそこに集まっていた。制服姿の学生やスーツ姿の社会人はもちろん、カップルや親子連れ、プラカードを掲げて何かを叫ぶ団体、日の丸を掲げて軍服を着込んだコスプレイヤーらしき人間たちまでいる。普通、女性アイドルならオタク男性。男性アイドルなら若い女性。人気バンドには派手な追っかけが付くといった具合に、誰を出待ちしているにしろ、ファンを見ればそれがどの系統の芸能人なのか、ある程度の予想はつくものなのだが、本社出入り口に集まっている人々をいくら眺めてみても、男性社員には一体それが誰の出待ちであるのか、一向にわからなかった。

今はどこのキー局もドラマは低調だし、動画投稿サイトなどのネットのコンテンツに業界自体が押され気味だ。自分が知らないところで、何か人気の番組が出てきたのだろうか。それとも、今話題の動画投稿者が番組ゲストにでも出るのか？　しかし、それだとあの幅広い年齢層の説明がつかない。

「なあ。あれ、一体誰の出待ち？」

男性社員は受付に座る顔なじみに声をかけた。途端にぎょっとして顔をしかめる。いつもよりメイクが濃い。まつ毛は怒髪天を衝くかの如くギラギラと逆立っているし、唇はグロスでテカテカと艶めいている。彼女はどこか落ち着かないそわそわとした様子で、いつも以上にピンと背筋を伸ばし、出待ちが群がる出入り口前に意識を集中させていた。見れば、その場に待機している受付嬢たち全員がそんな調子だった。

「聞いてないんですか？」

　職務にはおよそ似つかわしくない、真っ赤な口紅を塗りたくった唇を震わして、別の受付嬢が出入り口前に視線を向けたまま答えた。

「正確には〝入待ち〟ですよ、アレ」

「入待ち？」男性社員は首を傾げるように入待ちの人々を一瞥する。「誰の？」

　外でグオォンと車のエンジン音が轟く。局の出入り口前に固まっていた人の群れが、一斉に正門を振り返った。通りを爽快に駆け抜けてきた一台の高級車が、ゲートを通り抜けて局の出入り口へと迫ってくる。エッジの利いた近未来的なデザイン、風を受け流す低い車高、太陽光を浴びて鋭く輝くメタリック・シルバーのボディ。国内屈指のスーパースポーツカー『ホンダNSX Type S』だ。局の前で停車すると、入待ちしていた人間たちが一斉にスーパーカーへと群がった。女性の黄色い悲鳴が飛び交う。警備員が応援を呼びながら、車に群がるファンの群れを車体から引き剥がしていく。運転席のドアが開いた。「きゃあっ！」と再び黄色い声が沸き起こる。運転席から降り立ったスーツ姿の男は、車のルーフに優雅に肘をかけて体重を預けると、彼の小顔にフィットしていた小振りなティアドロップ型のサングラスを外して、その場に集ったファンに向けてにこやかに微笑んだ。

「誰、俳優？」

男性社員は男に目を凝らしながら受付嬢になおも尋ね続けるが、彼女らは手ぐしを使って大急ぎで髪を整えるのに夢中で、彼のことなどすでに眼中にはない。その時、エントランスにも聞こえるような声量で、外の女子高生たちが声を揃えて叫んだ。

「せーのっ、総理ぃーー！」

三人の警備員による必死の警護と誘導の甲斐もあり、我妻総司はようやくテレビ局社屋の中までたどり着いた。エントランスでふぅっと一息つくと、くるりと後ろを振り返る。外の警備員に押し止められているファンもとい支持者たちに向けて、綺麗に並んだ白い歯を見せてにこやかに笑いかける。中には政権不支持の輩も交じってはいるが、それらもひとまとめにガラス越しの国民たちへ手を振った。

「そ、総理！」

外の人混みを抜けて、年配の男たちが次々とエントランスに流れ込んできた。乱れたロマンスグレーの髪を撫で付けながら、テレビ局の社長である小林が「総理！　これは、どういうことですか！」と泣き言を言うように叫んだ。

「これは、小林社長。遅れて申し訳ありません。前の公務が押してしまいましてね」

総司は先刻の爽やかな笑顔そのままに悪びれることなく言った。白い歯と共に左胸に付けられた菊花模様の議員バッジがキラリと光った。

「官邸に戻る時間もありませんでしたから、空港から私用車を飛ばして来たのですが。ああ、そうだ。車の中にさくらんぼがドッサリあるんですよ。前の公務が山形にある農園の視察でしてね。お土産（みやげ）に頂いたので、皆さんにもぜひ」

「そ、そういうことではなくて！　混乱を避けるため正面入り口は避け、地下駐車場の方にお越しくださいと……っ！　うちの局の者が事前にお伝えしておいたはずじゃないですか！」

「確かに秘書から聞いてはいたんですがね。貴重な時間を犠牲にしてまで私を待っている皆さんの姿を目にしたら、どうしてもそれに応えたくなりまして」

　総司はそう言って、再び外のファンたちに手を振った。わぁっと歓声が上がって人集りが揺れ動いた。「そ、総理……っ」と話を続けようとした小林の両脇から、取締役の津田（つだ）と城戸（きど）が名刺を持って割り込んだ。「ほ、報道局長の手塚（てづか）で」「プロデューサーのぉ」「チーフディ」と次から次へと名刺を差し出され、手短に握手を繰り返した。普段なら秘書官たちが間に入るところだが、信号にでも捕まっているのかまだ彼らの姿は見えない。やはり一人先に到着したのは失敗だったなと、総司は心の中で舌打ちした。

　ある程度名刺を受け取ったところで、受付の存在に気付いた。総司は「失礼」と一言告げると、逃げるようにしてそちらに向かって歩き出した。邪魔な名刺をさっと束ね、自身の体にフィットしているフルオーダーのジャケットの内ポケットへと滑り込ませた。

「こんにちは。申し訳ありませんが、あとで車の移動をお願いできますか？」総司はテレビ局前に止めたスーパーカーを一瞥して、カウンターにそのスマートキーを置いた。

「お手数をおかけしますが」

「い、いえ！　総理！　た、担当の者が責任を持って、お、お車を移動させて、い、頂きますのでっ！」

　緊張からか、受付嬢は声を震わせながらも一生懸命答えた。総司は彼女の胸元のネームプレートをさっと確認すると、「どうもありがとう。加藤(かとう)さん」と、しっかり彼女の名前を呼んで礼を言った。

「そ、総理！　あの、サインお願いできますか！」

　受付を離れる直前、チークで発熱した頬を更に真っ赤にしながら、加藤さんは恥じらうようにして、用意していた色紙をサインペンと共に総司に差し出した。

　予想していなかった展開に一瞬の間があったが、総司はすぐに機転を利かせると、受け取った色紙にサラサラとペンを走らせた。若者ウケを気にして極限まで崩した字体で、「内閣総理大臣　我妻総司」とサインを書いた。

「ありがとうございますぅ！」

　加藤さんの感激の声に、総司も「どういたしまして」とにこやかに返す。今度こそその場を離れようとしたところで、再び加藤さんが「それから！」と声を発した。

「握手も……よろしいでしょうか？」

遠慮がちに、かつ上目遣いに、総司を見上げる加藤さん。隣に居並ぶ他の受付嬢の殺気で場がピリつく。「なんでアンタばっかり！」なんて怒声が今にも聞こえてきそうだ。

握手。何の変哲もない、ごくありふれた彼女の要求。つつっと総司のこめかみを汗が伝う。ゴクリと生唾を飲み込むと、まるで聞こえていなかったかのように、総司は情けなくも弱々しい笑顔を加藤さんに向ける。

「あの、握手を……。私、我妻総理のファンなんですぅ！」

総司はチラリと局の外に目を向ける。出入り口前に止まる自身が乗ってきたスーパーカー以外に他の車の姿はなく、秘書官たちを乗せた公用車はまだ到着していない。

「あのぉ、総理」プロデューサーの某（なにがし）が平身低頭して総司を呼んだ。「そろそろスタジオの方にお願いできますでしょうかぁ？」

「キミたちも、なんだっ。業務に戻りなさい」

取締役の津田が浮つく受付嬢たちを一喝する。総司が助かったと思ったのも束の間（つかのま）、加藤さんは執念深く「お願いしますっ！」と強引に右手を差し伸べてきた。津田の「きみぃ！」という不機嫌な声がエントランスに響く。総司は情けない笑顔を崩さぬまま、汗ばんだ右手を握っては開いて、五指をぎこちなくパラパラと動かした。

小林社長と目が合う。総司の懇願するような視線から何かを察したのか、手を差し出し続ける加藤さんに厳しい表情で一瞥をくれる。

「政治家にとっては握手も仕事の一つですか。そう睨まれては邪魔立てはできませんな」

小林はさっきまでの厳しい表情を崩すと、微笑ましそうに傍観を決め込んだ。思わず「ええ……」と声を漏らしそうになる総司。完全に握手に時間を割くことを容認され、総司は恐る恐る加藤さんへと向き直った。彼女はカウンターから身を乗り出すようにして、更に右手を総司へと伸ばしている。覚悟を決めるしかない。

総司は口角の吊り上がった不自然でぎこちない笑顔を見せると、手の震えを必死に押し殺しながら彼女の右手を緩やかに摑んだ。ぞわっと背筋に悪寒が走る。加藤さんは総司が握る力の何倍もの握力で握手を返した。その瞬間、総司は卒倒してしまいそうな勢いで全身に鳥肌が立つのを感じた。いや、これは蕁麻疹だ。心臓がきゅっと凍りつく。体の芯から震えが起こり、手と足の先から首元に至るまで、体中が痒くてたまらない。

これは一種の〝アレルギー反応〟だ。

「ああっ。感激です。ありがとうございます、総理」

加藤さんがようやく総司の手を放し、恍惚とした表情で感謝の言葉を伝える。途端に、総司の心臓は息を吹き返したかのように激しく脈を打ち始めた。青ざめた顔。額に玉のような汗を浮き上がらせ、総司は小刻みに小さく浅い呼吸を繰り返している。

「総理、私も……！」「ズルいですぅ！　アタシだって握手してください！」

他の受付嬢たちから次々にあがる声に、総司は思わず「ヒィ……ッ！」と小さい悲鳴をあげる。

「いい加減にしないか！　さ、総理。どうぞ、スタジオの方へ」

津田が今度こそ受付嬢たちを叱責し、局長とプロデューサーらが「演者の皆さんもお待ちかねですから」と、総司の両脇を固めるようにしてその場から連れ出す。総司はフラフラとした足取りで、受付を後にした。未だ手のひらに残る女性の柔肌の感触に、もう一度だけ全身に波打つように鳥肌が立ったが、すぐに消えた。

○

「――我妻総司」

映像が始まると耳に心地よい美声のナレーションが流れ始めた。テレビやラジオでよく聞く男性ナレーターによる馴染み深い低音ボイス。確か帰国子女でＤＪの経験もあるんだったか、喋り方に独特の癖がある。そこが他のナレーターに埋もれない彼の魅力の一つになっているんだろうなと、総司はスタジオに組まれたセットの裏で一人納得していた。

「大学卒業後、我妻産業で数年の社員経験を経て政界入り。上松前政権のあと、弱冠三十歳にして史上最年少で内閣総理大臣に就任。与党内でも賛否が分かれたその異例とも言える大胆な人事により、政権発足時支持率歴代一位という国民からの圧倒的な支持を確立。その甘いルックスで特に若年層を中心に人気が爆発し、彼が表紙を飾った雑誌が全国的な品切れとなり話題にもなった。父は元総理大臣で我妻グループ会長の我妻龍彦(たつひこ)氏。親子二代で日本の――」

コーヒーの入った紙コップを片手に、自身の紹介映像をモニターで確認していた総司は、使用されている切り抜きに顔をしかめた。映像に映る総司の髪型は、政治家になってから続けているアップバングで清潔感のあるベリーショート。ただ、この時は髪が黒い。服はオーダーメイドで作ったブリティッシュテイストの日本製スーツ。少し迷ったがここはベーシックなスタイルでいこうと、柄物ではなくダークカラーの無地を選んだ。

この一年で何度見たか知れない、自身の総理大臣就任会見の映像だ。若さという点以外は、歴代の総理たちとなんら変わりのない無難なスタイル。あちこちで使われるこの就任時の会見映像を見るたびに、「やってしまったな」と総司は悔しさから苦虫を嚙(か)み潰したような顔になる。批判を恐れて守りに入ってしまった。マスコミに〝歴代最年少総理〟と取り沙汰され世間の注目を浴び、支持率が伸びたのはよかったが、あの就任会見で自分からその若さをアピールポイントとしてうまく活用できていれば、今頃はもっと現政権を勢いづかせることができていたかもしれない。

総司は常に携帯している愛用の手鏡を取り出し、自身の姿を確認した。以前は保守的で堅苦しかった黒髪も、今はアッシュカラーの比較的明るい髪色へと変え、より若々しさを演出している。スーツも番組の趣旨を汲み取り、ストライプが際立つネイビーカラーの少し派手な柄物を選んだ。

首相就任後、最年少総理というレッテルとルックスの良さを買われ、テレビ局からのオファーが殺到した。もちろん、お堅い政治番組などではない。それらの番組からの依頼よりも、バラエティ番組からの依頼が圧倒的だった。現に今日お呼ばれした番組『お茶の間ヒルズ』も毎日昼に生放送されている人気の帯番組で、大御所俳優の布施千広をメインMCに、芸人やタレントのワンコーナーを挟みながらその日のニュースを出演者たちで囃し立てる、バラエティ色の強い情報番組だ。多忙なため、せいぜい十五分程度の短い出演だが、こういったメディアへの露出は大事だと総司は考えていた。わざとらしく高級スーツを身にまとい、高級車に乗るのと理由は同じだ。若者向けのパフォーマンス。適度なキャラ付けは、芸能人だけでなく政治家にとっても強力な武器になることを、総司は理解していた。

真面目とは程遠いくだらない番組ではあるが、総理大臣という存在を身近に感じてもらえることで、それを入り口として国民にもっと政治について興味を持ってほしい――そういう意図から始めたテレビ出演、だったのだが。最近はタレントとしての性質に寄りすぎて、国のトップである総理大臣としての威厳が薄まっている気がする。

「……少し露出しすぎたか」

映像が終わりスタッフから合図が送られる。「では登場して頂きましょう。我妻総理です！」とMCの布施が声を張り、観客と出演者たちから拍手が沸き起こる。飲み干した空の紙コップをスタッフに手渡し、総司は慣れた笑顔でセット裏からカメラの前に躍り出た。

総司が出演したのは、日替わりで登場するゲストが出題者となり、テーマに沿ったクイズを出して出演者たちとトークを繰り広げるワンコーナー。今日のテーマはもちろん「政治」で、教養レベルのものから少しマニアックな難問まで、全三問を面白おかしく消化した。

「現職の総理大臣が直々に政治のレクチャーをしてくれるなんて、なかなかない機会ですからね。ねぇ？」

布施が柔和な笑顔で出演者たちに同意を求める。

「では、最後に総理。日本中の皆さんが、あなたの若い力がこの国を変えてくれると、そう信じて期待していると思うんですが。この日本を、これからどういった国にしていきたいですか？」

布施からそんなことを尋ねられ、緩みきっていた総司の顔つきがいくらか精悍さを取り戻す。還暦近い布施から見れば、三十そこそこの総司などまだまだ若輩者。それが総理大臣という立場で一国の舵取りを任されている。三十代という若さで国のトップを務めることは、世界的に見て前例がないワケではないが、日本では初めてのことだ。そんな経験も思慮も浅い若造にこの国を任せていいのか。その判断を今一度テレビの前の国民に問う。そんな挑発的な姿勢を、総司は布施から密かに感じ取っていた。

そうこなくては。むしろこれからは、こういった緩みきった場でも、時には真面目に日本のこれからを話し合っていけるような、そんな番組作りを局も目指していかなくてはならない。バカをやって、アハハと笑っているだけではつまらない。こういう機会を与えられるからこそ、自分もこんなくだらない番組に出た甲斐があるというものだ。

総司は「そうですね」と短く言うと、「その前に」と前置きした。

「皆さん。現在の日本の総人口、おわかりになりますか？」

「……百億くらいですか！」

この場では一番若いまだ十代のアイドル菊池すずが真っ先に答える。お笑いコンビ『ラジオタイム』のボケ担当西村が「世界人口超えとるがな！」とツッコみ、笑いが起きた。

「一億三千万人とか。そんな感じだったような」

同じくラジオタイムのツッコミ担当唐沢がおぼろげな記憶を頼りに答えた。総司はスマートに彼を指差し、「そうです」と爽やかに微笑んだ。

「もっと正確に言えば一億二千六百万人ほど。六十五歳以上の高齢者が三千六百万人で全体の三十パーセント近くを占め、十五歳未満の子どもたちは十二パーセントを占める千五百万人」

「じゃあ、ここにいる大半が該当しそうな十五歳から六十四歳の人間は……七千五百万人くらいってことですかぁ。生産年齢人口っちゅうやつですよね」

「へぇ。子どもってそんなに少ないんだー」

先刻のクイズの延長のような雰囲気で、西村とすずがごく自然にリアクションを返す。

「二十年後には日本の総人口の四割近くが高齢者だって話ですからね。子どもの数も一割を切るんじゃないですか？」

「残念ながら、そういう未来がすぐそこまで迫っていることは事実ですね」

布施の言葉に、取り繕う様子もなく総司は頷いた。

「少子高齢化は今の日本が抱えている深刻な問題の一つでしょう。つまり、総理は少子高齢化対策に力を入れようと、そう考えておられるワケですか？」

「もちろん、少子高齢化については、前政権以前から早急な解決を目指して取り組んできた問題ではあります。少子化の背景には結婚をする人が減ったことが事実としてありますが、二十年後には生涯未婚率が女性で二割、男性は三割に達すると言われています。一人の女性が一生の間に生む子どもの数の指標として出生率というものがありますが、これは五年連続で前年を下回り続けている。昨年生まれた子どもの数は八十四万人ですが、今年は八十万人を下回る可能性まで出てきた。人あってこその国です。人口減を受け、移民受け入れの是非も問われ始めていますが、何よりもまずは出生率を回復し、子育てのしやすい環境を整えることが急務だと、私は考えます」

「最早(もはや)手遅れという意見も聞きますがねぇ」

ＭＣの布施はクスリともせず、少し棘(とげ)のある言い方でぼやいた。それでも総司は顔色一つ変えずに、「確かに」とむしろ肯定するような言い方で答える。

「先程のお話にも出た二十年後という未来を考えれば、遅すぎる話かもしれません。しかし、私はまだ三十一歳ですから。国民の皆さんに期待して頂いているこの〝若い力〟を全力で政治に傾ければ、これからの二十年で、その更に二十年後をより良い未来に変えることができるかもしれない。いや、変えてみせます。日進月歩とはいきませんが、牛歩千里の心構えで、必ず。それが私の目指す日本です」

淀(よど)みのない力強い言葉でそう言い終えると、観客席からワッと拍手が沸き起こった。出演者もそれに釣られて拍手を重ねる。大舞台でオーケストラの指揮をやり遂げたマエストロのような満足そうな笑顔で、観客席に手を振る総司。「で、でもねぇ」と、ＭＣの布施だけが納得いってなさそうな様子で、眉間に皺の寄る複雑な表情を浮かべていた。

「だって、総理。そもそもあなた……」

そこまで言いかけて布施は口ごもった。生放送の様子を見守っている局の重役たちが、布施に視線を合わせて難しい顔で首を横に振る。情報番組の皮をかぶったバラエティ番組で何を真面目くさったことをやっているんだと、そう言わんばかりのしかめっ面。時間も頃合いだからさっさとコーナーを締めろと、身振り手振りで場を急かす。

さすがにプロである。布施は私情を胸の内に秘めると、また以前の柔和な笑顔を作って総司へと向き直り、「なるほどぉ」と大きく頷いた。

「今日はどうもありがとうございました。我妻総理大臣でしたっ」

布施が声高にそう言って総司を送り出そうとした時、ギャル系の人気モデルＮＯＳＥが「……でもさぁ」と呟いた。

「総理ってぇ、結婚してなくない？」

○

昼過ぎになってようやく目を覚ました麗は、せんべい布団の上にムクリと上体を起こした。笑い声に釣られ、リビングにあるつけっぱなしのテレビに視線が向く。寝起き限定のブサイクな顔を晒しながら、開け放たれた部屋越しに、放送されている情報バラエティ番組をぼーっと眺めた。番組では何かクイズをやっていて、絶えず笑いが起こっている。「そうり」だとか「だいじん」だとかいうワードが聞こえてきたが、寝ぼけた頭には文字の羅列としてしか認識されない。ふあっと、大きなあくびをして目をシパシパと瞬かせた。

「やっと起きたん？」

友人の萩原サクラが、お湯を入れたばかりのカップ麺を手にして麗のいる寝室を覗いた。テレビの前のガラステーブルにトンとカップ麺を置くと、リモコンを片手に座椅子にドカッと腰を下ろし、テレビのチャンネルをザッピングする。麗はもう一度大きなあくびをしてから立ち上がると、スウェットシャツの下に右腕を突っ込んで、ポリポリと左の脇腹を掻いた。

麗がサクラのマンションに転がり込んで来てもう半年になる。抱えている多額の借金の返済に追われ、万年金欠の家なき子である麗は、ここ数年友人宅を転々としていた。しかし、行く先々で友人たちは次々と結婚。

「ごめん！　彼氏と住むことになって！」「プロポーズされちゃったぁ」「結婚。出てけ」

と、これまでに麗は散々な退去通告を受け続けてきた。そして彼女が最後に頼ったのが、同郷の友人であり、池袋でキャバ嬢をしているサクラだった。店から与えられている1DK。一人で住むには快適だが二人で住むには窮屈なその部屋に、サクラは渋々麗を迎え入れたのだった。

「あ。リリー・ブランシェットだ。麗、好きだったよね」

午後のロードショーでは少し古い洋画を放送していて、主演のハリウッド女優リリー・ブランシェット扮する詐欺師が、ターゲットから盗み出した指輪を眺めて可愛らしく笑っている。テレビを眺めてサクラが羨ましそうにため息を漏らした。

「彼女も今やファースト・レディだもんねー。日本で言えば首相夫人？　総理大臣のお嫁さんなんて、まさにお姫様気分じゃない？」

「総理大臣っておじいちゃんがなるものでしょ。だったら夫人だって、その頃にはお姫様って年でもないんじゃないの」

のそっと起き出してきた麗は、寝室の入り口にもたれかかり尻を掻きながら言った。サクラは呆れた調子で「アンタ、相変わらず不勉強ねぇ」と笑う。

「少しはニュースを見なさいよ。今の総理大臣は若いし超イケメンなんだから」

サクラは蓋をしたカップ麺を脇に退けて、鏡を見ながら化粧をしている。麗は興味なげに「ふーん」と言って、「あ。旅行、来週だっけ？」と話題を変えた。「彼と二人、仲良く沖縄かぁ」

サクラはビューラーを使ってまつ毛をいじりながら、「お？　おーん」と間抜けな返事を返した。

「しかし続くよねぇ。今の彼氏、もう二年だっけ？」

麗の質問には答えず、サクラはぺろりと捲れるカップ麺の蓋をリモコンで押さえ、

「そういやさぁ」と化粧を続けながら言った。

「ユキ、結婚するらしいよ」

「え！　まじ？」

「うん。あの奥手な子がビックリだよねぇ。しかも授かり婚」

「どいつもこいつも、んにゃろぉ……」

恨み節でも吐くように、嫉妬に悶えるような声でくだを巻く麗。おまえらまで抜け駆けかと、シンデレラに対するものと同じドス黒い感情が胸の内を支配する。同時に、素直に他人の幸せを祝ってやれない自身の心の余裕のなさに気付き、悲しくなる。そんな麗の不毛な思考を、サクラのズズッと麺を啜る音が遮った。途端にググーッと麗のお腹が鳴った。

「……私も食べよっかなぁ」

「百五十円」

「小さい方ないからツケといて」

「ツケのこと言い出したら大きい方要求しなくちゃならんのだけど？」

麗はそそくさとキッチンに行くと、ヤカンをＩＨコンロにかけた。

「そういやさぁ」とサクラ。「アンタのスマホめっちゃ鳴ってたけどぉ？」

「あー。たぶん、ゴリラ。今日、お金持っていくことになってる」

「例のクソホストから巻き上げた金？　名前なんだったっけ？」

「Ｔｈｅ蔵」

テーブルの方からブフォッと音がしてサクラが咳き込んだ。啜っていた麺を噴き出したらしい。肩を震わせて「ヒィヒィ」と悶えるように笑っているサクラの声がリビングから漏れ聞こえてくる。麗もカウンターに両手をついてプルプルと体を震わせながら、声を押し殺し切れずにくつくつと笑っていた。

「――借金の返済はどんな感じ？」

シーフードの麺をズルズルと啜りながら、戻ってきた麗にサクラが聞いた。まだ三分経過していない同じシーフード味のカップ麺をテーブルに置き、「うーん」と曖昧に笑いながら麗も自身の座椅子に腰を下ろした。

「私の方は今日の返済分でなんとかかね」

「一千万完済？　よくやるよねぇ、麗も。自分がこさえた借金でもないのにさぁ」

「まぁ」

「んで？　元凶である元カレの浜村くんの方はどうなってんの？」

「別に頻繁に連絡を取り合ってるワケじゃないし……。あっちはあっちでコツコツとやってるんじゃないの」

「麗。アンタ、まさかまだアイツに気があるんじゃないでしょうね？」

ポンパドールで強調されたデコをズイッと突き出し、サクラは麗に疑いの目を向ける。

「無事あっちの借金もチャラになったら、もう一度やり直そうとか思ってんじゃないの？」

「……思ってるワケないじゃん」

サクラの質問から逃げるようにして、まだ三分経っていないカップ麺を啜る。グニッとしたゴムのような麺の食感に麗は顔をしかめた。

「『アイツも心入れ替えて頑張ってるみたいだし、許してやるかぁ』みたいな」

「勝手に私の心の声を代弁するのやめて」

「あ。やっぱり心の声なん？」

「あー、もう！　うっさい、うっさい」

サクラがゲラゲラと笑う。麗はそんな悪友を恨めしそうな目で見ながら、まずい麺を啜り続けた。「でもさぁ」とサクラは明るく言う。

「これでとりあえずは自由の身じゃんね？　真面目な話、将来のこと考えてる？」

サクラが珍しく真面目なことを言うので、麗も少しかしこまった様子で「……一応」と呟いた。

「もう詐欺はしない。真面目に働いて、まずは貯金！　お金が貯まったら、ありきたりだけど、どこか学校に行って資格を取ろうと思ってる。まだ具体的にどんな資格を取って、どんな仕事がしたいのか決まってるワケじゃないけどさ。私の人生って今までがどん底すぎて、ずっと暗闇でもがいて生きてきたワケじゃない？　だから、ちょっとでも光が見える方向に進みたいっていうか」

うまく言葉にできないもどかしさに、麗ははにかんだ笑みを浮かべて言った。「伝わるかなぁ」とチラリとサクラを見る。サクラは「伝わってるよ」と満開の笑顔で頷いた。二人して妙に嬉しくなり、アハハと意味もなく大笑いした。

「麗ももう安心だね」

化粧を済ませたサクラがカップ麺の空き容器を手に席を立つ。麗はすっかり汁を吸って湯伸びした麺をズルズルと啜った。ゴミ箱にガコンと容器を捨て入れ、「そういやさぁ」とサクラはいつもの調子で言った。

「私も結婚することになったわぁ」

「ふーん。それはめでたいねぇ」

ズズッとスープを吸う。蓋の裏の水滴が鼻についた。鬱陶しいなぁと蓋を完全に剝ぎ取ったところで、麗は「……え？」とキッチンにいるサクラを見た。

「結婚することになったから」

サクラはニコッとキャバ嬢モードの笑顔を作る。

「今月中に出てってね」

○

大貫が経営する消費者金融『ＦＧＦ』は、代々木駅近くの雑居ビル、その三階にあった。日が落ち始めた黄昏時に見上げる薄汚い雑居ビルの佇まいは、たまの特番で放送される心霊ドラマに出てきそうな不気味な雰囲気を纏っている。しかし、麗は目の前の古びた雑居ビルをフンッと鼻で笑った。本当にコワイのはこの雑居ビルを根城にしているあの男の方だ。なにせ大貫は、九州最大の暴力団組織の元構成員なのだから。

「オメエ、なんだぁ？　その頭はよぉ」

来客用の黒いソファで横になって紫煙を燻らせていた大貫錠は、入り口に立つ彼女を指差してぶははっと豪快に笑った。百九十センチを超える巨体をムクリと起き上がらせ、大股を広げて座り直すと、テーブルの上の灰皿にグリグリと吸い殻を押し付ける。

「今更髪なんて黒くしちまって、就職活動でも始めるつもりかい？　なあ、姫」

「姫って呼ばないで！」

ムカつきを隠しもせずに麗は言った。

まだ少女だった麗が大貫と初めて出会ったのは、両親が雲隠れした数日後のこと。借金の取り立てに家に押しかけてきたのが、当時まだ組織の構成員をしていた頃の大貫だった。髭面(ひげづら)で頰に傷はあるし、部屋の天井に迫るくらいバカデカい大貫の姿に、麗は正直なところビビっていた。魔法で人間に変えられたゴリラとさえ思った。大貫は事情を察すると、一人家に取り残されていた麗の隣にドカリと腰を落ち着けた。タンスを背にしてしばらくの間、二人して黙ったまま座っていた。大貫は部屋の隅に転がっていたボロボロのシンデレラの絵本に手を伸ばして中を開いた。「シンデレラ好きなのか？」と麗に尋ねる。頷いた。

「……同情はするけどよ。ま、世の中そんなもんだ」

自分に言ったのか、それともシンデレラに言ったのかはわからない。継母(ままはは)たちにこき使われているシンデレラの頁(ページ)を眺めながら、大貫がフンと笑ったのを麗は覚えている。

「んじゃ。行こうか、お姫サマ」

大貫はそう言って麗を自宅へ連れ帰った。数日面倒を見たあと、親戚に預けられた。どうやら、大貫が自分を預かってくれるよう親戚中に掛け合ったらしいことを、あとになって麗は知った。最初の親戚に引き取られる別れ際、大貫は言った。

「腐らず頑張れや。親が見つからなかったら、借金はオマエが払うことになるんだからな」

大貫は助手席に座る麗の頭を窓越しにワシャワシャと豪快に撫でた。脅し文句のような台詞には似つかわしくない、晴れ晴れとした別れだった。

――いつものように大貫の向かいに腰を下ろした。「仕事で染めただけ」、そう言って麗はろくに梳かしてこなかった髪の毛をかき上げて、ワシャワシャと頭を掻く。大貫相手におめかしをしても仕方がないので、彼と会う時の麗はいつもこんな調子だ。髪もメイクもろくに整えず、部屋着同然のラフな格好で着の身着のままやってくる。「でも、あながち間違いじゃないかもよ」と、麗はポケットから皺の寄る分厚い茶封筒を取り出してテーブルに置いた。大貫は封筒を取り上げて中身を確認する。そんな大貫の陰影のある顔を眺めて、この人も年をとったんだなぁと麗はなんとなくそんなことを思った。

「すげぇな。たった四年で完済しちまいやがったよ」

「父親の借金五百万、それと雅人の借金五百万。合わせて一千万円、今回でしっかり返したからね」

大貫は上機嫌な声で「おうおう」と大きく頷き、封筒の中の札束をざっと数えて再び戻した。「大したお姫様だ」とニヒヒと笑い、白髪の交じる顎鬚をジョリジョリと撫でた。

「オマエもよくやるねぇ。浜村なんてクズの借金を半分肩代わりしてやるなんてよ」

「ふん。言われなくても後悔してるわよ」

麗は苛立たしげに言うと勢いよく立ち上がった。「それじゃあね」と、踵を返して出口へ向かうが立ち止まった。躊躇いがちに生唾を飲み込み、掠れた声で「あ、あのさ。雅人の方は――」と言いかけた。「じゃ、次の返済もよろしくな」と大貫のでかい声が麗の声をかき消した。

「はい？」

大貫は新しいタバコに火をつけて一服すると、「だから。次もよろしくなって」と同じ言葉を繰り返した。元の場所に引き返す麗。

「次ってなに？」

「だからぁ、浜村の残りの借金だよ。アイツ結局飛びやがった。逃げちまったんだよ。だから、残りの金は保証人のオマエが払うってことだ」

「はあ⁉　逃げただとぉ⁉　あ、あ、あの……！　あんの甲斐性なしぃ……っ！」

麗が力任せに叫んでテーブルに両手を叩きつけた。灰皿が飛び上がり、テーブルに灰と吸い殻が散らばる。「おいおい、散らかすなよぉ」と、大貫が慌てて散らばった吸い殻を片付けた。

あんなヤツを好きになったのが間違いだった。若気の至り、同じく社会のどん底を当てもなく彷徨う下流の者同士、傷を舐め合ったのが運の尽きだ。いや、アイツは私の傷を舐めるフリをして、スネをかじり、骨の髄までしゃぶりつくしやがった。

もう一度叫びだしたくなる衝動を必死に抑え、麗はできるだけ冷静でいることに努めた。残りの借金じゃないの、と心の中でポジティブに考える。微々たる返済額とはいえ、アイツだって途中まではコツコツと借金を返していたワケだから。五百万の半分……とまではいかずも、二百万、百万、この際五十万でもいい。それくらいは返済して、私の負担を軽くしているはず。麗は力のない笑みを浮かべて、目の前の大貫を見た。

「残り、いくら？」

「確かぁ、六百万くらいかな」

「なんで増えてんだっ！」

怒りに任せてもう一度叫んだ。テーブルに両手を叩きつけ、灰皿の中身が再び飛び散った。「ちょっ！　おいぃ！」と、大貫がまた大慌てで散らばった吸い殻を片付ける。

「アイツ毎月の利息分くらいしか返せてなかったし、ここ数ヶ月はそれすら滞ってたからなぁ。オマケに他所でもうまいこと金を借りていたみたいで、同業者連中も血眼になって浜村を捜していることだろうよ。今頃、沈められてたりしてな」

一気に全身の力が抜けて、麗はソファに倒れ込むようにして腰を下ろした。燃え尽きたように口を半開きにして虚空を見上げる麗の姿を哀れに思ったのか、大貫は「仕方ねえなぁ」と紫煙を吐きながらぼやくように言った。

「仕事場、紹介してやろうか？　この手の斡旋は先代の時に痛い目を見たんであまり気乗りはしねぇんだがなぁ」

「先代って、ここ大貫さんの会社でしょ？」

「元々は俺の兄貴分がやってた会社だ。社名こそ今風の横文字に改名させてもらったが」

「ＦＧＦ？　そういえば、それって何の略？」

「あん？　……フェアリーゴッドファーザー」

大貫が気恥ずかしそうに答える。麗は眉間に皺を寄せて小首を傾げた。

「それどういう意味？」

「オマエよぉ。ちったあ勉強しろ。だから高校くらい出とけって言ったんだ」

親の小言を聞かされる中学生のような態度で、麗はべっと舌を出して耳を塞ぐ仕草をした。大貫は「まあ、いいや」と呆れたように呟く。

「で、やるか？」

「やるかって……。それってつまり」

「詐欺しかねぇだろうがよぉ。所謂、結婚詐欺ってやつか？　結婚相談所でカモを見つけてカネをふんだくれよ。見込みありそうなら、うちの優良顧客にでもなってもらうかねぇ。最近は街金も大変なんでなぁ」

麗の顔がゲンナリと歪む。「……詐欺はもうしたくない」と小さく抗議するが、大貫はそれをフンと一笑に付した。

「麗。学のないオマエを雇ってくれる会社がどれだけあると思ってんだ？　たとえ働けたとして、この額を本当に返しきれると思ってんのか？　第一、人騙す以外にオマエにできることなんてあるのかよ」

麗は黙ったまま答えない。そんなこと、この四年をかけて一千万もの借金を返済した自分自身が、一番よくわかっていた。無理だ。だからこそ詐欺という手段に頼ったのだから。持たざる者である自分が何かを得るには、他人から騙し取るしかない。

「俺は忠告したはずだぞ。オマエが世話になってた親戚の家を出る時も、浜村と関係を持った時も。それでも決断し、我を通したのはオマエだ。だから、同情はしないぜ」

説教じみた大貫の言葉に言い返せず、麗はズズッとソファに深くもたれかかった。不貞腐(ふてくさ)れたような深いため息を吐く。同時に大貫も紫煙を吐いて、「で、やるのか？」と渋い声でもう一度尋ねた。麗は不機嫌を隠そうともしない声で、「やる」と小さく唸(うな)った。

◯

「共演NGだ」

テレビ局での生放送出演から数時間後。公用車の車内。総理大臣専用車、最新式『トヨタ・センチュリー』の柔らかなリアシートに腰を沈めながら、総司は先程から何度言っているか知れない言葉を繰り返した。隣に座る主席秘書官の橘勇介は「芸能人じゃないんですから」と、呆れた物言いでポリポリとこめかみを掻いている。

党から内閣総理大臣としての打診を受けた時、以前から目をつけていた同世代の優秀な官僚の一人である橘を秘書官として採用することを、条件の一つとして提示した。自身の三十代での首相抜擢は党の人気取りに過ぎず、首相に就任したからといって党による行動制限で自由な執政ができないことはわかりきっていたし、首相以外の人選は従来の老人たちで固め、何か不都合が生じた時は即刻首をすげ替え、やはり若いものに政治は任せておけないと世論を誘導しようとすることも目に見えていた。橘の採用は総司のほんのささやかな抵抗であり、今では数少ない気を許せる人間の一人となっていた。

「何が『結婚してなくない？』だ！　結婚してなくて悪いか！」

「子育て支援、出生率回復を掲げる人間が未婚はまずいでしょうよ」

憤慨する総司を尻目に、タブレットでメールをチェックしながら橘が言う。表情の変化に乏しいいつもの澄まし顔が、今日は余計に冷めきって見える。

一国のトップとしてのこれからの心構えを問われ、自信満々に少子高齢化対策、子育て支援強化を表明したあとの、コーナー終了直前に放たれたギャル系モデルＮＯＳＥの鋭い一言。

――総理、結婚してなくない？

それまで鳴り響いていた拍手がピタリと止(や)み、スタジオの空気が一瞬で凍りついたのがわかった。夢から現実に戻されたような微妙な空気の漂うスタジオの中で、総司は道化のような笑みを顔に貼り付けたまま、バカみたいに突っ立っているしかなかった。

「あのモデルの子だって悪気があったワケじゃないでしょう。事実を言っただけですよ。それに、あれは総理だって悪い」

「僕が？　何で？」

「普段はイケメン総理だの最年少総理だの、政治家というよりもタレント的な扱いを受けることが多いですからね。それが、ああいった番組では珍しく真面目なコメントを求められたものだから、総理はつい調子をおこきになられた」

タブレットからは顔を上げず、眼鏡(メガネ)のブリッジを軽く押さえながら橘は言った。

「まだ具体的な話を何も通していないのに、あんなことを言って。あとで党の老人方に何を言われるかわかったものじゃありませんね」

「この際、結婚しちゃったらどうです？」

話を聞いていた事務秘書官の一人で紅一点の深津尚美(ふかつなおみ)が、助手席から後部座席を振り返り、総司に向けてひょっこりと顔を覗かせた。眼力のある大きな目を細め、どこか茶化すような緩んだ笑みを浮かべている。

「総理おモテになるんだし。いっそのことお相手を公募でもして大々的に披露宴を執り行っちゃえばいいんですよ。総理自らが未婚率改善の旗手として結婚してみせれば、少子化対策強化、子育て支援の説得力も増すし」

「しかし、結婚は女性票が離れる可能性も」

「橘さぁん。そこは総理の立ち回り次第じゃないですか？　彼氏バレしたアイドルとか声優だって、処女演じながら隠れてコソコソ乳繰り合ってるから炎上するワケですよ」

「一理ある。けれど総理には支持率という明確な指標が存在する以上、結婚は慎重にならなければ」

「臆病者」

冷静に分析する橘に対して、尚美は吐き捨てるように言った。総司は「結婚か」と、半ば刑執行に怯(おび)える死刑囚のような心境で暗い声を漏らした。尚美が「そうだ」とファイルから書類を取り出す。それを総司の方へと手を伸ばして差し出した。

「次の会場で読むスピーチ原稿。ご指示通り、三十秒短縮で直しておきましたので」

「ん」と唸るように頷いて原稿に手を伸ばす総司。尚美の指に触れた。さらりとした指の感触に「あっ」と気付いた時には、腕に蕁麻疹が出ていた。総司は「うわぁっ！」と反射的に手を離した。その手に橘がすかさず携帯消毒液を噴霧する。尚美が「あ。失礼」と悪びれずに言った。

「深津！　な、なんで手袋をしていないんだ！」

「助手席だから接触しないし外してたんですよ。けど、それじゃやっぱり結婚は無理ですよねぇ。女性アレルギー。バレたら結婚どころか、政治生命絶たれますよ」

「女性に触れると蕁麻疹が出る。ヒドイ時は側にいられるだけで痒くなる、か。確実に女性の支持者は離れるでしょうね。消毒液で手を拭く画なんて特にヒドイ」

「私も初めてそれされた時、最悪って思いましたからね。女をバイキン扱いですかって」

　橘と尚美から浴びせられる辛辣な言葉の数々。総司は消毒液に塗れた指を揉みながら「……別にそんなことは」と口ごもる。

「僕だってこのアレルギーには子どもの頃から難儀しているんだ。一度医者に診てもらったが、精神的なものだと言われた。色々と薬や精神療法を試したが治らなかった。その中で唯一効果があったのが消毒液なんだよ」

「ほら。やっぱり女性を汚いと思ってるんじゃないですかぁ」

「女性を不潔だと思ったことは断じてない。口では説明し難いけど、アルコールが乾くあのスッとした感覚が痒みをリセットしてくれる気がするんだよ」

「女性と握手するたびに、さり気なく総理の手に消毒液をスプレーする私たちの身にもなってくださいよね」

「政治家にとっての握手は呼吸と同じですから。女性アレルギーは致命的だ」

「それを一番理解しているのは当人であるこの僕だろ。今日だってキミたちの到着が遅れたせいで危うく卒倒しかけたんだから」

「総理が私たちの制止も聞かずに勝手に走って行ってしまわれたんじゃないですか。あー、深津くん。総理の車、あとで回収の手配を」

「しておきましたー」

橘の指示に被せ気味に尚美は答えた。

総司はスピーチ原稿に目を落としながら大きなため息を吐いた。

総司たちの乗る公用車は都内の一流ホテルに到着した。そこで開かれていたのは与党最大派閥『人和政策研究会』による政治資金パーティー。同派閥に属する総司も来賓として招かれ、簡単なスピーチを披露した。与党の幹部はもちろん、出席者にもあらゆる業界の名だたる有力者たちが名を連ねるこの場所で、手短にスピーチを終えた総司は、その流れでそそくさと会場を後にしようとする。

「総司くん」

背後から名前を呼ばれてギクリと体を震わせる。振り返ると前総理大臣であり与党党首の上松総裁が立っていた。通常であれば総裁選に勝ち党首となった人間がそのまま総理大臣に就任するのが慣例であるが、総司の総理起用は云わば国民へのパフォーマンスであり、人気取り。政権退陣後も依然上松が総裁として君臨し、強権を振るっていた。

上松は腹の出た恰幅（かっぷく）のいい体を弾ませ総司に歩み寄ると、すきっ歯の目立つ明るい笑顔を見せて「いやぁ。テレビ見たよぉ」と唸った。

「やっぱりキミはテレビ映えするよなぁ。若い頃の我妻さんもなかなかの男前だったけど。総司くんはお父さんよりもっと垢抜（あかぬ）けてるよ」

上松はメガネの奥の目を細め、アハハと愉快に笑った。

「総司くんが無事総理に選ばれてよかったよぉ。あ、つい人前で。いかんいかん。申し訳ない、総理」

「やめてくださいよ、上松さん。普段通り総司でいいですから」

「そうかい？　でも」上松の声色が低くなる。「あのコメントはよくなかったねぇ」

（……きた）

総司は内心うんざりとした気持ちで「はあ」と苦笑する。

「キミはまだ若いから。こう……この世の中を変えてやろうと！　そういう熱い想（おも）いを抱（いだ）きながら政治に取り組んでいる。その気持ちはわかる。若い頃は私だってそうだった。しかしだよ。これまで我が党が取り組んできた少子高齢化対策や子育て支援が、まるで失敗だったみたいな、ああいった物言いはいかがなものかねぇ」

後ろの方で小さく「だから言ったのに」と橘が呟く声が聞こえた。尚美が頷くのもなんとなくの気配でわかった。総司は苦々しい表情で「申し訳ありません」と上松に頭を下げる。「私としてはそういった意図はなかったのですが」

「そっちに意図はなくても結局受け手次第だからねぇ。特にマスコミはあることないこと面白おかしく書くぞぉ。一介の議員と国の代表たる総理大臣とでは言葉の重みが違ってくるんだから。そこは党としても気をつけて頂かないとねぇ。総理」

「……申し訳ありませんでした」

上松は「いやいやぁ！」と陽気に言って、否定するように右手を左右に振った。「ちょっと気になっただけのことだから」と白々しい笑い声をあげる。

「でも、あのNOSEちゃんの一言は傑作だったなぁ」

「……は？」

「怖いもの知らずと言うかねぇ？　言い辛いことをハッキリ言うというか」

上松は声に出さぬよう肩を震わせて可笑しそうに笑った。

「でもいい機会だ。この際だから結婚しなさいよ。やはり国を統べる者が未婚ってのは格好がつかない。世間体的にもよろしくない。嫁を貰って家族を作れば、より一層政にも身が入るというもの。これは総裁命令だよ」

上松がすきっ歯を見せてにっこり笑う。「いや、それは……」と言いかけた総司の言葉を「総理！　総理！」という複数の叫び声が飲み込んだ。パーティーに参加しているあらゆる企業や組織、団体の有力者たちが、冊子を片手に押し寄せてくる。

「うちの子を是非！」「総理！　私の娘どうですか！」「孫はまだ十六ですがミスコンで優勝もした才女ですゆえ！　何卒（なにとぞ）！」

開いた冊子を総司に向けながら口々に似たようなことを口走った。冊子の見開きには若い女性の写真。それはどう見てもお見合い写真に違いなかった。押し寄せてくる人波に秘書官とSP共々もみくちゃにされ、総司は逃げるようにして会場の出口に向かった。

「総理！」と血走った目でなんとか見合いの約束を取り付けようとしてくる彼らの包囲網を突破し、総司は命からがら会場の外へと逃げ出した。


「総裁命令ときたか。あのタヌキ親父（おやじ）め。最初から準備してたな」

「ったく。総理が調子なんてこくからですよ」

エレベーターのボタンを連打する総司の横で橘が刺々（とげとげ）しく言った。

「どさくさ紛れに体触られたんですけど！」

遅れて会場を抜け出してきた尚美が警護のSPたちをゾロゾロと引き連れて追いついた。「あのジジイども！」と乱れた髪と服を直しながら悪態をつく。エレベーターの扉が開いた。同時に総司の片眉がヒクつくように吊り上がった。

「おや？　これはこれは我妻総理ではありませんか。いやぁ、はっは。実に奇遇だ」

「横谷……さん」

野党第一党の党首、横谷虎造が胡散臭い笑顔で総司を出迎えた。傍らには初顔の若い女性秘書が一人くっついている。

「あー、そうか。今夜は人和会の会合でしたか。小耳には挟んでいたんですが、そうか。気付かなかったな」

「横谷さんはなぜ?」

「私は完全にプライベートですよ。あ、どうぞどうぞ。遠慮なんてなさらずにお乗りになってください」

総司は橘と顔を見合わせた。橘は促すような小さい首肯をすると、尚美と警護の人間たちに視線を向けた。総司が先にエレベーターに乗り込み、続けて尚美と二人のSP。橘と残りのSPたちはその場に留まった。

「よろしいのですか?」

「構いません。代表をすし詰めにはできないので」

横谷の隣に立つ総司がニコリと作り笑いを見せる。操作パネルの前に立った尚美がボタンを押し、エレベーターの扉がガコンと閉まった。

静かにエレベーターは下降していく。総司は右上の階数表示にチラリと目をやる。30を過ぎて29に変わる。停止。また扉が開き、エレベーター前で待っていたホテルの宿泊客が、総司と横谷の姿を目の当たりにしてぎょっとした表情を見せる。恐縮したような「行ってください」のジェスチャーを確認して尚美がまた閉扉ボタンを押す。閉まる扉。またエレベーターは静かに降下を始める。

　総司は隣に立つ横谷をチラリと見下ろした。長身の総司に対して横谷は身の丈百六十センチそこそこの小柄な男だ。上松総裁とそう年齢は変わらないが、体型は細いし、見た目も還暦を過ぎた割には若々しい。父である我妻龍彦と時を同じくして政界入りした同期であり、かつて幾度となく衝突しては繰り広げられた二人の舌戦は、〝龍虎対決〟と称され世間を大いに賑わせた。総司は子どもの頃、龍彦が横谷を指して「最大の障害」と口にするのを何度か耳にした覚えがある。そしてそれは、政治家となった今の総司が口にする言葉でもあった。

「昼間の番組には笑わせてもらいましたよ」

　二十五階を過ぎた頃、沈黙を破って横谷が言った。歯に衣着せぬストレートな嫌み。初対面の頃こそ面食らったが、今では慣れたものだ。

「あの少女の言葉は国民の素直な声でしょう。家族を持たない人間が出生率回復や子育て支援を宣ったところで滑稽でしかありませんからね」

　横谷は隣の総司を見向きもせずに言う。

「見てくれだけのただのポーズだと思われたのではないですか？　史上最年少総理とい

うハリボテのような肩書きと同じように。そういえば、お父上も当時の最年少総理でしたね。親子揃って綺羅を飾るのがお上手だ」

「いつ聞いても、こちらが舌を巻いてしまいそうになる横谷さんの御饒舌には感服致します。お年を召されても尚衰えるどころか、ますます磨きがかかっているのではないですか？　今の父では相手にならないかもしれませんね。もっとも、負け犬の遠吠えという言葉があるように、弱い犬ほどよく吠えるとも言いますから。その弁舌は現役時代の父に負け続けたからこそ培われたものなのでしょうね」

互いに前を向いたまま、ピタリと閉じたエレベーターの扉を相手にでもするように、二人は敵意に満ちた流暢な会話を交わし合った。乗り合わせたSPも、お互いの秘書も、黙ったまま咳払いの一つもせずに、素知らぬ顔で明後日の方向に視線を向けている。

「論点ずらしも父親譲りか」横谷がふっと小さく笑った。「しかし、党の人間にも今日の発言についてはつつかれたでしょう。特に上松総裁なんかには」

総司の顔が一瞬不快そうに歪んだ。

「彼なんかは特に昔気質な価値観を持つ人間だ。それに抜け目がない。大方、今回の件を機に、支援者縁の者とのお見合い結婚でも迫られたのではないですか？」

当たっている。「……いえ。そんなことは」と総司は言葉を濁す。

「ふふ。なぜ結婚しないんです？　厚労省によれば現在の平均初婚年齢は男女ともに三十歳前後。晩婚化の傾向にあるとはいえ、我々政治に携わるような人間には独り身でいることに何のメリットもない。それでも総理が未だ独身でおられるのには、何か理由があるのですか？」

「あなたには関係がないでしょう」

「関係がない、ということもない。曲がりなりにもあなたは総理大臣だ。結婚は日本だけでなく、国際社会に於いても信用に繋がる重要なファクターですから。国の代表であるあなたが信用されないということは、日本そのものが信用されないということ。総理、あなた一人の問題ではないのです」

階数表示が十階を過ぎる。エレベーターは止まらずに静かに降下を続けていく。

横谷は「しかし」と話を続ける。

「あなたの事情も実は察してはいるんですよ。結局のところアレが原因なんでしょうね」

「……アレ？」

「——我妻恵子夫人。ご両親の一件は幼心にトラウマを残すには十分すぎたのではないですか。母親である恵子夫人のあの〝スキャンダル〟は」

それまで頑なに正面を向いて隣を見向きもしなかった総司が、横谷を物凄い形相で睨み付けた。総司が放つ憎悪と敵意に場の空気が一瞬で張り詰め、操作パネルの前に立つ尚美は思わず総司を振り向き見た。

体がふっと浮き上がるような感覚がして、エレベーターはようやく一階へと到着した。ガコンと扉が開き、尚美が開扉ボタンを押す。総司は黙って横谷を見下ろしたまま、その場を動かない。横谷が大きく深呼吸をし、迷惑そうにため息のような鼻息を漏らした。

「降りないのですか？」

横谷は依然として前を向いたまま言った。総司は威嚇するようなゆっくりとした動きでエレベーターから降りた。続いてSPと尚美が外に出る。総司は振り返ると、横谷と正面から目を合わせた。横谷は唇の右端を吊り上げて笑っている。ドアが閉まりかけ、それを横谷が強引に腕で遮った。

「そうでした。新しい秘書の挨拶がまだでしたね。なんでしたら、総理の結婚相手の候補にいかがですか？　彼女もまだ独身でしてね」

急に話を振られて驚いたのは横谷の秘書だ。横谷と総司を交互に見比べ、慌てた様子で外に出ると、「ひ、秘書の永井(ながい)です」と緊張した面持ちで名刺を差し出した。横谷を見たまま総司は名刺を受け取った。続けて彼女の細腕が差し出される。握手だ。隣で尚美が「あっ」と声を漏らす。

総司は差し出された秘書の手を一瞥して横谷にもう一度視線を戻した。横谷は扉を押さえたままニコリと笑う。再び彼女に向き直った総司は硬い笑顔でぎこちなく笑うと、「我妻です。こちらこそヨロシク」と差し出された手を力強く握って握手をした。

「それでは総理。また、国会で」

秘書の永井がエレベーターに戻ると、横谷はそう言って扉から腕を離した。ゆっくりと扉が閉まり、エレベーターは地下へと下りて行った。

全身を襲う蕁麻疹の痒みを気合で耐えていた総司だったが、横谷の姿が視界から消えるのと同時に限界を迎えた。体が震え、膝から力が抜けた。

「総理……っ」

薄れる意識の中で尚美の叫ぶような声が聞こえた気がした。

○

「だいぶお疲れのようですね。総理」

千代田区永田町に位置する首相官邸。内閣総理大臣とそれを補佐・支援する内閣官房の活動拠点であり、政治活動を行うための様々な施設を備えた政権の中枢。その五階、総理執務室の執務机に総司の姿があった。革張りのリクライニングチェアにぐったりと体を預け、秘書官の橘の言葉にも反応なし。眉間に皺の寄る死相が浮かんだような青ざめた顔で、手元の見合い写真を睨んでいる。机には同様の見合い写真が山のように堆く積まれていた。総司は不機嫌に鼻を鳴らすと、開いていた台紙を閉じて見合い写真を机の上に雑に放った。

人和政策研究会のパーティーから二週間。上松総裁の策動により、総司は各業界関係者のご令嬢たちとの見合いに連日駆り出されていた。忙しい公務の合間を縫って一日数人の女性たちとデート紛(まが)いの会食をさせられる日々に、総司はすっかり参ってしまっていた。

「食堂の味、最近上がったと思いません？　今日の日替わり、牡蠣(かき)フライ定食だったんですけど。前みたいに油っこくなくて、びっくりしちゃいましたよ」

昼食を終えて執務室に入ってきた秘書官の尚美が、応接ソファに腰掛けて資料に目を通していた橘に満足げな顔を見せて言った。定位置に座る総司に気付き、「あ。総理、帰ってたんですか」と声を漏らす。

「どうでした？　今日のお見合い」

ニコニコ顔で机まで近寄ろうとする尚美。それを制止するように総司は勢いよく彼女に向かって右手を突き出し、「それ以上寄るんじゃない！」と警告した。困惑した様子で、尚美は橘を振り返る。

「連日のお見合いのストレスで、今は側に立たれるだけでもアレルギーが出るらしい」

「総理そのうち死ぬんじゃないですか？」

リクライニングチェアにぐったりと横たわる総司を見ながら、尚美は心配よりも呆れ気味に言った。

「本当に結婚する気ですか？」

「そんなワケないだろ。総裁のお遊びに付き合っているまでだ」

尚美の質問に総司は無愛想に答える。「しかし。このままではいずれマスコミも嗅ぎつける。そうなれば否でも応でも結婚の流れは止められませんよ」と橘。

「こんな体で結婚なんてできるか！」

総司は尚美の接近で僅かにむず痒くなった体を鬱陶しそうに掻きながら言った。

尚美はため息まじりの鼻息を漏らして橘の対面のソファに腰掛けた。応接テーブルの上に載るお茶菓子を手に取り、「こっちで探した方が早くないですか？」となんとなしに呟く。総司は上体を起こすと、執務机の上に身を乗り出して尚美を見た。

「なんだって？」

「だから。どうせ結婚って流れになってるなら、こっちで都合のいい女性を探した方がいいんじゃないかなぁって」

「都合のいい女性とは？　たとえ性格、顔、家柄のいずれかを気に入ったとしても、総理は女性そのものがダメなのに」

得心が行かない様子で橘が口を挟む。

「総理のその女性アレルギーって、病気とかじゃなくて精神的なものなんですよね？」

「ああ」総司が頷く。

「つまり、女性に対して心の中に何かわだかまりみたいなものがあるから、それが症状として体に出るワケじゃないですか。よくわかりませんけど」

「……だから？」

「だからぁ。仮にそのわだかまりを抱かないような女性が相手であれば、総理のその〝女性アレルギー〟の症状は出ないんじゃないんですかぁ？」

ビリッとお菓子の包装を破き、尚美は中身のおかきをパクつく。総司と橘は互いに顔を見合わせ、また二人して尚美に視線を戻した。

「……いや。いやいやいやいや。そんな女が現実問題この世の中にいるワケがない」

夢物語のような尚美の提案。総司は否定するように再びリクライニングチェアに体を預けた。

「だから探してみるんですよ。いたら儲けものでしょう？　結婚さえできれば上松総裁も喜ぶし世間体も保てる。あの横谷だって黙らせられます。メリットしかないじゃないですか」

「……一理あるな。だが、どうやって探す？　一人一人と見合いなんてしていたら、キリがないぞ」

メガネの奥で眼光鋭く尚美を見る橘。尚美はボリボリと音を立てながら食べていたおかきをようやく飲み込むと、ルージュの際立つ唇をぺろりと舐めて言った。

「私に考えがあります」

○

麗は姿見の前で自身の姿を確認しながら、今夜選んだドレスの細部に視線を散らした。同居人のサクラから借りた、ブルーグレーの鮮やかな花柄総レースのワンピースドレス。問題なし。もう一度姿見に向き直る。夜会巻きを意識したお団子ヘア。前髪を少しいじって改めて全身を見る。特徴的なお団子、ブルーのドレス。

麗は難しい顔をして鏡の中の女を凝視する。

「……これじゃまるでシンデレラじゃん」

頭のお団子を崩そうとしたところで、ピタリと腕が止まる。また、鏡の中のシンデレラと見つめ合う。「未練がましいったらありゃしない」

嘲笑混じりに吐き捨てると麗はそのまま腕を下ろした。ベッドの上に放ってあったスマホが鳴る。「はいー?」と不機嫌に電話に出た。

「おう。俺だ」

借金取りの大貫がご機嫌な声で言った。「話はもう通してあるからよ」と、同時に大きく息を吐き出す。大貫が得意顔で紫煙を燻らせている姿が麗には容易に想像できた。

「今日は試運転みたいなもんだ。とりあえず適当なカモ選んで体を慣らすんだな」

「……やっぱり気乗りしない。真面目に出会いを求めて来てる人をハメるなんて」

「逆にハメられるよりはいいだろ。先代もそれで痛い目を見たワケさ」

「逆に？　どういうこと？」

「ん？　まぁ、色々あんだよ」

大貫は露骨に言葉を濁した。

「とにかく、オマエが言うような真面目な輩ばかりでもねぇってことさ。中には俺たちと似たような同じ穴のムジナだっている。気が引けるならそういうヤツをカモにしたっていいが、ミイラ取りがミイラにならねぇよう相手は慎重に選べよ。もっとも、そんなことじゃ借金完済がいつのことになるかわからねぇけどな」

大貫は小馬鹿にしたような低い笑い声をあげると一方的に通話を切った。麗は手にしたスマホを睨んで「この悪徳ゴリラ！」と思わず叫んだ。

結婚相談所主催の婚活パーティー。麗は会場に指定された有楽町（ゆうらくちょう）のホテルへと足を運んだ。最後に手鏡でもう一度身なりを確認して、ホテルの自動ドアを通り抜けようとした矢先、夜の通りを一台の真っ青なスポーツカーが豪快なエンジン音を轟かせて走ってきた。スポーツカーは奇しくもホテル前で停車し、運転席から長身の男が降りてきた。

「うっわぁ……。派手な登場……」

麗はいけ好かないといった調子で嫌みたっぷりに口に出して言った。男はスマホを耳に当てて誰かと電話をし始め、短く生え揃った口髭と顎鬚をもう片方の手でしきりに撫で回しながら、ホテルの周辺に気を配っていた。体にピタリとフィットした高級そうなスーツを目ざとく眺めながら、まさかこの男も婚活パーティーの参加者なのだろうかと、麗は疑うような視線を投げかけながらホテルの中に入った。

受付で偽名を告げて、手渡されたプロフィールカードに名前を書く。後々のことを考えて友人のサクラの名字をこの日は借りた。ペンを走らせようとして〝ハギワラ〟ってどんな字だったかしらとふと考える。確かこうだったようなと試し書きするように記名したところで、「アンタが大貫さんの言ってた女か」と露骨に嫌みな声をかけられた。

「本当はこういうの困るんだよ。なのに、大貫さん強引だから」

「あの人とはどういう関係？」

「色々と世話になってる。特に資金面ではね」

パーティーの責任者らしき中年男性は悪態をつくように言う。世話になっているという割には迷惑そうな様子だ。

「今日のパーティーは誰でも参加できるってワケじゃない。男性は年収八百万以上が条件だし、女性も大卒で二十九歳以下とそこそこのハードルを設けてある。本来、キミみたいな素性の知れない輩が参加できるパーティーではないんだが、大貫さんが無理矢理……。とにかく、トラブルだけはごめんだよ」

「トラブルしか起きないと思うけど？」

「起こすにしてもこの会場ではやめてくれ。後のこともこっちは何の関係もないからな」

麗は肩をすくめると、ガランとしたパーティールームの中に足を踏み入れた。

目的地に到着すると総司は車を降りた。同時にスマホが鳴り、電話に出る。

「ちょっと総理！　何を考えてるんですか、もう！　そんな派手な車に乗ってきて！」

「派手って。アンフィニだぞ？　僕の所有車の中だと地味な方だ」

「しかもホテルの真ん前に乗り付けてくれちゃって。いつもみたいにボーイなんて出てきちゃくれませんよ？」

尚美の深いため息が聞こえた。「もしもし」と電話の声は橘に代わった。

「我々は外の車で待機を。ホテル内にSPを配置しているので、何かあればすぐに対処できます」

周りを見ると通りの反対側に黒いセダンが停車していた。「……ああ」と橘の言葉に気の乗らない返事を返す。「総理」とまた尚美の声。

「そんな不貞腐れた顔では女性の印象最悪ですからね？　それでは見つかる相手も見つかりませんよ。笑顔でお願いします。笑顔で」

総司はセダンに向けてわざとらしい笑顔を見せた。

「オッケーです」

馬鹿らしくなって再び気の抜けた不貞腐れた顔に戻る。

「……婚活パーティーなんて意味があるのか？　こんな場末のホテルで知り合った女との結婚なんて、たとえ周りが許しても父は許してくれないぞ」

「今夜はお試しですよ。お試し。それに今回のパーティーは男性と女性、共に一定の参加条件が課されていますから。上流とは言わずも、ある程度身持ちのしっかりしている方しか参加できないはず。これから何度か参加することになるでしょうし、会場の雰囲気に慣れておいてください」

尚美の「何度か」の言葉に、総司は辟易(へきえき)して深いため息を吐いた。

ホテルに入り、会場の受付で「橘です」と名乗った。会員登録をする時、身分を偽るため秘書の橘の経歴を拝借した。尚美の案だ。

声をかけられた受付担当の女性が総司を見上げ、見惚(みと)れるような顔でポカンと口を開いた。総司は気まずそうに笑いながら、不安になって自身の姿を改めてチェックする。

普段着用しているハイブランドは避け、尚美に勧められた海外ブランドのスーツを採用した。それでも十分な高級品だ。そっと口元から顎までを撫でる。慣れない髭の感触が指先を刺激する。これも尚美の指示で専門のスタッフに施してもらった特殊メイクの付け髭だ。「髭は苦手な女性も多いですけど。総理ならば問題ないでしょう」と、変装を理由に半ば強引に採用された。橘からも「くれぐれも正体がバレないように」と念を押されている。確かに、こんなことがバレたらマスコミの格好の餌だ。また野党代表の横谷に何を言われるかわかったものではない。総司は橘から拝借した伊達メガネの位置を直し、一人苦笑した。

「し、失礼しました。橘様。こちらプロフィールカードですので、開始までにご記入をお願いします」

「プロフィールカード？　申し訳ありませんが、こういった場所は普段縁がないもので」

受け取ったカードの各項目を眺めながら、いくらか見下した感じを隠しきれずに「説明をお願いできますか？」と総司は言った。

「そちらのプロフィールカードは、パーティーが始まった際の自己紹介の時にお役立てください。トークタイムでは参加者である異性の方々と順番にお話しして頂きます。その際にお互いのプロフィールカードを交換してお相手様の情報を確認できるようになっておりますので、カードにはできるだけ詳細な情報を記載して頂けますと、お相手の女性にも大変印象がよろしいかと。トークタイムのあとは」

説明を聞いている間も、総司は終始呆れたような、うんざりとした顔で手元の用紙に視線を落としていた。やはり来るんじゃなかった。こんなことなら、上松総裁の選んだ見合い相手と食事をしている方がまだマシだ。どこの馬の骨かわからない連中と、子どもの遊びの延長のようなパーティーごっこをして何になるというのか。〝女性アレルギー〟の症状が出ない女なんて存在するワケがない。今までたったの一度だってそんな人間は現れなかった。

こんな体になったのはいつの頃からだったか。総司は不意にそんなことを考えてしまった。わかりきっている。……母が家を出てからだ。

「――説明は以上となります。それで、あのぉ。実は、私もまだ独身でぇ」

総司はにこやかな笑顔で「どうもありがとう」と、色気づく担当者の言葉を打ち切った。さっさとその場を離れると、参加客で賑わうパーティールームへと足を踏み入れた。

パーティーが始まると各テーブルで自己紹介が始まった。正味五分程度の短いアピールタイム。時間が来ると係の誘導に従い、男性陣は次の女性が待つ別のテーブルへと移動していく。

「ぼ、ぼくはぁ医者なんですが。忙しくてなかなか恋人を作るチャンスがなく、お恥ずかしながらこの年まで交際経験がありません」

麗の正面に座る三十代前半の開業医の男は、額の汗をハンカチで拭いながら早口で言った。麗は上品な女を装って微笑み、彼の話に相槌を繰り返している。

「たまにいいお相手が見つかっても、やっぱり患者さんを優先してしまうというか。ダメですよね。これじゃ、結婚できなくても仕方がない」

「そ、そんなことありませんよ。人としてとても素晴らしいことだと思います」

麗の優しい言葉に男の冴えない顔が和らぐ。すぐに時間が来て開業医の男は係の人間の誘導に従い席を立った。麗はキュッと心を締め付けられた感じがして、疲れた顔を見せた。

ダメだ。いい人すぎる。あんな心優しいお医者様を騙すことなんて、私にはできない！

「妻に先立たれて。ずっと娘を一人で育ててきました。結婚が早かったので、娘はもう中学生なんですが、とてもいい子で。パパもそろそろ新しい恋をしてって、そんなことを言うんですよ」

次の相手は大手通信会社に勤める三十代後半の男性。こういった場では隠してしまいそうな重たい過去を、こちらに気を使わせない明るさで正直に打ち明けた。

「子どもがいる男は敬遠されるんでしょうけど。家族になってくれる素敵な方がきっといるんじゃないかって。虫のいい話ですが、あはは」

「そんな！　とても素敵な娘さんじゃないですか。その子のお話を聞いているだけで、あなたのお人柄もわかるようで。とても羨ましいです」

麗の心が罪悪感に再びキュッと締め付けられる。この人もダメだ。

その後も代わる代わる色々な男と話したが、これまで自分が関わってきたクソみたいな男たちとは違い、この会場に集まった男性は真面目に出会いを求めてきている真人間ばかりだった。麗は男たちと会話を重ねるたびに、心がすり減っていく感じがした。はじめにこのパーティーの責任者の男に言われた通り、私なんかがいていい場所じゃないと、深く痛感した。

心がざわつき始め、罪の意識に耐えきれずにその場から逃げ出そうかと考え始めていた頃。手前のテーブル席に座る女性が突然ワッと泣き出し、席を立って会場の外へと駆けて行った。麗はその姿を目で追っかけ、女が座っていたテーブルに再び視線を戻した。

髭面の若い男が、素知らぬ顔でグラスのシャンパンを呷（あお）っていた。

総司はこれで何人目か知れない次の女性の前に腰掛けた。総司が座るなり、目の前の女の顔つきが変わる。二十代後半と思（おぼ）しきその女性は、身なりを正すようにして自身のドレスと髪をさり気なく触った。瞳はギラつき、頬はさっきより赤みを増している。

「橘さん。公務員って、具体的には何を？」

軽い自己紹介を済ますと女ががっつくように尋ねた。女性は二十九歳で、現在は阿佐谷(あさがや)にあるネイルサロン勤務のネイリスト。女の爪が派手に彩られているのを一瞥して、総司は作り笑いをキープする。

「財務省で事務を」

「財務省？　まぁ。すごい。エリートなんですね」

総司は特に否定せずにニコリと笑った。それを見てまた、ネイリストの女はぽーっと浮ついた表情を見せる。「休日は何をされているの？」

「趣味の本を消化したり、温泉を巡ったりと色々ですね」

嘘(うそ)だ。総理になってからというもの休日らしい休日はほとんどない。

「モデルとかやられてました？　スタイルがすごく良いなぁって」

「読者モデルを何度か」

「……素敵。あの、お料理は何がお好きですか？　私、こう見えても料理が——」

その後も女はくどくどとくだらない質問を繰り返した。総司がこれまでに話した女性たちと同じ質問を。いい加減に飽き飽きだ。ポリポリとさり気なく体を掻く。会場に集まった女たちの瘴気(しょうき)でアレルギーが悪化していく気さえしてくる。女性アレルギーの症状が出ない女などやはりいるはずもない。

総司は話の途中で「失礼」と一言告げると、近くで待機している係の人間に向けて小さく手を振り合図した。

「喉が渇いたんだけど。何か飲み物は貰えないのかな?」

「ではすぐに何かお飲み物を」

「……お酒はあるかな?」

「お、お酒ですか? ございますが」

「ではシャンパンを」

係の男性は呆気にとられた様子だったが、すぐにシャンパンを注いだグラスを持って総司のもとに戻ってきた。総司はグラスのシャンパンを一息に呷った。同じく唖然として固まっている目の前の女性に「続けてください」と微笑んだ。女性が喋り出す前に「おかわりを」と先刻の係の男性に告げ、酒で濡れた付け髭を指で拭った。

「あ、えと……。お住まいは……」

更にぐいっとシャンパンを呷る。また「おかわりを」と告げる。女の話を適当にあしらいながらそれを繰り返し、十杯目を飲んだ頃にはすっかり酔いが回っていた。

困惑する女性を他所に、総司はまたおかわりを注文すると、目の前にある彼女のプロフィールカードに目を留めた。有名私大を卒業後、専門学校に入り直している。

「なぜ大学卒業後に専門学校へ?」

女の話を遮って総司が尋ねた。

「え？　ああ、それはそっちに興味があって」

「今はネイルサロン勤務ですよね。しかし、ここに書かれている学校は美容系ではなく製菓専門のようですが」

　面接じみてきた会話の内容にネイリストの女もようやく夢から覚めてきた。「それは、えっと、やめてしまって」と面接対策をしてこなかった就活生のように、しどろもどろになって答えている。酒に酔った総司が勢いづいて言った。

「大学も教育学部だし、何もかもてんでバラバラだ。あなた一体どういう人生設計を立てていたんですか？」

「じ、人生設計？」

「今はネイルサロンで働いておられるようですが。これからの計画は？　ずっとそのお店に？　貯金はありますか？　例えば私があなたと結婚したとして、私はあなたに老後までの安定した生活を提供することが可能ですが、あなたはどうですか？　私にどんなメリットを与えられます？」

「メリット……」

　酔いに任せて鬱憤を晴らすかのように喋り続ける総司。

　女の顔からみるみるうちに血の気が引いていく。

「子どもを生んだとして、果たしてあなたがその子どもに十分な躾と教育を施せるかどうか。てんでバラバラなあなたの経歴を見れば無計画なのは明らかだし、今何か目標や野心を持って過ごしているのかといえばそうでもない。一体、あなたと結婚して私にどんなメリットがあるのか」

係の男がおかわりのシャンパンを持ってテーブルにやってきた。そのグラスをさっと手に取り乾杯するようにして女に傾けると、「教えて頂けますか？」と総司はニコリと微笑んだ。

女の目からポロポロと大粒の涙が溢(あふ)れ、ワッと吠えるような嗚咽(おえつ)混じりの泣き声を上げた。彼女は勢いよく立ち上がると、そのまま会場の外へと走り去ってしまった。参加客がざわつく中、総司は特に気にも留めていない様子でシャンパンを呷った。手前のテーブル席に座るお団子頭の女と視線がぶつかる。ふっと小さく吹き出す。次はあの〝お姫様〟かと心の中で嘆息した。

「あのぉ……。お時間ですので、次の席へ」

係の人間に促されて席を立つと、総司はシンデレラが待つテーブルへと歩み寄った。

「橘です」

「萩原です」

お互いに偽名を名乗り、総司と麗は胡散臭い笑みを共に浮かべた。

総司が纏うこれまでの男性とは違う雰囲気に、麗は若干緊張して背筋を伸ばす。

そうよ、そうよ。コイツよコイツ。ホテルの前で見かけた時から、いけ好かないヤツだと思っていたんだから。高そうな車でホテルに乗り付けちゃってさ。見るからに女にも困ってなさそうだし、さっきの参加客への仕打ちから見ても、不純な動機でこのパーティーに参加したことは間違いなさそう。大方、モテない女を引っ掛けて弄ぼうって魂胆だろうけど、ツイてなかったわねぇ。

目の前の酔っぱらいを相手に詐欺師としての血が騒ぐのを感じた。すり減っていたはずの心が急速に形を取り戻していく。麗は総司のプロフィールを手に取り、それにざっと目を通した。

「公務員ですか」

「財務省勤務。年収は八百五十万ほど。休日は読書と温泉巡りに費やし、婚姻歴はなし」

これまでうんざりするほど聞かれた質問だ。総司は一息にまとめて答えた。手元のグラスを傾けて一口シャンパンを飲む。

「そうですよね。皆さん、同じことを聞かれますよね」

「ええ。それはもう馬鹿の一つ覚えみたいに」

麗がピクッと笑顔をひくつかせる。好敵手を前にするようにペロリと唇の端を舐めた。

総司もどこか自棄(やけ)になったように「ふん」と笑った。酔いが回って自分を制御できない。考える前に言葉が口をついて出てしまう。総司はまずいなと思いつつも、シャンパンに口をつけた。

「橘さんはなぜこのパーティーに？」

初めての質問。総司はシャンパンを呷る手を止めた。

「なぜって。婚活以外に理由がありますか？　婚活パーティーですよね」

「そうですけど。経歴もご立派ですし、身なりも整っています。そのスーツ、オーダーメイドですよね？　それに女性に対して不慣れな感じもしません。お金はあるけど結婚については後がない男性ばかりの中で、あなたは浮いてる。だから不思議で」

麗は抜け目のなさをアピールした上で、相手の顔色を窺（うかが）うような演技をする。自分は他の女とは違うというところを示す必要がある。そのためには相手の触れられたくない話題にも踏み込んでいかねばならない。むしろそうすることで相手の心の壁を取っ払い、こちらの意のままに操ることができる。彼女が詐欺をし続けてきた中で学んだ処世術だ。

総司はグラスをテーブルに置くと、ようやく目の前の女性に興味を示した。改めて見るとなかなか綺麗な女性だ。シルエットも合わせると『ティファニーで朝食を』に出ていたオードリー・ヘプバーンを想起させるが、ドレスが青系なのでやはりシンデレラがピッタリな気もする。総司は前裾を摑んでジャケットを正すと、スッキリとした笑顔を見せた。

「確かに。あなたの言う通りだ。厳密に言えば、私はここに婚活に来たワケじゃない」

「では何をしに？」

総司は再びグラスを手にしようとしてテーブルに指を這わせた。グラスを摑みかけたところで自制が働く。人差し指と中指の間にステムを潜り込ませ、目的を失った二本の指の先でグラスの台座をトトンと叩いた。ふと真面目な顔つきになって言う。

「運命の人を探しに……かな」

歯の浮くようなセリフをごく自然体で言ってのける総司に、麗は素直に感心してしまった。日常会話で誰もが使っていると錯覚してしまうような、わざとらしさのない言い方だった。総司は総司で、麗を口説こうと思って口にしたのでもなければ、格好つけるつもりで言ったのでもなかった。一緒にいても女性アレルギーの症状が出ない女——そんなフィクションのような存在を切実に求めた結果の本音の言葉だった。

初手のピリッと張り詰めて殺伐としていた空気が一変したのを麗は敏感に感じ取った。

「運命の人かぁ」

麗は共感したような甘ったるい声を努めて出した。自身の左手をそっとテーブルに這わせ、総司の右手に触れようとする。

「私も同じかもしれない。運命の王子様を今でも待ち続けているから」

慈しむような瞳でじっと彼を見据えたまま、麗の繊細な指が総司の指にそっと絡む……はずだった。空を切った麗の指はグラスの台座をトンと叩いた。麗は二、三度瞬きをして自身の指先を確認する。いつの間にか、総司の手はグラスの右側に移動している。総司に視線を戻すと、彼は上の空で軽いため息を吐いている。麗は「んん」と小さく咳払いをすると、またニコリと笑顔を作った。「……私も同じかもしれません」と改めて言い直し、今度は彼の手元を見ながら、そっと自身の手を重ねようとする。また空振ってトンとテーブルを叩く。総司の手がグラスの左側に逃げた。総司と目が合う。ニコッと笑いかけられ、麗もぎこちなく微笑み返す。また手を重ねようとして、空振る。グラスの左に逃げた総司の手を追う。フェイントをかけて、右、かと思いきや左。しかし、総司は先を読んで麗の手の動きとは逆方向へ。

(……なんだコイツ)

目の前の男にイラつき、つい表情に本心が滲み出る。ピクリと痙攣するように吊り上がる左の眉を落ち着けて、ため息のような小さな鼻息と共に、麗は優しい笑顔を作り直した。すると、総司が右手でテーブルの上を指差した。そこには麗のプロフィールカードが置いてある。

「えーっと。失礼、名前は確か」

「萩原です」

「萩原さん。カード、確認してもよろしいでしょうか?」

麗は「どうぞ」と頷いた。とにかく自分に興味は持ってくれたようだと気を取り直す。総司もほっと安堵していた。危うく触れられるところだった。不審に思われただろうか。最初でさっさと手を引っ込めてしまえばよかったのに、タイミングを逸した。なぜ、タイミングを逸した？　彼女になら触れられてもいいと、ほんの少しでも思ったからではないのか？

酔った頭の中に浮かんでは消えていく自問自答のような疑問を払拭し、総司は麗のプロフィールカードを手にした。用紙の各項目をざっと眺める。福祉大学を出て現在の職業は介護福祉士。趣味が貯金とは、なんとも手堅い。それに、これまで見てきた目が痛くなるようなビッシリとした書き込みのプロフィールカードに比べると、彼女のカードはかなり簡素だ。くどくどと無駄なことを書き連ねず、必要なことだけ書く姿勢はむしろ好感が持てる。

「つまらないプロフィールでごめんなさい」

「いえ、そんなことは。なぜ福祉の道に？」

「祖母の影響かもしれません。もう亡くなってしまいましたけど、昔祖母と一緒に住んでいたんです。うちは親が忙しかったので、親代わりのような感じでした。そんな祖母も、私が小学校に上がる頃から寝たきりになってしまって。私はよく祖母の世話を……」

麗はそう言って俯くと、手に忍ばせたウェットティッシュの切れ端で目元を軽く拭った。顔を上げると涙を拭ったあとみたいに目元が光る。「その影響かも」とわざとらしく鼻をすすって笑顔を作ると、気丈な女を演出した。

「結構」

総司はたった一言、カードから顔も上げずにそう呟いた。麗は微笑んだまま、テーブルの下でググッと拳を固める。今のはまったくのデタラメなエピソードだが、ここまで関心を示されないとさすがに腹が立つ。普通、多少は情にほだされるものじゃなかろうかと、総司の人間性を疑い心の中で憤慨した。目の前の男がクスリと笑った。弄ばれているようで、麗のフラストレーションが徐々にたまっていく。

総司は麗のプロフィールカードの好きな本という項目を見ていた。そこにはただ一冊だけ、『シンデレラ』と乱暴な字体で書かれている。好きな本を聞かれて絵本を選ぶ大人も珍しい。可笑しくなって「このシンデレラというのは」と顔を上げかけた時、ふと氏名の欄に目が留まった。違和感を覚える。

「……オギワラさん？」

「萩原です」

少しの間があって、総司は「失礼しました」と笑った。グラスのシャンパンをすべて飲み干し、思い出し笑いをするように、ふてぶてしくまた笑い始める。麗は段々とイライラしてきて、圧の強い笑みを浮かべながら「何か？」と尋ねた。

「私ね、嫌いなんですよ。シンデレラ」

突拍子もなく始まったシンデレラ批判に、麗は思わず「は？」と声を漏らした。

「あの物語の人気が高いのは理解できる。彼女の境遇は同情を誘うし、庶民にとって上流階級の世界は常に憧れだ。特に女性であれば、伴侶となる男性の手でそういった上の世界に引き上げてもらうことを、一度は夢見るものではないですか？　オギワラさん」

「……萩原です」

麗が訂正し「それで何が言いたいのかしら？」と微笑む。

「つまりシンデレラは怠惰の象徴だということさ。自ら上に行く努力をせず、今のどん底のような世界から自分を連れ出してくれる、上流世界の素敵な〝王子様〟をただただ待っていただけの怠惰な女。ここにいるキミたちのように！」

酔いで調節の利かない声を張り上げ、総司は目の前の麗を指差した。「お時間ですので次に……」とテーブルを訪れた係員を麗が右手で制した。

「今は女性が活躍する時代だ。男相手に競争し、打ち勝ち、キャリアアップしていく時代だ。自らの手でチャンスを活かし這い上がる時代なんだ。だからこそ、育児問題が世の中の注目を集めているワケだ。それを考えれば、キミたち〝シンデレラ〟は時代に逆行した怠け者と言わざるを得ない」

「お言葉ですけど。ここにいる全員、私たちは生まれも違えば育ちも違う。ハナから平等なんかじゃない。チャンスを手にできない人間が誰かに頼って何が悪いの？」

総司がふんと鼻を鳴らして「居直りか」と嘲る。

「それに僕は怠惰と言ったんだ。悪いとは言ってないよ」

総司は空のグラスをテーブルに戻した。肩を小さく震わせてふふっと笑う。「それとも、自覚があるのかな」と煽（あお）るように呟いた。

麗の頭の中で何かがブチッと音を立てて切れた。こめかみにピキピキと青筋が立ち、左頰がピクピクと痙攣を起こした。徐々に表情は崩れ、先刻まで微笑みを浮かべていたはずの顔は、いつしか静かな怒りをたたえている。総司はギョッとして我が目を疑った。蓄積された鬱憤がひび割れた微笑みの端々から漏れ出すかのように、言葉にはし難い何かどす黒い暗雲のようなものが彼女の体を取り巻いていく。怒りを溜（た）め込んでゴロゴロと唸るその暗雲は、時々威嚇でもするように、ビカッと稲光を発するのだった。

幻覚か？　悪酔いしすぎたかと総司はゴシゴシと目をこすった。

「へぇ。ああ、そうですか。さっきの子もそうやって泣かせたワケ？」

さっきまでの半音上げたような浮ついた声から一転して、低い地声でそう尋ねる麗の言葉に、総司はたじろぐようにして上体を反らした。

「怠惰？　怠け者？　正論かましたつもりで気分良くなってるみたいですけど？　そう

いう自分はどうなワケ？　お役所仕事でろくな働きもしないくせに、人様の血税で悠々自適な生活を送ってる公務員と政治家なんて、怠け者の最たる例ではなくて？」

詐欺のカモにするという本来の目的も忘れて、キレた麗は目の前の無礼な酔っぱらいを相手に怒りに任せて捲し立てる。引き合いに出された〝政治家〟のワードに総司は一瞬心臓を大きく脈打たせたが、麗の物言いにすぐにカチンときた。

「ろくな働きもしていないだって？　偏見で語るのはよしてくれ」

「どっちが。ウチの区役所の対応超最悪だもん。この前だって」

総司は麗をビシッと指差して「そっちじゃない」と声を荒らげた。

「キミたち国民は事あるごとに政治家を目の敵にするが、我々がこの国のためにどれだけ身を粉にして日々尽力しているかわかっていない！　それどころか、功績は無視して失策ばかりをあげつらい、挙げ句マスコミに踊らされて、まるで売国奴かのように後ろ指を指してネチネチネチネチと！」

「……なんでアンタが政治家の立場で物を言うワケ？」

麗に突きつけていた総司の人差し指がふにゃっと歪んだ。「あ……」と言葉に詰まる。政治家になってからというもの、何度耳にしたか知れない税金泥棒を筆頭とした偏見同然の罵倒の数々。麗の責めるような言葉を耳にして、偽りの身分であることをつい忘れ、世間に対して常日頃から溜まっていた鬱憤が、反射的に総司の口から漏れてしまった。

しんと束の間の静寂が訪れた。麗が憎たらしくも余裕の笑みを見せると、彼女は「あー、はいはい。そういうことね」としたり顔で一人納得し始めた。

「そうよね。財務省ってことは、アンタ所謂官僚ってやつだもんね。お仲間は庇(かば)って当然ってこと？　やらしー」

先刻の意趣返しでもするように、煽り返すようにして麗がイヒヒと総司に意地悪く笑いかけた。むかぁっと腸(はらわた)が煮えくり返る思いで麗を睨(ね)めつける総司。しかし、下手(へた)なことを言えばまた墓穴を掘りかねない。反論したい気持ちを必死に堪(こら)えて、総司は歯を食いしばっていた。麗はすっかり得意になって「大体さぁ」と総司に更に食って掛かる。

「アンタのことハナから気に食わなかったのよね。これ見よがしにお高そうなスーツ着ちゃってさあ。それに表でちょろっと見かけたけど、随分派手な車を乗り回しているみたいじゃない？」

「……それの何が悪い。稼いだ金をどう使おうが僕の自由だ」

「アンタ、もしかして二世？」

小馬鹿にしたような麗の一言が総司の心にグサリと突き刺さった。

二世——政治家になった時、周りの人間はこぞってその言葉を使用した。二世議員、二世総理。その言葉を総司はどうにも好きにはなれなかった。大抵茶化すか馬鹿にされているような気がしたし、親のおこぼれを貰って生きているような、そんな惨めな気分にさせられる。名だたる人物を父に持つ総司にとって、それは死ぬまで付いて回る呪い同然の言葉だった。

　青ざめた顔に引きつった笑みを浮かべる総司の反応を見て、麗は「当たり？」とニヒッと微笑む。

「実家が金持ちで昔から何不自由なく生きてきたんでしょ。あの車も何かの記念日に親から贈られたプレゼントとかじゃないの？　そりゃあ今は公務員やってるんだろうけどさ。親が経営者かなんかで、ゆくゆくはその会社を継いだりするんじゃないの？」

　麗の口から放たれる言葉の数々が次々と心臓に刺さっていくようで、総司は額に嫌な汗をかいた。彼女に心を見透かされているようで動悸が止まらない。

「アンタからは必死さが感じられないの。そのスカした余裕から滲み出てるんだもん。保険をかけて生きてますっていう、人生舐め腐ったそのふざけた性根がね！」

　麗はテーブルに右の手のひらをダンッと叩きつけると、啖呵を切った勢いのままに立ち上がった。テーブルからひらりと麗のプロフィールカードが落ちた。

「親に背中預けっぱなしの男が、他人に怠惰だなんだって説教垂れてんじゃねーわよ。こちとら正真正銘この身一つで人生這いずり回るようにして必死こいて生きてんだからねっ！　ぶわぁ～～かっ!!」

　麗は胸の前で力強く両腕をクロスし十字を組んだ。天に突き上げるようにして上向いた右腕の拳から、総司に向かってこれ見よがしにビシッと中指を突き立てた。

「っ……！」

周りの参加客の注目が一斉に総司と麗に集まる。酒に酔った頭では弁が回らず、総司は悔しそうに視線を伏せた。胸の内がスカッとして麗は思わずニンマリと微笑む。そしてふと、私はなんのためにこのパーティーに来たんだったかしらと、小首を傾げた。

「……だから嘘を？」

突き立てていた中指がふにゃっと歪み、麗が「へ？」と間の抜けた声を出した。総司の視線の先には、床に落ちた麗のプロフィールカードがある。顔を上げた総司の表情には一転して再び余裕の笑みが戻っていた。

「このカードに書かれていることはすべてデタラメだろ？　嘘をついて玉の輿を狙ったのか？　それとも結婚するつもりなどサラサラなく、金を持て余した独身男性から大金を騙し取る気だったのかな」

「な、何を根拠に……」

「じゃあ聞くが。介護福祉士の資格を得るには国家試験合格が義務付けられているよな」

「え？　……そう、ですけど？」

「はい、ダウト。大学や専門学校で養成課程を修了したものは、現状国家試験を受けずとも介護福祉士の資格を取得できる。福祉大学を出た人間なら知ってて当たり前だ」

「き、きったなぁ！」

「あの、他のお客様の迷惑ですので早く次に……！」

別の係員が駆け寄るのを今度は総司が左手で制した。拾い上げた麗のプロフィールカードを彼女に突き返し、氏名の欄を指差した。

「ついでにこれも教えておいてやる。キミが書いたハギワラって漢字だが、正しくは草冠に秋だ。キミのは〝のぎへん〟が〝けものへん〟になっている。それじゃ荻原だ。偽名を使うなら、もっとうまくやるんだったな」

自身の書いた「荻原」の文字を見て、麗の顔がみるみるうちに赤くなる。いつの間にやら、形勢は見事に逆転していた。

「んな、な、なんだってのよ！」

麗が逆ギレに近い形で叫んだ瞬間、パーティー責任者の男が現れて、こめかみにうっすらと青筋を浮かべながら穏やかな声で言った。

「お客様のお帰りです。丁重にホテルの出口までお連れしなさい」

係員の中でも屈強な体つきをした男二人に抱えられ、総司と麗はホテルの外まで連れ出された。

ホテルを追い出されるなり、麗は怒りを我慢できずに「んぐぐぐ……っ！」と唸った。その怒りをぶつけるようにしてパンプスの踵で縁石を何度も踏みつけた。ガラスの靴であれば砕け散っていたに違いない。

「もう！　アンタのせいで計画が台無しじゃないの！」

「また人のせいか。シンデレラはつくづく他人任せらしいなぁ」

「シンデレラって呼ばないで！　……私だって、彼女のこと好きじゃないんだから」

車両の進入を阻止する丸い石ころのようなボラードの上に腰掛け、総司は気分悪そうに項垂れている。「嘘なんてつくからだぁ」と間延びした声で言った。

「こっちも好きでやってるんじゃないってぇの。借金返すためにはなりふり構ってられないんだから」

「真面目に働けよ」

「それじゃいつまで経っても返し終わらないんだって。そりゃあね、アンタの言う通りよ。世の中には、いつか王子様に別世界へ連れて行ってもらえることを期待してる、私みたいな子が大勢いる。でもね、私たちはシンデレラじゃないの。いくらいじめられてこき使われようが、魔法使いのおばあさんも、素敵な王子様も現れやしない」

「シンデレラじゃなくたって、ハッピーエンドは迎えられるだろ。そのチャンスはいつだってどこにだって転がっている。王子がいい例だ。ガラスの靴を拾い、地道にその靴の持ち主を探し出してチャンスをモノにした。あの物語はシンデレラではなく、王子が幸せを掴み取った話だったワケだ」

座っていた石ころからズルッと滑り落ち、総司は急激な睡魔に目頭を押さえた。麗は「はいはい」と呆れ気味に言うと、「結局シンデレラを悪者にしたいワケね」と遠くに見えるタクシーに手を振った。

「……でも。アンタの言う通りなら、やっぱり彼女は怠け者なんかじゃないわ」

総司が「んんー……？」と眠そうな表情で顔を上げる。

「シンデレラは〝わざと〟ガラスの靴を落としたんだから」

タクシーが停車し、麗は後部座席に乗り込んだ。

「じゃあね。最低の夜だったわ。二度と会うこともないでしょうけど。お元気で」

そう吐き捨てるように言って総司を睨んだ。しかし、彼はこっくりこっくりと船を漕いでいる。麗の言葉はもう聞こえていないようだった。

バタンとドアが閉まる。「何処(どこ)まで？」と運転手が尋ねた。口を開きかけて窓の外を見る。総司は道端に倒れ込んでイビキをかいて眠っていた。「お客さん？」と運転手。

「……あーっ！　もうっ！」

酔い潰れた総司を放ってもおけず、麗は彼も一緒にタクシーに乗せると、二人でホテルを後にした。

○

議員になってからというもの安眠とは縁遠い生活を送ってきた。総理大臣に就任してからはなおヒドイ。日々の公務に、国を背負う重責。寝付けない日も増えた。ろくな休日もなく、目が覚めても一日をリセットした感覚がまるでない。瞬きと一緒だ。傍から見れば眠っているようでも、本人からすれば長く目を閉じていただけ。それが総司にとっての睡眠だった。

甘い匂いが鼻腔をくすぐった。誰かが優しく頭を抱いてくれている。感覚で朝だとわかった。新しい一日が始まったと理解していた。こんなにスッキリとした目覚めは子どもの頃以来だ。久しぶりの感覚に総司は晴れやかな気分になる。

不意に頭をぎゅっと抱きかかえられる。顔に何か柔らかいものが押し付けられている。同時に甘い匂いがまた香った。息苦しくなって手を動かす。さらりと手触りの良い肌の感触。肩と思わしき場所にペタペタと触れ、腕の中から逃れるようにして上の方に顔をずらした。目の前に瑞々しい唇が現れる。目線を更に上にやる。女の顔がそこにあった。

女性は静かに規則正しい寝息を立てている。見覚えがある。記憶の糸を辿っていく。はっと昨夜のことを思い出した。シンデレラ。婚活パーティーで出会ったあの女だ。

彼女の腕からそっと抜け出し、狭いせんべい布団の上に上体を起こした。そこは知らない部屋だった。散らかった女物の服や部屋の内装、淡いピンク色のカーテンから察するに女性の部屋だ。「この女の部屋か？」と、総司は改めて隣で眠る女性——麗の寝顔を覗き込んだ。

ホテルを追い出されたあたりから記憶が曖昧だ。この女が自分を介抱して、自宅まで運んだのだろうか。見ず知らずの男を自分の部屋に上げるなんて、よほど警戒心がないのか。それとも、ただのお人好しか。

ブブブとバイブレーションの音がどこからか聞こえてきた。壁に吊るしたハンガーに、自分のジャケットが雑にかかっていた。総司はジャケットのポケットからスマホを取り、声を潜めて電話に出た。

「はい。我妻」

「総理！　何をされていたんですか！」

橘の声だ。腕時計を見る。早朝の六時前。いつもより少し遅い起床だ。

「一体、そこにいる女性は誰なんです！　まさかこんなことになるとは……！」

「なんだ。もしかして近くにいるのか？」

「総理がおられるマンションの前ですよ。深津と交代でずっと監視していましたから。動けば騒ぎになりかねないので、手をこまねいていたところです。総理。一体、その女性と何があったんですか？」

「酒に酔ってよく覚えていない。でも、どうやら介抱してくれたみたいだ。久しぶりにぐっすり眠れたみたいで気分がいい。怪我の功名ってやつかな」

「介抱って。……と、とにかく。人目につかないように急いでそこを出てください。今朝は閣議が入っていますので、お早く」

通話を切った。ジャケットを羽織り、忍び足で玄関まで移動する。ふと思い立ってリビングまで引き返した。寝室ではさっきより大きな寝息を立てながら、すかーっと眠っている麗の姿がある。「んんっ……」と声を漏らして寝返りを打った。シャツがぺろんと捲れてパンツが見える。肌を晒した脚を寒そうに擦り合わせ、太ももから尻にかけてをポリポリと爪で掻いた。

総司は気まずそうに麗から視線を逸らすと、財布から一万円札を抜き出して宿賃代わりにテーブルに置いた。再び玄関まで引き返して革靴を履く。ふと何かが引っかかり、妙な違和感を覚えた。何か見落としているような気がして、自身の手のひらを見つめる。

ジャケットの中でまたスマホが震えた。橘の催促だろう。総司は眺めていた手のひらから顔を上げ、気合を込めるようにぎゅっと握りしめると、清々しい気持ちで部屋を出て行った。

首相官邸での閣議を終え、エントランスで待ち受けていた政治部記者たちの前に姿を見せた総司は、いつものようにぶら下がり取材に応じた。

直近の政府対応についていくつかの質問に簡潔に答えていく。

「来月訪日されるロックウェル米大統領との首脳会談ですが、日米同盟強化に向けてどのような成果を目指すのでしょうか？」

「ロックウェル大統領も四十三歳と歴代の大統領の中でもかなり若いリーダーですので、これまで以上にしっかりとした信頼関係を構築した上で、日本とアメリカ両国の固い結束を世界に示せればと」

「信頼関係といえば、ファースト・レディであるリリー夫人とは前回ひと悶着（もんちゃく）あったと耳にしましたが？」

年配の記者が質問すると、総司の表情が若干曇った。

「総理は独身ゆえ首相夫人のポストも空席。そのせいで前回は時間を持て余したリリー夫人の機嫌を損ね、彼女から苦言を呈されたとの話もありましたが、いかがですか？」

「それは……語弊がありますね。夫人は渡航疲れで体調を崩されていましたから、それを機嫌を損ねていると勘違いされたのではないでしょうか」

「総理のテレビ出演での出生率回復、子育て支援政策の発言を受けて、世間では総理ご自身の結婚にも注目が集まっていますが、結婚のご予定はあるのでしょうか？」

後ろで控えていた秘書官の橘と広報官が顔を見合わせる。

「多数の縁談相手とお見合いをしているとの話もありますが、これは本当でしょうか？」

記者たちから結婚についての質問が矢継ぎ早に飛んでくる。橘と広報官がすぐさま駆けつけて、総司と記者たちの間に入った。

「時間ですので、これで終了とします」

橘が言って総司を連れてその場を離れようとする。記者たちが「総理！」と呼び止める中、先刻の年配記者から「なぜ結婚されないのですか？」と疑問をぶつけられた。

「やはりご両親のことと関係があるのでしょうか？」

退散しかけていた総司の足がピタリと止まる。先導していた橘が「……総理！」と振り返った。

「二十年前。あなたの父親である我妻龍彦氏がまだ内閣総理大臣であった時、母親の我妻恵子さんの不倫報道がありましたね。本人は否定し、龍彦元総理も妻である恵子夫人を全面的に擁護なされた。その後も仲睦まじい夫婦の姿をメディアに見せてはいましたが、一部ではやはり不倫は事実で、当時から別居しているとも」

記者たちのもとに引き返してきた総司がムキになって言う。

「私が未婚なことと両親のこととは何の関係もありません。それに両親は現在も仲が良いですし、別居の事実もありませんよ」

「ではなぜ結婚しないんです？　総理にはこれまで浮ついた話一つ出てきていません。結婚しないのには何か他に理由があるということですか？　それは何です？」

記者の核心を突く質問に怯む。理由、結婚できない理由。じんわりと手のひらに汗をかいた。手のひらを見る。ふと甘い匂いが香り、今朝の隣で眠る彼女の肌を撫でた時の感覚が蘇った。総司ははっと目を見開いた。

「それとも恋人がいるんですか？　婚約者がいるんですか？」

橘が強引に総司の腕を引く。広報官が「質問は終わりです！」と叫んだ。

「――います」

エントランスの喧騒がピタリと止んだ。その場にいる人間、すべての視線が総司に集中する。

「婚約者ならいます」

総司の言葉に再び場が騒然とする。「そ、それはつまり……」と記者の一人が質問するのを遮り、総司は力強い言葉でカメラに向かって宣言した。

「近々、結婚する予定です！」

○

「一体何を考えておられるのですか、あなたは！」

執務室に橘の怒声が轟いた。ソファでお茶をする尚美の肩がビクッと震える。「こわぁ……」と思わず声を漏らした。

総司の結婚宣言はメディアでたちまち報道され、世間に知れ渡った。関係各所からの連絡が途絶えず、橘たちはさっきまでその対応に追われていた。

橘の説教をうんざりした顔で聞いている総司は、リクライニングチェアに背中を預け机の上に長い脚を放り出している。他人事（ひとごと）のように「そう怒るな」と橘を窘（たしな）める。

「……昨夜から今朝にかけて。あったこと、すべて話してください」

「そうですよ、総理！　あの女性は誰なんです？　総理がまさかワンナイトラブなんて」

尚美も興味津々な様子で橘に同調する。

「知らないよ。会場で泥酔して介抱され、彼女の部屋で一晩眠った。それ以外には何もなかった。……たぶん」

「名前は？　遠目でしたけど綺麗な人でしたよね。何をされている方？」

「知らん。名前も経歴もすべてデタラメ、大嘘だった」

尚美が「……は？」とワケがわからないといった顔を見せる。

「……総理は、あの女性と結婚するおつもりですか？」

橘の言葉に尚美が「あ、そういうこと？」と合点がいったように総司を見る。総司は何か思案しているようで答えない。机上の電話が鳴りワンコールで橘が受話器を取った。

「はい。総理執務室。ええ。ええ。え……？　そうですか。……わかりました。繋いでください」

橘は受話器を総司に差し出す。「誰から？」と総司。

「お父上の我妻龍彦元総理からです」

父親の名前を聞くなり、総司は深いため息を吐いた。正しくリクライニングチェアに座り直すと受話器を受け取る。橘がすかさず保留を解除した。

「もしもし。お久しぶりです。父さん」

「総司。結婚するそうだな」

父の龍彦は余計な挨拶を一切省いて単刀直入に言った。総司の体に緊張が走る。

「……はい」

「私は何も聞いていないし、許した覚えもないが」

「それについては謝罪します。本来であれば父さんの誕生パーティーに相手の女性をお連れして、そこで結婚の許しをもらうつもりだったんです。マスコミに煽られ、つい口を滑らせてしまいました。申し訳ありません」

総司の苦しい言い訳に龍彦はしばらく沈黙していた。

「……結婚は許さん。我妻家の嫁として相応しくない女を、家族に迎え入れるワケにはいかない」

「ご心配なく。家柄も人格も大変素晴らしい女性です。必ず父さんも気に入ってくれますよ。パーティーで顔を合わせてなお気に食わないようであれば、婚約は解消します」

「…………」

通話が切れた。とりあえずは切り抜けたと、総司は安堵の息を吐いた。

「では、やはりあの女性と本当に結婚なさるおつもりなんですね？」

橘が改めて総司に尋ねる。総司も今度こそ「ああ」とハッキリと返事をした。

「迎えの車を出してくれ。くれぐれも丁重に扱い、公邸の方にお連れして」

「承知しました」橘がかしこまって答える。

尚美が「あれ？　でも待ってくださいよ」と口を挟んだ。

「女性アレルギーの件はどうなったんですか？」

橘が呆れ顔で嘆息し、総司は一人ほくそ笑んでいる。橘はスマホを手にして「表に車を」と通話を続けながら執務室を出ていった。

〇

「んがっ……？」

自分のいびきのデカさに麗は目を覚ました。半開きの口からよだれを垂らしながら、同じく半開きの目で窓の外を見る。すっかり暗い。昼間に一度目が覚めたが、すぐにまた二度寝してしまった。スマホを見ると午後十時を過ぎていた。大貫からの着信履歴が大量に残っている。ムクリと上体を起こし、ずり落ちたシャツから露出する左肩をポリポリと掻いた。「サクラぁ？」と真っ暗な部屋に呼びかけようとして、彼女は今恋人と旅行中であることを思い出した。手探りで枕元のリモコンを見つけ出し、部屋の電気をつけた。チクチクとした感触を覚え、ポリポリと左肘を掻く。何かがポロリと肘から剥がれ落ちた。「ギャッ！」と悲鳴を上げて布団から飛び退いた。

「……毛虫？」

恐る恐る腕から落ちた黒い物体を覗き見る。親指と人差し指で摘み上げた。

「……髭？」

なんで付け髭なんかがここに？　そう思った時、昨夜のことを思い出した。仕方なく連れ帰った酔っぱらい。橘と名乗ったあのいけ好かない髭面の男。さっと自身の体を確かめる。服も下着も着ているし、体に違和感もない。自分から部屋に連れ込んでおいてなんだが、どうやら何かされた様子はなかった。寝室にアイツの姿はない。布団の側にはあの男のメガネ。壁にかけていたジャケットはなくなっていた。

「どっちが嘘つきなんだか」

リビングに移動してテーブルの上にメガネと付け髭を放った。シャツの裾で指を拭く。テーブルには覚えのない一万円札が置いてある。部屋の中を見回した。玄関も見る。あの男の靴はない。

「宿代ってことね」

再びリビングに戻りテレビのスイッチを入れた。ヤカンをＩＨコンロにかけてコップにコーヒー粉を注いだ。お湯が沸くのを待つ間、キッチンからテレビを眺める。政治家の報道。興味がないので、ろくに情報が頭に入ってこない。

「――近々、結婚する予定です！」

「今回の我妻総理大臣の結婚については、まだお相手の情報や日取りなど不明な点が多いですが」

女性アナウンサーが柔らかい口調で原稿を読み上げる。映像には記者たちに囲まれる若い男の姿。そういえば今の総理大臣って若いんだよなぁと、画面の中心人物である若き総理大臣に注目する。麗は「へぇ。まだ独身だったんだぁ」と、どうでもよさそうな独り言を漏らした。コーヒーを持ってテレビの前に移動し、座椅子に腰を下ろす。

「――私が未婚なことと両親のこととは何の関係もありません」

繰り返し流れる若き総理の結婚報道に飽き飽きし、麗はチャンネルを変えた。「夕飯どうしようかな」とコーヒーを一口啜る。ふと考える。チャンネルを戻した。

「近々、結婚する予定です！」

また同じ映像が繰り返される。画面には件の若き総理大臣が映っている。総理の顔をまじまじと眺め、麗はテーブルの上のメガネと付け髭を引っ掴んだ。テーブルに膝をついて身を乗り出し、画面に大写しになっている男の顔にメガネと髭を押し当てた。昨夜の酔っぱらい男がテレビの中に再現された。

「あんの詐欺師めぇ……！」

付け髭をクシャリと握り潰して麗が唸る。でも、なんで？　どうして？　総理大臣が身分を隠して、なんで婚活パーティーなんかに参加してたワケ？　若くて、カッコよくて、権力もあるあの男なら、相手なんて選び放題なはずなのに。

その時、来客を告げるメロディが鳴った。マンションの正面玄関からの呼び出し。

「はい？」と不機嫌な声で応答する。モニターにはメガネをかけた神経質そうな男が映っている。

「夜分遅くに申し訳ありません。わたくし、橘と申します」

「橘ぁ？」

手元のメガネを一瞥して麗が聞き返す。橘は麗が手にしているものとよく似たメガネを中指で押し上げ、レンズの奥から鋭い視線をカメラに向けて言った。

「〝本物〟の橘です。総理のご用命でお迎えに上がりました」

麗を乗せた黒塗りの公用車は、静かな運転で彼女を目的地まで運んだ。これまでに乗ってきたタクシーの荒い運転と比較して妙な感動を覚える。まるでかぼちゃの馬車にでも乗っている気分だ。到着すると運転手が後部座席のドアを開いた。隣に座る橘に「着きました」と降車を促される。麗はふかふかのリアシートから名残惜しそうに腰を上げると、車を降りた。目の前の建物を見上げて「はぁ……」とため息のような感嘆の声を漏らす。レンガ風の外観から昭和の香りが漂う趣のある洋館だ。お城とまではいかなくとも普段とは違う別世界を演出するのに十分な存在感を放っている。

「なんだっけ。しゅしょーかんてーってやつ？」

「……官邸は隣に立つあちらの建物です。こちらは旧官邸を改修した首相公邸。総理大臣の居住を目的として建てられた官舎です」

「はあ。つまり家ってことね」

回りくどい説明を皮肉るように麗は言った。自分の身なりを気にしてからもう一度公邸を見上げた。大慌てで支度したから化粧も服もみすぼらしい。どうせなら昨日の婚活パーティーの会場をここにしてくれたらよかったのにと、理不尽な文句まで飛び出す。

橘の案内で公邸の中に足を踏み入れた。格調高いモダンな玄関ホールを通り、正面の階段を使って二階へ。階段を上がった先に綺麗な女性が立っていた。

「事務秘書官の深津です」

尚美はそう言って綺麗なお辞儀をする。麗もえへへと愛想笑いを浮かべながら、慣れない様子で「どもども」と浅いお辞儀を繰り返した。尚美は目の前の麗の姿を呆気にとられた顔でひとしきり眺め、「本当にこの人？」と確認するように橘にもの問いたげな視線を投げた。橘は尚美に同調するように肩をすくめて小さく頷いた。

「あー……ではこちらへ。総理がお待ちです」

尚美が先導し、麗もその後をついていった。邸内の廊下を歩き、両開きの扉の前まで来ると尚美は立ち止まった。ノックをして「お連れしました」と一言告げる。「中へ」と部屋の中から男の声がした。尚美が右側の扉を押し開け、「どうぞ」と麗を部屋の中に招き入れた。七十平米はありそうな広い部屋。公邸の外観に合わせた内装もアンティーク調で落ち着いた雰囲気がある。書物がビッシリ並んだ本棚の他に、ガラス戸棚には無数のトロフィーや盾が飾られ存在感を放っていた。壁際の猫脚が目を引くドロワーの上には写真立てが置いてあった。子ども時代から現在に至るまでの様々な年代の総司の写真が飾られている。すぐ上の壁には写真を引き伸ばしたポスターまで貼ってあった。読者モデル時代の写真で、カジュアルファッションに身を包んだ二十歳そこそこの頃の総司が白い歯を見せて微笑んでいた。

どんだけ自分大好きなんだと、麗がげんなりとした顔で微笑をこぼす。

「では。ごゆっくり」

尚美が一礼して部屋を出ていく。バタンと扉が閉じた。

「突然お呼び立てして申し訳ありませんでした」

部屋の奥にある執務机から声がした。書類仕事をしていた総司が立ち上がり「昨夜はどうも」とにっこり微笑んだ。麗も「いーえー？」と胡散臭い笑顔で歩み寄る。

「気を使ってお金まで置いていってくださって。これ、お返ししますね？」

折り畳んだ一万円札を胸ポケットから抜き取り、麗は近くのテーブルにそれを放った。

「橘さん？　あ。我妻さんでしたっけ？　総理とお呼びした方がいいかしら？」

麗は嫌みったらしく「お髭も剃られてスッキリされて……」と続けると「この大嘘つき！」と叫んだ。総司は執務机の前まで出てくると、そのまま机の上に浅く腰掛けた。伏せていたショットグラスを戻し、瓶からスコッチを注ぐ。

「人のことを嘘つきだの怠け者だの散々こき下ろしといてからに……。さすがは政治家ですわねぇ。嘘がお上手で、すっかり騙されちゃった」

「キミの嘘が杜撰すぎただけだ。それに僕はすでに身分を明かしている。最早この場に嘘つきはキミ一人だ。あのマンションも本当の家じゃないんだろう？　一体何者なんだ、キミは」

「秋葉麗。家はないからあのマンションに居候させてもらってる。借金まみれでお金がないもんで。それも今月には出て行かなきゃいけないけど。あの婚活パーティーに参加した理由は、昨日アンタが言った通り。金を騙し取れるカモを探すため。アンタのせいで台無しにされちゃったけどね」

　麗は一息に話し終えると、「それが何か？」とでも言いたげな、涼しくも憎たらしい表情で総司を見た。総司は興味なげに「なるほど」と一言呟いて酒を呷った。「それで？」と麗。「なぜ私は呼ばれたのかしら？」と白々しく尋ねた。

　総司はふっと微笑むと、もったいぶるようにしてグラスにまた酒を注いだ。麗も心の中でふんぞり返る。大方、予想はついていた。総理大臣がわざわざ身分を隠して、場末の婚活パーティーなんかに参加していたのだ。そして、翌日の結婚報道。何かやましい事情があるに違いない。それがひょんなことから自分と一夜を共にすることになり、正体を勘付かれたと察した。きっとこれは口止めだ。金の匂いを敏感に嗅ぎつけ、麗は思わず笑みをこぼす。一万円ぽっちじゃ安すぎる。百万、二百万？　まだまだ安い。相手は金に汚い政治家なんだから、遠慮はいらない。搾れるだけ搾り取ってやる。

麗は笑い出しそうになるのを必死に我慢して、総司が口を開くのを待った。総司はグラスに注いだ酒を飲まずに眺め、ふと麗のことを見た。

「こっちに来てくれないか？」

「……はい？」

「こっちだ。僕の前まで来てくれ」

総司は首を傾けて「来い」とジェスチャーする。麗はワケもわからずに渋々彼の目の前まで歩み寄った。総司は麗の頭からつま先までを眺め、今度は逆につま先から頭までを眺める。麗は内心「……こわっ」と身の危険を感じていた。総司の腕が動いたので、麗はビクリと体を震わせた。目の前に右手を差し出された。

「握手」

真面目な顔つきで総司が言う。麗の顔に嫌悪感が滲み出る。「できることなら僕だって触りたくないんだ」と総司。更に手を前に突き出し、「ここに呼ばれた理由が知りたいんだろ」とふてぶてしく言う。「……気味悪いなぁ」と麗は恐る恐る総司の手を握った。握手した瞬間、総司の腰が引けた。「なんなの？」と不機嫌な声を出す麗。

「ほ、ほ、ほおぉぉぉ!!」

総司が奇声のような歓喜の叫び声を上げた。驚いて今度は自分が逃げ腰になる麗。だが、総司は彼女の手を摑んで放さない。麗が「なに！　なに！」とパニックになって繰り返し叫ぶ。総司は「サワレル……サワレル……」と呪文のように同じ言葉を繰り返しながら、麗の手を自らの両手で包むようにして撫で回している。ひとしきり愛撫し終わり、ようやくその手を解放すると、麗は勢い余ってその場に尻もちをついた。総司は自身の体のあちこちを見て触れながら、「カユクナイ……カユクナイ……」と詠唱を続けている。傍から見れば不気味としか思えない行動に、麗は「ヒェッ……」とまた震え上がった。

「なっ！　なんなの、一体……！」

総司はようやく冷静さを取り戻すと、彼女に視線を戻して軽い咳払いをした。

「何を隠そう……僕は重度の女性アレルギー持ちだ」

「じょせーあれるぎぃ……？」

「簡単に説明すると、女性に触れると体中が痒くなる。ヒドイ時は側に立たれるだけでもダメだ。最悪、気を失うこともある」

「……ん？　待って待って待って。だって、今私と握手したじゃん。平気そうじゃん」

「キミをここに呼んだ理由はそれだ。今朝のことを思い出して僕も驚いた。キミの体に触れてもアレルギーの症状が出なかったんだからな。そんな女性がこの世に存在するなんて、正直信じていなかった」

麗が軽蔑した表情で自身の体を抱くようにして隠す。「起きる時に手が肩に触れただけだ」と総司。なお訝しむ麗だったが一つ疑問が解消した。

「あ、あー……。じゃあなに、あの婚活パーティーはそういうこと？　体に触られても、その、アレルギーの症状が出ない女を探してたってこと？」

「ああ。政治のためにどうしても結婚する必要に迫られて、仕方なく」

麗は放心した顔で「はあ」と納得のいったため息を吐いた。ふと何かに気付いた。

「じ、じゃあ！　あの結婚報道の相手って……！　まさか！」

「秋葉麗……と言ったな。キミは昨夜、僕に言った。シンデレラはガラスの靴をわざと落とした、と。正直、目からウロコだったよ。なるほどなと思った。シンデレラは王子に与えたワケだ。自分と結婚できるチャンスを」

依然として床に尻をつけている麗に向け、総司は手を差し伸べた。

「だから僕も喜んで拾わせてもらう。キミの落としたガラスの靴を。そしてこれは同時に、キミにとってのチャンスでもある。確かにこの世の中、シンデレラのように不幸な境遇の女性は多い。そして、その誰もがシンデレラになれぬまま一生を終えていく。僕は王子様でも魔法使いでもない。だから、キミをプリンセスにはしてやれない。だが、僕は総理大臣だ」

「ファースト・レディにはしてやれる」と総司は不敵に笑った。

「僕と結婚してそこから這い上がるか。そのまま地面に這いつくばるか。僕が持ってきたガラスの靴を、試すかどうかはキミ次第だ」

麗は総司の話を聞いている間、ずっと彼から目を離さなかった。ずっと、ずっと待ち望んでいたチャンスが目の前にある。目を離していられるワケがなかった。これは夢？　魔法？　それともからかわれてる？　内閣総理大臣、我妻総司。ルックスは良いし、お金もきっと持ってる。性格にちょっと難があるけど、確かにコイツは王子様かもしれない。首相夫人……ファースト・レディか。考えたことなかったけど、プリンセスなんて贅沢(ぜいたく)はこの際言ってらんない。夢でも魔法でもなんだっていい。

「——アンタから貰ったガラスの靴で、ここから這い上がってやろうじゃないの」

麗は躊躇わずに差し伸べられた総司の手を摑んだ。

見てなよ、シンデレラ。んにゃろ。プリンセスなんて目じゃない。最高のファースト・レディになってやるんだから。

公邸のどこからか、午前零時を告げる鐘の音が聞こえてくる。魔法が解けないことをひたすら祈りながら、麗は総司の手をしっかりと握りしめていた。

二章★二人のファースト・レディ

人和政策研究会の政治資金パーティーの会場にもなった都内の一流ホテル。市街を一望できる最上階のダイニング・バーに野党第一党党首である横谷代表の姿があった。店内に流れるジャズに耳を傾けながら、シェイクしたウォッカ・マティーニを一人味わう。その至福の時間を邪魔するように、横谷の隣に一人の不遜な男が腰掛けた。

「どうやら結婚の話は本当のようで。官邸は大騒ぎだ」

どこか楽しげに男は言うと、タバコを口に咥えて火をつけた。周防文哉、フリーの記者だ。専門はゴシップ。おおよそ社会正義とは結びつきそうもない三文記事ばかりを書いているゴロツキで、横谷とは二十年以上の付き合いになる。周防が口をすぼめてタバコの煙を吸うと、普段から出っ張っている頬骨が余計に強調された。

「お相手は？」

「それがわからないんですよ。上松総裁すら把握していないとか」

周防はやせ細った指でタバコを摘み上げ、ふぅっと煙を吐く。漂ってくるタバコの煙を鬱陶しそうに払いのけながら、横谷は渋面で「きな臭いですねぇ」と呟いた。

「突然お見合い話が浮上してきた矢先のこれまた突然の結婚。しかもお相手はアンノウンときてる。総理は一体何と結婚するおつもりかな。ねぇ？　代表」

「上松が強引に見合い話を進めていたとして、我妻総司にその気はなかったはず。彼がこれまで結婚を渋っていたのには何かしらの理由があったはずですから」

「母親のスキャンダルか」

「少なからず関係はあるでしょう」

「総理のあのテレビ出演での発言に、上松総裁は相当頭に来ていたみたいですからねぇ。前政権批判とでも捉えたのか。総理自ら口にした子育て支援の件もあるし、結婚についてかなりの圧力をかけられたんじゃないですか？」

「だとしても急すぎる。問題はもっと根本的なところにある気がしてならない。それが解決したからこそ彼は今結婚に踏み切った。私はそう考えます」

「しかしねぇ。あなたに言われて色々と探ったが、総理は別に男色の気があるワケでも女装癖があるワケでもないようだ。まぁ。これまでは女の気配すらなかったワケだが、今の時代珍しくもないでしょう」

　横谷は考え込むようにして黙ったままマティーニのグラスを傾ける。酒に浸るチェリーの片割れが水面からほんの少し顔を覗かせた。

「……やはり相手の女が鍵か」横谷は周防を見ずに言った。「お願いできますか」

「仕事ですからね。また儲けさせてもらいますよ」

周防は席を立った。一面のガラス窓から見える夜景を一望して横谷は笑みをこぼす。

「親子揃って女を慰み者にするか」

摘み上げた番（つが）いのチェリーを口の中で転がしながら、横谷はしゃぶり尽くすようにして染み込んだマティーニを味わっていた。

○

「マジで出てくの？」

荷造りする麗の背中にサクラが心配そうな声をかけた。麗は「うんー」と半分聞いていないような気の抜けた返事を返す。キャリーケースに衣類を雑に詰め込むと、麗の私物は安物のハンドバッグとくたびれたキャリーケースのたった二つに綺麗に収まった。

「今月中に出てけとは言ったけどさぁ。何も本気にしなくても……」

「いいのいいの。私だって親友の足を引っ張るほど落ちぶれちゃあいないのよ。これまで置いてくれて本当に感謝してる」

「でも……。行く所あるの？　麗の生活基盤が整ってからでも私は全然」

麗は「平気だって」と余裕な態度で言う。サクラはそれが逆に不安で素直に親友を送り出せないでいた。

「布団とかさ。残してくものは処分してくれていいからね」にへっと笑いながら麗はキャリーケースを玄関まで運んだ。「それに私のことはもういいから。サクラは自分が幸せになることを考えなって」

「私が幸せになる上での懸念材料があなただから心配してるんだけど」

麗はケラケラと笑って財布から三千円を出した。

「心配すんなって」麗はサクラの手に三千円を押し付けた。「ご祝儀代わりにアンタからの借金も返済していくからさ」

サクラは「せこっ」と言いながら思わず吹き出した。紙幣を握りしめ、またすぐに寂しそうな顔をして麗を見る。麗はスマホを確認して「ちょうど迎えも来たみたい」と靴を履いた。

「……本当に大丈夫？」

「大丈夫だよ。じゃあね。あ、式には呼んでよね」

玄関のドアを開くとガラガラとキャリーケースを引いて外に出す。ウズウズする気持ちをどうしても抑えきれず、麗は緩みきった表情でサクラを振り返った。

「私も呼ぶからさ」

「こちらのお部屋を自由に使って頂いて構いません。何か用があれば備え付けの電話で遠慮なく呼び出してください。私か深津が対応しますので」

橘の説明を聞きながら麗は興味津々に室内の光景に目を輝かせていた。二階の東側にある一室。元は官房長官室で現在は空き部屋になっていたのを、麗の私室として特別に整備させた部屋だ。興奮した麗は真っ先にセミダブルのベッドに走り寄ってその上に飛び込んだ。ボフンと体が弾んだ。ひんやりと気持ちのいいシーツの肌触りについ顔がにやける。ゴロンと仰向けになって寝転び、「橘さんたちって秘書でしょ？　使用人さんはいないのー？」と天井の派手なシャンデリアに目を釘付けにしながら言った。橘がキャリーケースを室内に運び込み、その上にハンドバッグをポンと置いた。

「使用人とは違いますが。警備の人間を除けば、竹内さんという女性の管理人が一人。料理等身の回りのことは本来彼女の役目なのですが、竹内さんは現在休職中なので、私たち秘書官二人が当面の間この公邸に住み込み、あなたのお世話を担当させて頂きます」

「え。じゃあ料理も？」

「いえ。一応、今度入った官邸の食堂係の女性が竹内さんの代理になっているので、料理等こまごましたものについては彼女が。……向こうも食堂との兼任でお忙しいので、あなたがお会いする機会はほとんどないかと思いますが」

「ふーん。りょーかい」

上体を起こして麗は橘にピースサインをした。ため息を誤魔化すように橘は小さく咳払いをする。麗はこれから自分の私室となる部屋をもう一度見回し、興奮と喜びでぶるっと体を震わせた。「やったー！」と両手を上げて麗は再び背中からベッドに倒れた。

「……では、食堂へ行きましょうか」

橘の案内で正面階段を下り、その脇にある小階段を更に下りた。先へと進む橘を呼び止め、「食堂ってここじゃないの？」と階段を下りたすぐ先の広間を麗が指差した。

「そこは大食堂です。各国の首脳など、大事なお客様を招いての会食でしか使用しません。総理はあちらの小食堂の方でお待ちです」

「はぇー……。やっぱスケールが違うわぁ」

二人が小食堂までやってくると尚美が「おはようございます」と一礼した。側では総司が食事の席に着いている。白いテーブルクロスのかかった前後に伸びる長い食卓を前にして、麗はまたもや感嘆の声を漏らした。「うわぁ。マジで朝からこんなところでご飯食べるんだぁ。ドラマみたい」とはしゃぐ。その素直な反応に尚美も思わず笑ってしまう。橘に「何かお食べになりますか？」と問われ、「食べる食べる」と麗は上座で食事を取る総司の対面に特に断りもせずに腰掛けた。

「今でも信じらんない。まさか私がこんな場所に住めるなんてさぁ。本当に夢でも魔法でもないのよねぇ？」

「紛れもなく現実だ。が、これから次第で夢にも魔法にも変わり得る」

「……どゆこと？」

「結婚が認められなければ当然キミは首相夫人……つまりファースト・レディにもなれない。そうなればキミはここを出ていくことになる。ペットを飼った覚えはないからな」

「ま、待って待って！　認められなければって何？　私たち結婚するんじゃないの？」

「僕の父は代々続く我妻グループの現会長我妻龍彦。元総理大臣だ。そこらの女との結婚なんてあの人は許さない」

「そこらの女ぁ？」

　麗は口を挟みかけたがぐっと堪えた。総司の言い草に一瞬ムカついたが認めるしかない。彼が言うように今の自分は確かにそこらの女だ。いや、そこらの女であればまだいい。実際は路傍に転がっている石ころのように、きっと認識すらされていない。そこら未満の女だ。

「二ヶ月後に父の誕生パーティーが開かれる。そこでキミを父に紹介する。家柄も人格も大変素晴らしい婚約者としてのキミをだ」

「素晴らしい家柄って。私の両親は普通のサラリーマンと主婦だったし、両親の実家も特に何かをしてたとは聞いてないけど……」

「秋葉麗さん。あなたについてはこちらで簡単な身辺調査をさせて頂きました」

橘が朝食を持って戻ってきた。麗の目の前に白米と味噌汁と焼き魚が置かれる。

「……定食？」

日本的な朝食を前にして麗がそのギャップに顔をしかめる。「今日の日替わりだそうで」と橘。「あー。食堂のね」と尚美がなんとなく官邸の方角に視線を向けた。

「秋葉麗。キミのこれまでの経歴は大体確認させてもらった。ヒドイもんだ。よく婚活パーティーであんな大嘘を書けたものだな」

「うるさいな」

「借金を作って両親が蒸発。中学卒業後、高校へは行かずに身元を引き受けてくれていた親戚の家から脱走——親子揃って逃げるのが好きみたいだな——以降今までずっと、借金を返すために詐欺紛いのことをして生きてきたワケか。しかし、何をどうしたらこんなに借金が膨らむんだ？」

麗が「わ、私の借金じゃないから！」と叫ぶ。「彼女は連帯保証人です。他人の借金を背負わされたんですよ」と橘が一応のフォローを入れた。「やはりお人好しだったか」と総司は謎に納得した笑みを見せた。

「六百万——官房機密費に頼るような額じゃなくてよかったたな」

「かんぼーきみつひ？」

総司の冗談に麗が小首を傾げる。すかさず橘が「正式には内閣官房報償費」と口を挟んだ。

「国政の円滑な推進のため、機密用途で支出できる費用のことです」

「え！　じゃあ、そこから私の借金返してくれるの⁉」

瞳をキラキラと輝かせて麗が言った。総司は呆れたような脱力した笑みを見せて「出すワケないだろ」と鼻を鳴らした。

「そんなくだらないことに国民の血税を使えるか」

「んにゃろぉ……。こっちはそのくだらない借金で毎日ひぃひぃ言ってんだからね？」

「勘違いするな。その程度の額、僕のポケットマネーで完済できるってことだ」

総司の言葉に麗が目を見張る。

「あ、ありが――」

「とう」と言いかけて、総司がもう一度「勘違いするな」と釘を刺した。

「一時的に肩代わりするだけだ。〝計画〟が失敗すれば、当然今度は僕に借金を返すことになる」

「……は？　計画？」

「そのことですが、総理」二人の会話に再び橘が口を挟む。「今その借金に触れるのはリスクが高いかと」

「と言うと？」

「この大貫とかいう金貸しの男。九州最大の暴力団組織、その元構成員です。突然これだけの額を返済すれば、怪しまれて〝計画〟に支障をきたす可能性も」

「ねぇ。なに、計画って？」

「それは……まずいな。勘付かれて厄介な事態に陥れば〝計画〟が台無しになる」

「おい。だから計画ってなんなのよ」

「仕方ない。借金の肩代わりをする件は一旦白紙に戻そう。どのみち〝計画〟が失敗すれば僕には関係のないことだ。後回しでも問題はないだろう」

「では、そのように」

「無視！　すん！　なー！」しびれを切らした麗が地団駄を踏んで叫んだ。「結婚が認められなければだの、素晴らしい家柄だの、計画だのって！　一体なんの話！」

橘と尚美に総司が目配せし、二人も小さく頷く。総司は改めて麗に向き直り、咳払いをした。

「秋葉麗。現状、父が僕とキミとの結婚を認める理由は何一つない。総理大臣という立場上、国民からも祝福されることはないだろう。反対される理由だけは大量だが」

「そんなこと言われたって……。そもそもアンタが私をファースト・レディにしてやるって、大口叩いたんじゃん」

「チャンスをやると言っただけだ。父を認めさせ、国民を納得させることができれば、キミは晴れてファースト・レディだからな。そこに嘘はない」

「アンタねぇ……。いい加減なことばかり言わないでもらえる？　今さっき父親は認めないし国民は祝福しないって断言したばかりじゃん！　それともなに？　一回死んで流行りの転生でもして出直してこいって、そう言いたいワケ？」

「転生か。言い得て妙じゃないか。気に入った」

「へ？」

「えっとですね。つまり麗さんの経歴を捏造したまったく別のプロフィールを現在こちらで準備している最中なんです。名前や生年月日等、基本事項はそのままに、麗さんがご親戚の家を飛び出してから今日に至るまでの詳細な経歴を鋭意作成中ですので」

　尚美が言ってニコリと笑う。

「キミの親戚に地元ではそこそこの名士を見つけた。親戚と言っても超が十個付くほどの超遠縁だがな。それを軸にキミの人生を再構築する。今、話を通している最中だ」

「……それが計画？　それってつまり……嘘つくってこと？　日本中相手に？」

「平たく言えばそういうことになる。詐欺師のキミには容易いことだろ」

「ち、ちょっと待ってよ。それ、国家ぐるみの犯罪ってこと……？　私、もしかしてとんでもないことに巻き込まれてたりする……？」

総司が「大げさな」と鼻で笑って食後の茶を一口啜った。焼き魚は見事に身だけが削(そ)がれ、美しい骨の形が露(あら)わになっていた。

「戸籍を捏造するワケじゃないんだ。あくまで父の厳しい目をパスできるよう、キミの人生をちょこっと脚色するだけさ」

「でも、もし世間にバレたら……」

「バレて困るような偽装はしない。それに立場上、キミのこれまでの悪行がいつの日か掘り返されることは避けられないことだろう。だが、今バレるのはまずい。結婚そのものが立ち行かなくなる。しかし結婚したあとであれば、どうとでも言い訳は立つんだ。ファースト・レディには敵も多いからな。あることないこと騒ぎ立てる輩も当然いる。そんな悪い噂(うわさ)の一つとして、キミの悪行も誤魔化せる」

「でもでも……っ！」

「偽のプロフィールが出来上がったらそれをすべて頭に叩き込め。父との問答を自然に切り抜けられるくらいに、もう一つの人生を自身の言動に馴染ませろ」

総司にそこまで言われ、麗は遂(つい)に観念したように大きなため息を吐いた。

「……もう詐欺はしなくて済むと思ったのになぁ。まさか最後にこんな大仕事が待っていたなんてね。ツイてるんだか、ツイてないんだか」

意気消沈した麗が恨めしそうに愚痴る。「魔法が解けるかはキミの詐欺師としての腕次第ってことだ」と総司は他人事のように言って腰を上げた。尚美からジャケットを受け取り、大げさかつ俊敏な動作で袖を通す。

「さて。僕はこれから公務だ。後は橘に聞いてくれ」

「えー……。もういいって。今頭いっぱいだから。とりあえず昼寝して、あとのことは起きてからでも」

そう言って麗はようやく食事に手を付けようとした。「そうはいきません」と橘。

「秋葉さんには今日から毎日朝昼晩のレッスンを受けて頂きます」

「……はい？　れっすん？」

「ファースト・レディの前に、まずは一人前のレディになるための教育です。私とここにいる深津があなたの教師役として教育にあたりますので、よろしくお願いします」

「ええ……。いきなりレッスンだ先生だって言われてもなぁ」

「ご心配なく。一般教養と社会常識については総理大臣秘書官として人並み以上であることをお約束しますし、教職の免許くらいは私も一応持ってはいますから。それに橘さんは語学堪能で、日本語と英語はもちろん他に二カ国語を話せるクアドリンガルなんですよ？」

「ワケあって本場イギリスのバトラーアカデミーで学んだ経験もある男だ。マナーについては超一流、上流階級の嗜みも問題ない。適任だよ」

尚美と総司が安心させるように言うと、麗はポカンとした顔で頭上にはてなを浮かべた。

「なに、バトラーって。あ、バトル？　護身術的な？　戦うの私？」

麗がシュシュッと虚空にワンツーを打ち込む。一瞬の間があったあと、総司は素知らぬ顔で何事もなかったかのように、出口に向かって一人そそくさと歩き出した。絶句する尚美も逃げるようにして後に続く。尚美に代わって橘が「……訂正すると」と静かに言い添えた。

「バトラーとは執事のことです。一応」

途端に、拳を構えていた麗の顔が羞恥でかぁっと真っ赤に火照った。

「ひ、秘書としての仕事は放っておいていいワケぇ!?」

出口に向かう総司の後を追いながら「秘書官は他にも五人いますからー」と尚美が答えた。脱力したようにガックリと肩を落とす麗。食堂から出て行ったはずの総司がひょいっと顔を覗かせる。

「ガラスの靴が本当にキミのものなのか。証明してもらおうか」

挑発的な笑みを見せてそう言うと総司は今度こそ食堂を後にした。「朝食後、開始します」と、鼻にかかるメガネのブリッジを押し上げて橘が言う。微笑を引きつらせながら麗は焼き魚に勢いよく箸を突き立てた。橘がぎょっと顔をしかめる。そのまま骨も気にせずかぶりつき、怒りに任せてバリバリと噛み砕いた。

○

しんと静まり返った夜の底で、真っ暗な室内をソロソロと動く影があった。ベッドから音もなく抜け出ると、動きやすいシャツとジーンズ姿に着替える。足音を忍ばせ部屋の出入り口までやってくると、ドアに耳をピタリとくっつけ、廊下の様子を窺った。安全を確認してドアをそっと開く。隙間から顔を覗かせ、今度は目視で廊下の様子を確認する。常夜灯のおかげでほんのりと明るい。総司の私室の方を念入りに警戒する。ガチャリと総司の部屋のドアが開いた。咄嗟に室内に一歩下がった。

「早く休んだ方がいいですよ？　明日もあるんですからね」

廊下に出てきた尚美が、振り返って部屋の中に声をかけた。総司が何か喋ったようだが遠すぎて聞き取れなかった。尚美はドアを静かに閉めると、クルリと踵を返し、こちらとは反対の方向へ廊下を歩いて姿を消した。恐らく正面玄関に続く階段を下りていったのだろう。ふうと息を吐き、また目と耳で廊下を警戒する。安全だと確認したところで、麗はやっと部屋から抜け出した。左手で取っ手を掴み、右手でドア本体を押さえながら、神経質なくらい慎重に、音を立てぬようドアを閉める。閉まった。ドアに右手をべったりつけたまま、ほっと胸を撫で下ろした。

「……なにをしているんだ？」

「ぎゃあああっ！」

後ろから不意に話しかけられ、麗は自分でも聞いたことがないような叫び声を上げた。心臓を握り潰され、無理矢理声を絞り出されたかのような悲鳴だった。

「――では、今夜はこれで失礼します。お二人とも明日に差し支えないよう夜ふかしも程々にお願いしますよ」

テーブルに広げていた書類を一つにまとめ、ノートPCと共に小脇に抱えると、橘は一礼して執務室を出て行った。先程この部屋で尚美と話をしていたのが総司ではなく橘であったことに気付き、貧血を起こしたようにソファでぐったり横になる麗は小さく舌打ちをした。

「一週間足らずで脱走を図るとは思わなかったよ」

総司はネクタイを緩めながら「靴のサイズが合わなかったのかな」と嫌みったらしく言った。ガラス戸棚に並ぶ酒瓶の中からブランデーを選び取り、麗の対面のソファに腰を下ろすと、テーブルに置いた二つのショットグラスに少量のブランデーを注いだ。

「だから脱走じゃないったら。ちょっと外界の空気を吸いたかっただけ」

鬱陶しそうな声で麗が言う。総司がブランデーのグラスを麗の方に滑らせた。「私はいらない」と拒否する麗に、「気付けだ。飲んでおけよ」と総司は一人先にブランデーを呷った。渋々身を起こすと、麗はブランデーに口をつけた。

「橘から聞いてるだろ。誕生パーティーまで勝手な外出は許可できない」

「ええ。ええ。聞きましたとも？　でも私は納得も承諾もしてない」

　ジロリと睨んで麗は言った。

　この一週間、一日十二時間を超える拷問のようなレッスンを毎日こなし、麗は心身ともにすっかり疲弊しきっていた。レッスンは一般的な教養はもちろん、政治に関するあらゆる事柄を教える座学から始まり、社交界の常識を身につけるため、基本中の基本である正しい姿勢と歩き方、テーブルマナー講座、ダンスレッスンなど多岐にわたった。やっと日曜日になり、縋るような瞳で「今日はお休みよね？」と尋ねた麗に、橘は「あなたに〝休み〟は存在しません」と無慈悲に回答した。その一言が麗のモチベーションにトドメを刺した。その結果が今夜の脱走騒ぎというワケである。

「公邸に缶詰にされて毎日毎日朝から晩までレッスン、レッスン！　やっとお休みかと思ったら、『休みは存在しません』ですって。ふざっけんな！　あのおすましメガネ！」

　麗は誇張したすまし顔で橘のモノマネをすると、すぐに彼のことを口汚く罵った。

「キミが足を踏み入れようとしているのはそういう世界ってことさ。首相夫人になれば少なからず今と似た生活を送ることになる」

「にしたって息抜きは必要じゃん。外出不可なんて到底受け入れらんないわ」

「すでにマスコミが動いている。僕の結婚相手を探り当て、どのテレビ局や雑誌社よりも、いち早くその姿を写真に収めてやろうって連中が大勢ね。キミの存在はまだ一部の人間にしか知らされていないんだ。今、キミの素性がバレたら計画は破綻する。それは互いに望むことじゃないだろう？」

麗は「それは、まぁ……」と勢いを失った声で呟いた。手元のブランデーを一気に飲み干す。総司の言っていることは至極真っ当、ぐうの音も出ない正論だが、それでもムカつくものはムカつく。頭にくる。そもそも〝キミ〟って何？　人の名前も呼ばずに、まるでモノでも指し示すみたいに、「キミ、キミ」ってさ。こういう男が結婚したあとも妻のことを「おい！」とか「おまえ！」みたいにナメた呼び方すんのよ。亭主関白ってやつ？　外面だけはいっちょ前のナルシスト男。あー、見てるだけでムカムカする。

ブランデーがかあっと喉元を熱くし、目の前の男を思わず罵倒しそうになるのを麗は必死に堪えた。総司がテーブルの酒瓶に手を伸ばすのを見て、何か一泡吹かせたい気持ちになる。意地悪い顔で総司の手の甲をしっかり掴んだ。

「……なんだ？」

「え？　あ。その、痒くなれー……みたいな」

「馬鹿か」

麗はブランデーでふわふわしている頭で考える。そうだった。私が触ってもコイツに女性アレルギーの症状は出ないんだった。

総司は麗の手を雑に振りほどき、立ち上がった。「僕はもう寝る」とブランデーの酒瓶を元のガラス戸棚に戻した。

「キミももう寝たまえよ。この程度で音を上げるようじゃファースト・レディなんて夢のままで終わるぞ」

麗は「へいへい」と面倒くさそうに返事をしながら部屋を出て行こうとする。「とにかく周りには気をつけろ」と総司が小言を続けた。

「迂闊なことをすると記者の連中はすぐに嗅ぎつけてくる。特にキミには良からぬ友人が多そうだからな」

「しっつれいな。んなヤツいないわ――」

「よ」と言いかけて、ふと一抹の不安が麗の胸をよぎる。自分に借金を押し付けて逃げた元恋人――浜村雅人の顔が思い浮かんだ頃には、不安は胸一杯に広がっていた。

○

「えー……。教養四十一点。政治十八点。時事三十六点。それから」

「もういいよ。深津くん」

尚美が小テストの点数を読み上げるのを制止し、橘は鈍痛のする頭を庇うようにしてこめかみの辺りを指で押さえた。「失礼ですが」と前置きする。

「……真面目に取り組んではいるんですよね？」

麗は学習机に突っ伏して「はぁ……まぁ……」と魂を手放したかのようなか細い声で言った。

官邸時代は閣議室であった二階の一室。そこにホワイトボードや机を運び込み、麗のための「講義室」と称して使用していた。学習机が数台規則的に並ぶ光景は、講義室というより小中学校の教室を思わせる。まるでテストでヤマがはずれた受験生のような燃え尽き方をしている麗を一瞥して、尚美は哀れみの声で「さすがに詰め込みすぎじゃないですか？」と橘に進言した。

「しかし、このペースでないととても龍彦氏の誕生パーティーまでに仕上がらない」

ノートPCを操作する尚美の後ろから画面を覗き込み、橘はため息まじりに言う。

「やはり初めから無理があった。彼女と総理とでは生きてきた環境が違いすぎる」

「ちょっ……橘さん！」

尚美に言われ、橘は「あっ」と口を噤んだ。麗は愛想笑いを浮かべて「あ。いいの、いいの。私も同じこと思ってるから」と身を起こす。気まずい空気が流れ、「き、休憩にしましょう」と尚美が提案した。「私、コーヒーでもいれてきますから」

「……いや。私が行きます。深津くんはここで彼女のテスト直しを」

席を立ちかけた尚美に指示すると橘は部屋を出ていった。麗が「はー……」と大きなため息を吐いた。「本人、あれで悪気はないですから」と尚美がフォローする。「ただの事実だもんね」と麗がアハハと乾いた笑いを見せ、尚美も困った笑みを浮かべた。

「上流階級の人間ってのも大変なのね。覚えることがいっぱいで、何が何やら」

「ああ見えて、総理なんてもう一年はまともな休暇を取っていませんからねー」

「え！　マジ？」

「テレビなんかだと豪遊してそうな感じわざと出してますけどね。あれ、総理の戦略なんですよ。総理大臣って職に若い子たちにも注目してもらうための。高いスーツ着て、高いクルマに乗って、テレビでチヤホヤされて。ほら、夢あるじゃないですか」

「はぇー……。そうなんだ」

「橘さんも総理を支えるために休み返上でサポートしてますからね。あの二人仕事バカだから」

「深津さんもでしょ？」

「私はあの二人ほどでは……」

「でも、今日もこうして私のレッスンに付き合ってくれてるし」

尚美が「それは……そうかも」と呟く。しばし沈黙があり、突然二人して笑い始めた。

「はー。マジで深津さんがいてくれて助かったぁ。深津さんがいなかったら、今頃ここであのナルシストとメガネに挟まれて生活してたかと思うと……。こわぁ」

「尚美でいいですよ。慣れればあの二人もとっつきやすい性格してるんですけどねぇ」

「うっそだぁ」

「ほんとほんと。総理については普段が八方美人だから、秘書官として抜擢されて初めて素のあの人を見た時の印象は最悪でしたけど。特に女性アレルギーは最初理解できなくて、すっごい不快でしたねぇ」

麗は「ふぅん」と口をへの字に突き出し、「アレルギー抜きにアイツの言動はムカッとくるけど」と眉間に皺を寄せる。「でも」と続けた。

「なんで女性アレルギーなんかになっちゃったワケ？」

尚美が「それは……」と口ごもる。部屋の中に用心深く気を配り、出入り口の扉を警戒する。席を立つと、ガラガラと椅子を引いて麗の隣の学習机に腰掛けた。休み時間の女子学生が内緒話でもするみたいに、麗に顔を寄せる。

「私も総理から直接聞いたワケじゃないですけどね？　たぶん親のスキャンダルが原因じゃないかなって」

「スキャンダル？　アイツの父親も確か元総理大臣なんでしょ？　まさか、不倫？」

「逆です。不倫したのは母親の恵子夫人の方。男とホテルに入るところを記者に撮られちゃったんですよ。恵子夫人は何も語らず、龍彦元総理も夫人の潔白を信じたってことになってますけど。実はそれもメディア向けのポーズだったみたい。家の中はもうめちゃくちゃで、ほとんど家庭内別居状態だったとか」

「はぇー……。それで女性不信になっちゃったんだ？」

「たまにいるんですよ。わざと親のことを持ち出してくる人たちが。特に野党と記者ですけどね。この間も野党第一党の党首をしている横谷って人間が、恵子夫人のスキャンダルのことで煽ってきて。あのジジイもすごく弁が立つから、総理も珍しくキレたみたい。今に殴り飛ばすんじゃないかって、私も冷や汗ものでしたよ。それくらい総理にとって母親のことは触れられたくない話題なんでしょうけど」

「ふーん。きっと根っからのマザコンなのね」

総司の普段のキザなにやけ面を思い出し、麗はバカにしたように鼻を鳴らした。

「そういう事情もあったので、麗さんの存在には本人を含め、総理の秘密を知る人間ならみんな驚いたはずです。まさか総理に触ることのできる女性が現れるとは思ってませんでしたから」

「そのおかげで私は今ここにいられるワケよね。でもこんな調子で仮に結婚できたとしても、ちゃんと続くのかなって、正直不安だったり……。話も性格も合わないし、そもそも私たちに恋愛感情なんてないワケで。結局これってお互いに利益があるから成り立ってる契約結婚でしょ？　もし、私に対しても女性アレルギーの症状が出るようになったら、私の価値はなくなる……。そうしたら、きっとアイツは私のことなんて……」

そこまで言いかけて麗は黙ってしまった。ファースト・レディになれるチャンスを手に入れて浮かれてはいたが、未だ自分の人生は危うい。お釈迦様が気まぐれで垂らした蜘蛛の糸に必死に摑まっているような状況だ。糸が千切れたが最後、たちまち元いた地獄の底に逆戻りになってしまう。

「そんなことないと思います」

尚美が同情でも慰めでもない素直さで言った。

「確かに麗さんのその特殊な体質に総理が目をつけたのは事実です。でも、それだけで結婚に踏み切るような、あの人はそんなバカな人間では決してありません。麗さんに体質以上の何かを見出したからこそ、総理は今回の結婚に踏み切ったんだと思います。でないと、わざわざこんな手の込んだ手段を講じてまで、あなたをファースト・レディにはしませんよ」

さっきまでの世間話のような軽い空気から一転、尚美は真摯な態度でまっすぐに麗の目を見て言った。何か悪いことをしでかして叱られているみたいで、麗はつい伏し目がちになる。「そう……かなぁ」と弱々しく呟いた。

「これから夫婦になるんですよ？　妻が夫のことを理解しないでどうするんですか。結婚から始まる恋愛だって、きっとありますよ」

「うーん。……理解、できるかなぁ。何をすれば理解できるのかしら」

答えがわからないテストの問題に悩むみたいに、頭を抱えて麗は机に突っ伏す。「そんなの簡単ですよ」と尚美が笑った。

「〝対話〟すればいいんです」


人差し指を小刻みに動かし、マウスホイールを上から下にカリカリと滑らせていく。ディスプレイを眺める視線が、上から下、左から右と忙しなく動く。橘と深津が作成したここ数週間の麗の成績表と報告書にすべて目を通し終え、総司は目元を手で覆い隠して唸るようなため息を吐いた。

「進捗率はやっと十パーセントといったところ。当初の計画よりだいぶ遅いペースです。本人は真面目にやっているようですが、このままでは厳しいと言わざるを得ない」

「……そううまくはいかないか」

執務机のカップを手に取り、総司はコーヒーを静かに飲んだ。冷めたコーヒーの味に、これはいつ持ち込んだものだったかと思案する。朝は閣議のあと、一旦この官邸執務室に戻ってはきたがコーヒーは持ち込まなかった。そのあとは都内での会合のため一度出掛け、官邸に戻って都道府県議会議長との懇談会に出席。そうだそうだ。そのあとの昼食の時に持ち込んだコーヒーだ。あれから七時間も経てば冷めるに決まっている。

「――やはり考えが甘かった。彼女にファースト・レディは無理です」

現実逃避のくだらない回想から橘が強引に総司を連れ戻す。総司はカップを置いてもう一度ディスプレイを眺めた。

「元々の学力が低すぎる。フレンチのコース料理で、スープを味噌汁のように啜り、フォアグラのポワレに乱暴にフォークを突き立て、一口で食べてしまうようなお人です。総理とは育ちが違いすぎる。考え直すべきです」

「だから教育するんじゃないか。僕には彼女が必要だ」

「アレルギーのことなら、総理の体に影響を及ぼさない女性がいるとわかっただけで御の字でしょう。じっくり時間をかけて、もっと相応しい女を選べばいい。偽りなく家柄も人格も素晴らしい女性を」

マウスホイールをカリカリと回す。赤点だらけの麗の成績を見て不思議と笑いがこみ上げてくる。橘の言うように育ちは確かに違うようだ。僕が真面目に学校に通い、政治の勉強をして父の背中を追っていた間、彼女は一体何を思い、何を考え、これまでを生きてきたのか。

総司の目が成績表のダンスの項目に留まる。【足型覚えられず。足運びに苦戦】

思わず微笑んだ。

「まずはステップからだな」

「そ、総理……」

橋が当惑した声を漏らす。総司は卓上カレンダーを一瞥し「橋」と呼んだ。

「明日から夜のレッスンは僕が担当する」

「し、しかし……。月末にはロックウェル大統領も来日されますし、何より公務の後で更に彼女の面倒まで見ていたら、あなたのお体が……」

「舞踏会でシンデレラと踊るのは王子の役目だろ」

茶化す総司。橋はため息まじりに眉間を押さえた。

「なぜ彼女にこだわるのです。やはり、女性アレルギーですか」

総司は「違う」と短く答える。「では、なぜです」と橋。「強いて言うなら……」と自分でも理由を探しているような間があって、「確かめたいのかもな」と静かに呟いた。

○

広さは三百二十二平米。幾何学的な装飾を鏤(ちりば)めたアール・デコ様式を取り入れ、アーチ状に曲線を描く天井からは豪奢(ごうしゃ)な照明が等間隔に吊り下がっている。照明は白昼夢のような眩い光で空間を照らし、ホール全体に幻想的な魔法でも振り撒いているみたいだった。敷き詰められた赤い絨毯をまるで初雪にはしゃぐ子どものような気持ちで踏みしめ、麗は両腕を広げてくるくると回りながら高い天井を仰ぎ見た。

すっかり眠気の吹き飛んだ顔で、麗は公邸の大ホールの真ん中に立ち尽くしていた。公邸にまだこんな素敵な場所があったなんて思ってもみなかった。本当にお城の舞踏会に招かれたようで心が躍る。きっとこれまでに何百何千という招待客がここで各々のパートナーの手を取り、優雅に品位あるダンスを踊ったに違いなかった。自然と足が動いて、口ずさむように習ったばかりのぎこちないステップを踏む。

「少しはやる気が出ただろ」

ホールに姿を見せた総司が言った。手には小型のスマートスピーカーを握っている。途端に麗は魔法が解けたみたいに、暗くガッカリした気持ちになった。スピーカーを置くと、「キミは形から入るタイプだと思ってね」と皮肉を言いながら、総司はスーツのジャケットを脱いで床に放った。

「お優しいことで」麗は負けじと皮肉たっぷりに吐き捨てた。

今夜から突然、夜の講師を総司が担当すると言われた。尚美は優しいけれど、橘は無言の圧が凄かったし、仮にも未来の妻をぞんざいに扱いはしないだろうと、総司の個人教授に麗は淡い期待を抱いた。夕食後、二時間、休憩なしで座学をやらされた。無駄口を叩く暇もなく、トイレに行きたくても、これまでに学習した範囲から出題される総司の問題に答えられなければ、席を立つことも許されなかった。解答を間違え続け、レッスン終了間際五分前にやっと正解した。トイレに駆け込み、用を足しながら総司の悪口を考えつく限り叫んだ。トイレを出ると五分経っていた。「儲けた！」と、ウキウキ顔で教室に戻ってきた麗に総司は言った。

「休憩はもういいな？　これから一時間は小テストだ。早く席にかけたまえ」

麗はあんぐりと口を開けた。「……一体何時まで続ける気？」と心の中で絶望した。

——総司はシューズに履き替えて麗の側までやってきた。クイッと顎を上げて生意気に総司を見上げる。「どうせだったらドレスも用意してほしかったわね」と、着用する地味なレッスン着を指して麗は皮肉を言った。

「どこまで教わった？」

無視して早速本題に入る総司を「むぅ」と睨み、麗は不機嫌なまま渋々答える。

「えっと……。社交ダンスは別名ボールルームダンスとも呼ばれていて、それからぁ」

「いや、そんな知識はどうだっていい。種目については聞いてるか？」

「なんだっけ。ワルツでしょ。それから……タンゴ。す……す……すろー」

「スローフォックストロット、クイックステップ、ウィンナ・ワルツ。これがモダン五種目。ルンバ、チャチャチャ、サンバ、パソドブレ、ジャイヴのラテン五種目と合わせて、競技でも踊るこの十種目が所謂テンダンスだ。ここまではいいな？」

麗は「お、覚えてましたけど？」と頷く。

「でもさぁ。今すぐ覚えなきゃならないこと？　これぇ」

「僕の父は社交ダンスが好きでね。誕生パーティーでも招待客と一緒に必ず踊るんだ。だから今回のレッスンにも加えさせてもらった」

「はぇー」麗は興味深そうに呟く。「趣味でダンスをねぇ……」

「と言ってもあくまで娯楽としてだ。だから今回はパーティーダンスでよく踊る種目の内からマンボ、ジルバ、ブルース。初歩的なこの三つのダンスを覚えていく。それで十分だからな。さっき言ったテンダンスは無視する」

総司は「ただし」と続けて「ワルツを除いて」と付け加えた。「ワルツ？」と麗。

「父がワルツを好んで踊るんでね。踊ればポイントを稼げる」総司は麗の前にやってくると左手を小さく上げた。「それじゃ。これまで習ったステップの確認から始めよう」

お互いに向き合ったまま、麗は上げた右手を総司の左手に重ねた。胸の鼓動が速くなる。妙に緊張してしまい、それに照れくさい。橘と踊った時はそんなことはなかったのに、どうしてだろと目を泳がせる。総司が指を絡めて麗の右手をしっかりと握った。右手で彼女の腰をしっかりと抱き寄せる。「はぅっ！」と麗は思わず息を呑んだ。上目遣いに見上げると総司の端整な顔が間近に迫った。彼の薄い唇に自然と目がいく。背伸びすれば簡単にキスできる距離だ。一瞬物欲しそうな顔になって、すぐに我に返った。

「……何を考えてんだ私は」

自身のいやらしい考えに思わず苦笑を浮かべた。よだれまで出かかっている。これじゃまるでそこらのスケベオヤジだ。総司は訝しげな表情で麗を見下ろしていた。

「……始めるぞ？」

「あ、うん」

総司のリードで二人はゆっくりとステップを踏み始めた。「ワン、ツー、スリー」と総司がリズムを取る。麗は総司との呼吸がずれないように必死に足を運んだ。しかし、タイミングを間違えてバランスを崩した。麗の足がもつれて転倒しかけるのを、総司がしっかりと自身の体に引き寄せて抱きとめた。

「ご、ごめん！」

すぐに「……なさいです」と麗は付け加えた。怒られると思って、ひゃあっと首をすくめる。

「もう一度だ」

数時間前の座学の時が嘘のように、総司の態度は柔らかい。「怒らないの？」と恐る恐る尋ねる麗に、総司は「社交ダンスは一人じゃなくて二人で踊るものだろ」と答えた。

「パートナーのミスは僕のミスでもある」

総司はもう一度姿勢を正して左手を上げた。麗の右手を握り、彼女の腰に腕を回した。

「ワン、ツー、スリー。ワン、ツー、スリー」

総司の掛け声と共に二人はステップを踏んでゆっくりとホールを移動していく。「わん、つー、すりー……」と麗も小声で繰り返す。二時間ほど練習を続け、チラチラと足元を見ながらもなんとか最後まで踊りきった。

手を放すなり、麗がどっと疲れた顔をして「はぁ……」と嘆息した。緊張の糸が切れたみたいに姿勢を崩し、ドスンと尻もちをついて後ろ手をついた。総司は胸の前で腕組みをしながら「うん」と納得したように首を頷かせている。

「足元に意識が向きすぎていてまだ足運びがぎこちないが、音楽と合わせれば自然になるかもしれないな」

「うへぇ……。まだやんのぉ？」

麗が泣き言を言うみたいに叫ぶ。総司は投げ捨ててあるジャケットからスマホを抜き取った。「音楽に合わせてもう一度」と画面に親指を滑らせた。無線接続されたスピーカーから音楽が流れ始める。『曇りのちワルツ』——社交ダンスをテーマにした昔の映画で使用されていた楽曲で、父である龍彦のお気に入りでもあった。子どもの頃から馴染みの深い、総司にとってはワルツの定番楽曲だ。

「音楽をよく聞いて」

「う、うん」

互いの手を取り、体を寄せ合う。総司が大きく一歩を踏み出し、それに合わせて麗が後退する。二人のステップが綺麗に重なり、軌跡を描くような華麗な動きで真紅の絨毯の上を滑らかに舞う。麗がチラリと足元を気にする。「下を見るな」と総司が前を向いたまま言った。イタズラが見つかったみたいにギクリと慌てて正面を向く。

「ダンスはステップじゃない。音楽を体で感じて楽しく踊ればそれでいい——だそうだ」

「……なにそれ」

「映画の受け売り。両親が好きでね。この曲もその映画から拝借している。夕食のあとなんかに二人がよくワルツを踊っていたのを覚えてるよ」

「へぇ。じゃあ昔は仲良かったんだ」

麗は「あっ」と口を滑らせたことに気付いた。すぐに察しがついて「みんな知ってることだよ」と自嘲気味に笑う総司。「キミの両親は？　やっぱり昔は仲が良かったのか？」

「ウチはずっと仲良かったかなぁ。喧嘩(けんか)してるところなんて見たことなかったし」

「それでも別れるものなのか」

「ウチの場合は二人揃って消えたんですけどね」

麗が冗談めかして笑うと総司も笑った。総司の前進に合わせて麗が後退し、そのまま流れるような左回転に繋げる。ゆっくりとしたテンポで二人は踊った。

「……未練がましく夫婦を続けているよりはずっといいのかもな」

「アンタの親。離婚、はしてないんだっけ」

「したくてもできなかったんだろうな。ただでさえ母の不倫報道で騒がれていたのに、現役総理の離婚なんてマスコミに餌を与えるようなものだったから。父が総理を辞して母が家を出たあとも、別れるに別れられないまま、形だけは今も夫婦を続けている」

「その、さぁ。やっぱりそれが原因だったりする？　アンタのその女性アレルギー……」

総司の手が汗ばむのがわかった。

「……母の一件以降、父の躾が厳しくなったんだ。元々子どもの教育には厳しい人だったけど、次第に交友関係にも口出しするようになった。特に女性に関しては異常に厳しくなった。貴族主義とでも呼べばいいかな。家の品位を落としかねない下流家庭の人たちとの付き合いは禁じられたし、時にはヒドイ言葉でそんな女性たちを父は罵倒した。その頃からだ。女性に対して拒絶感を覚えるようになったのは」

「ひゃー……。なんでまた」

「母もそんな下流の女性の一人だったからさ。父は祖父母の反対を押し切って水商売をしていた母と結婚したんだからね。だから余計に母の裏切りが父には許せなかったんだろ。今にして思えば、あの躾は八つ当たりだったたんだろうな。下流出身の母との間にできた子どもである僕は、父からしてみれば過ちそのものだ。こっちからすれば、いい迷惑さ。おかげで僕までこんな厄介な体質になってしまった」

「お母さんのこと、恨んでるの？」

「どうかな。でも、今でこそ平成最高の総理大臣なんて言われている父だけど、当時の父は家庭の中では〝最高〟なんて言葉とは程遠い男だった。父親としても、夫としてもね。総理大臣の重責にいつもピリピリしていたし、怒鳴ってばかりいた。それこそワルツなんて踊る余裕がないくらいね。正直、居心地が悪かったよ」

「……その気持ちはわかるかも。私も親戚の家にいた頃は似たような生活だったし」

総司が「息を殺して？」と尋ねる。麗は同意して「じっと身を潜めて」と答えた。また二人で笑う。広々としたホールでたった二人、ワルツを踊りながら。

「母は言い訳こそしなかったけど僕に言ったんだ。『トップがアレじゃこの国の未来は暗いわね』って。そして家を出た。それどころか日本からも出て行ったよ。海外を転々として、たまに手紙を寄越してくる。父とも長いこと会ってないみたいだ」

「ねぇ。なんで私にチャンスなんてくれたの？　話聞いてたらさ、なおさらわかんなくなっちゃった。アレルギーにしたって、私が触れるくらいなんだから探せば他にもいるだろうし。わざわざお父さんを怒らせるこんな底辺女を選ぶ理由ない……じゃん？」

総司は「それは」と言葉に詰まったあと、「……意趣返し、かな」と呟いた。

「僕が恨んでいるとしたら、きっとそれは両親二人をだ。総理大臣という役目に翻弄され、他の役目をすべて放棄した父に。そんな父を見て家族と国を捨てた母に。そんな二人に僕は意趣返しをしたいんだよ。生まれや育ちなんて関係ないことを、この国の未来は明るいことを。キミとの結婚で証明したいんだ」

麗は総司の話に夢中で耳を傾けていた。尚美の言う通りだった。総司は自分のこの特殊な体質にだけ目をつけていたワケではなかった。意趣返しなんて、わざわざ遠回りな言い方をしてはいるが、それは結局「麗と幸せな家庭を築いていきたい」と、そう宣言したことに相違なかった。両親の失敗を繰り返さず、家族を守る夫としても、国を守る総理としても、〝最高〟を目指す。そのことに当の総司本人が気付いているのかどうかは知らないが、麗は彼の心に触れた気がして、まるで総司と一つになったみたいに体は自然にステップを踏み、彼にすべてを委ねていた。互いの両手をしっかりと繋ぎ、二人の右足がゆっくりと後方に滑る。総司の腰の捻りに合わせ、ゆっくりと背中から倒れるように、麗は後ろを振り向き見るようにして上体を左に反らした。同時に音楽が止まる。

麗ははっと我に返ると総司を見上げて大げさに何度も瞬きを繰り返した。

「なんだ。ちゃんと踊れるじゃないか」

総司は皮肉でもなんでもない素直な笑顔で言った。釣られて麗の顔も綻ぶ。「おー！」と歓喜の声を上げて、総司の胸に飛び込むようにして抱きついた。喜びを表現するように額をグリグリと彼の胸に擦り付け、ぱぁっと満面の笑みで総司を見上げる。

「だよね？　だよね？　むしろシロウトにしては踊れすぎなのでは、私ぃ？」

ハイテンションではしゃぐ麗を総司は照れたような、困ったような表情で見下ろしている。途端に冷静になり、次第に顔に熱が帯びるのを感じて、麗は恥ずかしそうに視線を泳がせた。握っていた手をぱっと放して、総司から飛び退く。ムスッとした顔で下唇を突き出しながら「今のナシ。ちょっと脳がバグっただけだから」と嘯いた。総司は呆気にとられた様子で「情緒不安定か、キミは」と呟いた。

不覚を取ったと麗は唸るような声を出しながら、悔しそうに眉根を寄せた。ワルツを踊れたことで気持ちが高揚したか。総司に褒められたことが嬉しくて、ついはしゃいでしまった。しかし、ワルツを踊る前と後で、総司に対する敵対心にも似た尖った感情がすっかり消え失せていることも事実だった。

（思ったより悪いヤツじゃないのかも……？）

この嘘と打算に塗れた婚約が成立したとしても、目の前のいけ好かない男とおままごとのような結婚生活が続いていくことを考えると、たとえどん底から這い上がれるとはいえ憂鬱で気が滅入る。けれど、尚美の助言通り〝対話〟を重ねることでお互いを理解し合えたとしたら……。いつかは本当の夫婦のように幸せな家庭を築いていけるかもしれない。麗はそんなふうに思い直して、この婚約に僅かな希望を抱き始めていた。

「ま。キミにしては上出来だな」

「……あのさぁ」

途端に不機嫌になって麗が言った。

「その〝キミ〟っていうの、とりあえずやめない？　これから夫婦になろうって人間がよ？　パートナーの名前を呼ばないってのは正直どうなんって思うワケ。私はね？　だって、結婚したあとで『おい』とか『おまえ』とか呼ばれたくないもん。そっちだって『ねぇ』とか『ちょっと』なんて呼ばれて、いい気しなくない？」

「……まぁ。そうかもな」ばつの悪そうな顔で総司が頷く。

「これからはお互いに名前で呼び合いましょうよ。夫婦になるんだもん。ね？　総司」

総司はむず痒い表情で、明後日の方向に視線を逸らしながら「あー……。キミが、そうしたいって言うなら」と小さく返事をした。麗が片眉を吊り上げて「じゃなくて？」と返事のやり直しを要求する。

「わ、わかった」照れくさそうに総司は咳払いを交えて言った。「……麗？」

ニンマリと満足そうに麗が笑う。ふと思いついて総司の目の前に歩み寄る。可愛らしく後ろ手を組んで、背伸びをした。ちゅっと互いの唇が触れ合った。

「今夜のお礼。これも夫婦なら当然よねぇ？」

ニヒッとイタズラに麗が笑う。呆気にとられて固まる総司。数秒の間があって「うあああっ！」と総司の絶叫がホールに轟いた。全身を襲うむず痒さに、体中を掻き回しながら、総司は手の甲でゴシゴシと必死に唇を拭う。

「み、水……！　い、いや！　消毒だ！　た、橘っ！　深津！」

体に触れられるのは大丈夫でも、麗と言えどキスまでは耐えられないらしい。総司は助けを呼びながら血相を変えて大ホールを飛び出していった。後に残された麗は一人その場に立ち尽くしている。

「……最っ低」

総司の出て行った出入り口を恨めしそうにジトッと眺めながら、麗は呆れ混じりの仏頂面で吐き捨てるように言うのだった。

◯

夏の終わりの八月末日。大統領専用機エアフォースワンはその日の午後、遂に羽田空港へと降り立った。夏空から抜け出してきたかのようなスカイブルーの機体が、滑走路をゆっくりと旋回していく。政府関係者や警備の人間で物々しい雰囲気の滑走路。停車した総理大臣専用車の車内から、総司は憂鬱な表情でその様子を眺めていた。

ウェイン・ロックウェル米大統領は、奇しくも総司と時を同じくして去年国のトップに選出されたばかりの、比較的若い大統領だ。悪役プロレスラーとして不動の人気を確立したあとに映画俳優に転向、様々な大作映画に出演して世界中に名が売れていたロックウェルは、十年ほど前に一本のアクション映画に出演した。ロックウェル演じる元凄腕の軍人である大統領が、殺された大統領夫人の復讐を誓い、テロリストを相手に大暴れをするといった内容のポップコーンムービー。この映画は大ヒットを記録し、特にロックウェル演じるワイルドな大統領が好評を博して続編が作られ、シリーズ化された。その人気といったら、アメリカのある雑誌でアンケートを取ったところ、実に七割を超える人間がロックウェルの現実の大統領選への出馬を支持したほどだ。ロックウェル自身も自ら演じたこの大統領のキャラをえらく気に入り、遂には去年、四十三歳にして大統領選挙に初出馬。見事、当選を果たしたのだった。

　到着したエアフォースワンの手前で、総理大臣である総司を筆頭に、外務大臣たち数人の政府関係者が緊張した面持ちで、タラップが接続される飛行機側面の搭乗口を見守っている。無事接続が済むと、タラップから続くようにして地面にレッドカーペットが敷かれた。

　搭乗口に浅黒い肌のタフガイが姿を見せた。お付きのボディガードと見間違えそうな屈強な肉体、着ている高級スーツが窮屈そうに悲鳴を上げている。オリバーピープルズのサングラスが、日光を浴びて夕焼け色に輝く。レンズの下の鋭い眼光で官邸の人間を見下ろし、鍛えた屈強な腕でスキンヘッドを撫で上げた。映画のワンシーンのような光景。出迎えた人間の中に見知った顔を見つけ、男はニヤリと悪そうに笑った。

「たった一年で随分とやつれたんじゃないか？　島国一つまとめあげるのにもだいぶ苦労してるみたいだな」

タラップをふてぶてしい足取りで下りてきた男は、短く生える顎鬚を弄ぶように、にやけた口元を撫で回しながら言った。

「キミは太ったな。それとも、ろくに働かない大統領のせいで逆に国民が痩せたのかな？」

互いを牽制するように睨み合う。ふっと笑った。大げさに腕を振りかざすように固い握手を交わし、二人はハグをした。周囲でカメラのシャッター音が一斉に鳴り始めた。

「はっはぁ！　元気そうじゃないか、ソウジ！」

「あだだだだ！　ご、ゴング！　折れる！　折れる！」

〝ザ・ゴング〟はロックウェルのレスラー時代のリングネームだ。

カメラに向けてアピールするように改めてもう一度握手を交わした。二人はメディアに広報用のスマイルを見せながら英語で会話を続けた。「ところで聞いたぞ？　結婚するんだって？」とロックウェル。総司が「まぁね」と答え、ロックウェルは声を潜めた。

「……じゃあ治ったのか？　オンナノコカユイカユイ病は？」

「変な病名を付けるな。触れてもアレルギーの症状が出ない女性を見つけた」

「そりゃあスゴイ奇跡だ。……でもなぁ。タイミングがなぁ」

「タイミング？」

「俺は止めたんだ。撮影で疲れているだろうし、わざわざ公務に付き合う必要はないって、今回の訪日はパスしていいってな。アイツだってそのつもりだったんだよ。タイミング悪くオマエの結婚報道が海を越えて飛び込んでくるまではな」

メディアのカメラが一斉に飛行機の搭乗口を向いた。どよめくような歓声が上がり、何者かが背後のタラップを下りてくるのがわかった。総司の顔が再び憂鬱に染まる。そうさせる元凶がすぐ後ろまで迫っている。

「気をつけろよ。アイツは未だに根に持ってるぞ」

ロックウェルはそう忠告して総司から離れた。タラップを下りてきたのは日本人男性のほとんどを見下ろせそうな長身のブロンド美人で、ロックウェルは彼女の腰に慣れた手付きで腕を回し、仲睦まじい〝夫婦〟の姿を日本のメディアにアピールした。総司もゆっくりと後ろを振り返る。ロックウェルの妻でハリウッド女優のリリー・ブランシェットが、谷間を見せつけるように胸元を大胆に開いたオートクチュールのマーメイドドレスを身に纏い、天真爛漫（てんしんらんまん）な眩（まぶ）しい笑顔を見せながらカメラに向けて手を振っていた。

その綺麗な指にはロックウェルから贈られた、モナコ公国大公と結婚しプリンセスとなったハリウッドの伝説的女優グレース・ケリーの婚約指輪と同じ、カルティエのダイヤモンドリングが光っている。

「ソウジ」

「り、リリー。よく来てくれたね」

　リリーは親しげに総司にハグをした。総司の体を悪寒と蕁麻疹の痒みが同時に駆け抜ける。総司は抱き返す真似(まね)をしながら、なんとか互いの肌が触れ合うのを避けた。彼女の唇が耳に触れそうなすれすれの距離まで近付く。リリーは冷たい声で囁(ささや)いた。

「この間は最低最悪のクソみたいな(ファッキン)おもてなしをありがとう。女性蔑視のクソ野郎の正体を今夜こそ暴いてやるから覚悟しておきなさい。Ｆ○ｃｋ　Ｙｏｕ」

○

　まるでお城の舞踏会に集う馬車みたいに、夜の首相公邸には黒塗りの高級車が続々と押しかけてきていた。車内から降りてくるのは着飾った政府関係者とそのパートナーたち。麗はお祭りの時のようなワクワクとした気持ちを抱きながらも、それとは真逆の不機嫌な仏頂面を作りながら、外の騒がしい様子を窓からチラリと覗いていた。

「きゃーっ！　マジで感動ですってぇ！　秘書官になってよかったぁーんっ！」

勢いよくドアが開き、興奮した様子で尚美が部屋に入ってきた。

「想像つくし聞きたくないけど一応聞いてあげよっか?」

「ウェイン・ロックウェルですよっ! 握手してもらっちゃった……。それにリリー・ブランシェットにまでっ! スタイル抜群で顔こんなちっちゃいんですよっ! 同じ女としてこっちの自信がなくなっちゃうくらい、メッッッチャ可愛いのっ! 去年は私別の仕事があって会えなかったから、もう嬉しくて嬉しくて」

尚美はロックウェルに触れた右手に頰ずりをしながら、天にも昇る心地で夢中でそう捲し立てた。麗は悔しそうに下唇を嚙み締め、尚美に恨めしそうな視線を投げかける。

「やっぱり私も会食に出る!」

「だからダメですってば。今朝も総理から言われたじゃないですか」

そう言われると、今朝のことを思い出してまたむかっ腹が立ってきた。麗は朝からずっとこんな調子で不貞腐れている。

「自分の部屋から一歩たりとも出るなっ!」

今朝、この首相公邸での大統領との会食を聞かされた矢先、麗は総司にそう釘を刺された。当然突っかかる麗だったが、返ってきた言葉はこれまでと同じ。素性がバレるから、ただそれだけ。この一ヶ月ほどそれを理由に公邸の中に軟禁されていたのに、今度は更に狭い部屋の中に監禁されるなんて。「ふざっけんなーっ!」と麗は朝食のハムを引っ摑んで総司の顔目掛けて投げつけたのだった。

「——私だってハリウッドスターに会いたい！　会いたい会いたい会いたいっ！」

「大統領と大統領夫人ですってば。麗さんもファンだったんですねー」

尚美はロックウェルと握手をした右手をぽーっと眺めながら、上の空で言った。

「ファンって言うと大げさだけど。特にリリー・ブランシェットの映画はよく観てたのよね。リリーの演じる詐欺師がさ、盗んだ指輪を赤の他人のポケットにさり気なく忍ばせるの。それで指輪の持ち主からの身体検査を間一髪すり抜けて、何食わぬ顔でまたポケットから指輪をスリ返すワケ。正直、憧れたのよねぇアレ」

「だのにアイツときたら！」と麗は鼻息荒く憤慨した。「絶対あの夜の当てつけよ」とホールでのキスの一件を思い出す。「どの夜です？」と聞き返す尚美に、「……やっぱりなんでもない」と麗は話をはぐらかした。

「本物のファースト・レディですから、本音を言うと麗さんにも会わせてあげたいですけどね。きっと未来の首相夫人として参考になる部分もあると思うし。総理も本当はお二人に麗さんを紹介したいはずですよ。誤解されて嫌われているリリー夫人には特に」

「誤解？　嫌われてる？」知らない話に麗は首を傾げる。「なんで？　なんであのリリー・ブランシェットが総司を嫌うの？」

「例によってあのアレルギーですよ。リリー夫人、あちらの人らしくスキンシップ激しいみたいで。前回訪日した時、年齢が近いこともあって総理にもベッタリだったとか。さすがの総理もうまいこと誤魔化しきれなくなって、彼女のこと露骨に避けちゃったらしいんですよ。リリー夫人もさすがに自分が避けられてることに気付いて、後半はメチャヤメチャ不機嫌だったらしいですよぉ？　事情を知ってるロックウェル大統領が必死にフォローしてくれたみたいですけど、結局最後はろくに口もきいてくれなかったとか」

「……そんなことがあったのに、彼女また日本に来たの？」

「ファースト・レディですからね。そりゃあ本人は来たくなくても、来なくちゃいけない時もあるんじゃないですか？」

「そんな相手と会食なんて、アイツ大丈夫かしら……」

ふと心配になって麗が呟く。尚美は「そうですねぇ」とロックウェルと握手した右手に頬ずりをしながら頷いた。「何事もなければいいですけどねぇ」

公邸の大食堂ではリリーの快活な笑い声がやけに目立っていた。彼女は通訳を介して現在撮影している映画の裏話を冗談交じりに披露している。空港到着時の派手なファッションは鳴りを潜め、ロックウェルと共に公務に相応しいフォーマルなスーツスタイルへと着替えていた。

同席している大臣連中にも大統領夫妻の出演している映画のファンは多く、隣に座るロックウェルもついリリーの調子に引っ張られ、仕事の話そっちのけで過去出演した名作映画の舞台裏を面白おかしく語っていた。総司も食事を続けながら二人の話に耳を傾けている。しかし、その実、その意識はほとんどリリーへと向けられていた。空港で彼女に耳元で囁かれた言葉が頭を離れない。

どうやらリリーは私のことを女性蔑視の差別主義者だと勘違いしているらしかった。やはり前回の訪日で彼女を露骨に避けた事実が尾を引いているらしい。それをキッカケにして、恐らく彼女は勘付いたに違いない。避けられているのは自分だけでなく、程度の差はあれど女性全般であることに。権利には人一倍敏感なアメリカ国民だ。コイツは女嫌いの所謂ミソジニストだと、そう直感したのだろう。

総司はリリーから視線を逸らさず、茄子（なす）の天ぷらに箸をつけて抹茶塩をまぶした。かじった瞬間塩っ辛さに顔をしかめる。彼女に気を取られるあまり塩の加減を間違えた。お吸い物に手を伸ばし口直しに一口飲んだ。昔、どこかで口にした味にふと手が止まる。

「これはとても美味（おい）しい、あー……味噌スープ？　ですね。柚子（ゆず）の風味が爽やかで、とても口当たりがいいわ」

同じものを口にしていたリリーが通訳に話しかけた。

「これは鱧（はも）のお吸い物ですね。日本らしい和の雰囲気を感じられるようにと、今夜の料理は赤坂で料亭をやられている元公邸料理人の宮沢（みやざわ）シェフが担当されていますから。

「……でしたよね？　橘さん」

通訳の女性に話を振られて、同じく通訳としての仕事に従事する秘書官の橘は「ええ、まぁ……」と歯切れの悪い言葉を返した。

「宮沢シェフが中心ではありますが、官邸の調理人にも協力してもらっているので」

「じゃあ、これは官邸の？」

総司がお椀を手にしたまま尋ねる。「さすがにそこまでは……」と、どこか後ろめたさを感じさせる様子で、橘はいつもの彼らしくない弱気な返答をした。

「ところで、ソウジ。あなた結婚するのよね？」

リリーの言葉に総司の汁を啜る手も止まる。同席している大臣の一人が「彼女は何と？」と気楽な調子で尋ねた。この場で英語を話すことのできる日本の要人は、首相である総司と他には外務大臣くらいのものだ。通訳の女性は声を潜めてリリーの言葉を訳した。

「……運良くいい女性と巡り会えてね」

「素晴らしいわ。おめでとう」

意地悪くリリーが微笑む。「でも、なぜお相手を隠すのかしら？」と白々しい態度で言った。「本当にそんな女性がいるの？」

「……どういう意味かな」

「気に障ったならごめんなさいね？　でも、私はずっとあなたのこと女性に興味がないと思っていたから。だって、この間もあまり私とは話をしてくださらなかったでしょう？　なんだか避けられている気がしたの。もしかして、女性が苦手なのかなって」

「あれは誤解だって言ったろう、リリー。ソウジも国の執政を任されたばかりで緊張していたんだよ」

見かねたロックウェルが話に割って入った。「そうよね」とリリーは映画で見るような可愛い笑顔を作る。「でも」とまだ話は続く。

「なぜこの場にお呼びしないのかしら？　結婚するお相手の女性よ。なぜか秘密にしているようだけど、そうする理由はなに？　日本のミナサンだってソーリダイジンの結婚相手には大いに興味があると思うわ。なぜ隠すの？」

「……まだ父にも紹介していなくてね。ついカメラの前で口を滑らせてしまったものだから。相手の方もまだ心の準備ができていないんだ。だから詳細はまだ伏せている」

「それで未来のファースト・レディが務まるのかしら？　正直な感想を言わせてもらうとね、私はとても残念に思っているの。だって本当に結婚相手がいるのであれば、あなたが〝嘘〟をついていないのであれば、たとえどんな事情があるにせよ、非公式でもいいからこの場に呼ぶべきだと思うもの。私とウェインはアメリカという国を代表してこの場にいるわ。日本との友好関係が本物であり、信頼を証明するためにね。それを踏まえれば、ソウジ。あなたは我がアメリカの信頼を裏切っている、そうは思わない？」

リリーの淀みのない迫真の長台詞。それがたとえ理解のできない英語であっても、何か只事ではない空気をその場にいる誰もが感じ取っていた。「もうよさないか」とロックウェルが声を荒らげる。リリーは毅然とした態度でなおも総司に微笑みかけていた。目は笑っていない。

総司はナプキンで口元を拭うと「……失礼。お手洗いに」とあくまで平静を装って離席した。用を足すワケでもなく、洗面台で顔を洗う。鏡に映るずぶ濡れの青ざめた顔。乱れた前髪からポタポタと雫が落ちた。

つくづくこのアレルギーには悩まされる。リリーの怒りはこちらの想像を遥かに超え、ひょっとすると外交問題に発展しかねない勢いだ。あくまで大統領はウェインであるし、両国の関係に本気で亀裂が生じるとは思っていないが、それでもリリーは影響力のある人物には違いない。もし、このままリリーとの関係が悪化すれば、きっと彼女は世界に向けてあることないこと吹聴するだろう。それこそ日本の首相は時代に逆行した女性蔑視の独裁者なんてレッテルを貼られかねない。早急にリリーの誤解を解き、なんとか関係を修復する必要がある。

「顔が青いわよ。大丈夫かしら？」

大食堂に戻ると、出入り口の前でリリーと鉢合わせした。どうやら彼女もお手洗いに

集英社文庫
http://bunko.shueisha.co.jp

よまにゃ

今日、読んだコトバは、
明日のキミになる。

行くところだったらしい。「寝不足かな」と愛想笑いをしてすれ違おうとした時、リリーが総司の腕を摑んで引き止めようとした。

（……しまった）

心の中でそう思った時にはすでに遅かった。総司は反射的に後退して、思わず彼女の手から逃れてしまった。

「やっぱりね」

リリーは笑顔の中に嫌悪感を滲ませて言った。不快そうなため息と共に滑らかな手付きで横髪を耳にかける。薬指のダイヤの指輪がキラキラと輝くのが目についた。

「ウェインはうまく騙せたみたいだけど、私の目は誤魔化せないわよ」

「あ、いや。これは違うんだ、リリー」

「もういいの。あなたが女性を汚らわしいものだと思っていることは、前回と今回のその行動でよくわかったから。どうせ結婚もフェイクでしょう？　でも、それはもういいの。問題はね、あなたみたいな平気で他人を差別する人間がこの国のトップにいるってこと。私はファースト・レディとしてだけでなく、ムービースターとして映画の仕事に携わっているからよくわかってる。世界はね、今あらゆる差別や偏見をなくそうとみんなで努力しているところなの。そこにあなたみたいな人権意識の低い人間がいると迷惑なのよ。ううん。ハッキリ言って不快だし、プレジデントを支えるファースト・レディとしての立場からも見過ごすことはできない。……だから提案があるの」

リリーは総司に一歩近付き、顔を近付けた。声を潜めて囁くように言う。

「ソウジ。ソーリダイジンを辞任しなさい」

リリーは微笑んで言った。

「同盟国である日本が、間違った道へ進もうとしているのを見過ごすことはできません。だから、あなたはトップから退くべきです。大人しく従うのならそれ以上のことは要求しないし、この件を蒸し返すこともしません」

「……従わなかったら？」

「その時は……そうね。コチラもそれ相応の対応を取らせてもらうわ。大人しくあの時辞任しておけばよかった、なんて後悔しても遅いわよ」

総司は一瞬沈黙したあと、リリーの耳元で言い返した。

「……辞任をするつもりはない。私にはこの国のためにまだやることがあるんだ」

「昔みたいに女性から選挙権を剝奪するとか？　いいわ。あなたの考えはよくわかりました」

リリーはわざとらしく肩をぶつけ、総司を押し退けた。カツカツと堂々とした足取りで公邸の廊下を進んでいく。今総理を辞任することこそ、本当の後悔だ。総司は遠ざかるリリーの背中を眺めながら心の中で呟く。

しかし、三十分後に総司は後悔することになる。やはりリリーの誤解は解いておくべきだった……と。

「――私の指輪がないわっ！」

それは会食の終了間際、リリーの悲鳴から始まった。

邸内が何やら騒がしい。二階の自室でふて寝していた麗はベッドから起き上がると、ドアの前で聞き耳を立てた。廊下を走る慌ただしい足音。一階からざわつく声がする。急にドアが開いてガンと頭をぶつけた。「いったー！」と髪を掻き毟るようにして頭をさする。尚美が血相を変えて部屋に飛び込んできた。

「麗さん！　大変、大変！　メッチャ緊急事態！」

「な、なに？　どしたの？」

「リリー夫人の婚約指輪が消えちゃったんですよ！　今関係者が一階のあちこちを捜し回ってますけど、どこにも見つからなくて……」

「婚約指輪？」

「大統領から贈られた二つある婚約指輪の内の一つ、カルティエのダイヤの指輪ですよ！」

「ふ、二つ⁉　婚約指輪を二回も貰ったワケ？」

麗が叫ぶように言って、面食らった尚美は軽く耳を塞ぎながら「知らないんですかぁ？」と若干うんざりした声を漏らした。しかし、すぐに先刻の慌ただしさと興奮を取り戻すと、麗の耳元に顔を寄せて声を潜めた。ゴシップ好き故の好奇心がダダ漏れで、緊迫した状況に反してその表情はどこか緩い。

「ロックウェル大統領は最初、ハリー・ウィンストンの指輪をリリー夫人に贈ったんです。ほら、映画の撮影にも使われて話題になったやつ。紛失したカルティエの指輪はその後に贈られた、二つ目の婚約指輪なんですよ」

「……一つでいいじゃん！　なんで二つ？」

「どれも憶測の域を出ない噂レベルの話ですけど、リリー夫人がハリー・ウィンストンの指輪を気に入らなかったとか、紛失しちゃってその代わりだとか。まぁ、ハリー・ウィンストンの指輪はその後の公務でも確認されているので、後者の話は完全にデタラメですけどね。でも、私が思うに……実際のところはロックウェル大統領の優しさなんじゃないかなぁって」

「優しさねぇ……。いかにもハリウッドセレブって感じ。婚約指輪の二つ三つはホイホイ買えちゃうワケか」

僻みっぽくぼやく麗。尚美は慌てて「そうじゃなくて！」と言葉を続けた。

「ロックウェル大統領はサモアの血筋で、自身のルーツを大事にされていることを事あるごとに語っているんです。で、リリー夫人はフランス系でしょ？　大統領は彼女と同じフランスのブランドであるカルティエの指輪こそ、本当は贈りたかったんじゃないのかなって」

「だったら最初からそっちを渡せばよかったのに」

「これも私の憶測ですけど。きっと最初の婚約指輪は、将来の大統領選を見据えたロックウェル大統領の〝パフォーマンス〟だったんじゃないですかねぇ。ハリー・ウィンストンといえばハリウッドとも繋がりが深いですし、指輪が映画にも使われたことを考慮すると、すべて織り込み済みの人気取りだったとか。実際効果はあったワケだし」

不意にふてぶてしく笑う総司のしたり顔をなぜか思い出し、麗の眉間にぐっと皺が寄った。

「それに価格だって桁違いですから。モナコ公国のプリンセスになったグレース・ケリーの婚約指輪と同じものとかで、金額にして百万ドル以上だとか」

「百万ドルって日本円でいうと……。えっと、一ドルが今は」

「ざっくり一億数千万円以上ってことですよ！　それが消えちゃったんですってば！」

「い、いちおっ……！　うええっ⁉」

「食事中にまだ指輪があったことは、同席していた複数人の証言で確認できているんですけど。恐らく夫人がお手洗いで席を立った際にどこかに落としたんですよ。でもリリー夫人大荒れで……。自分が落としたのを、官邸関係者の誰かが拾って盗ったんじゃないかって言うんですよぉ！　身体検査するかで今大モメしていて、もしかしたら戦後最大の外交問題になっちゃうかもぉ……」

ドアの前で不安そうに声を漏らす尚美。再びドアが開いて彼女の尻にガンと当たった。

「あだーっ！」と尚美が叫んで前につんのめった。尻をさする。

「秋葉さんっ！　……なんだ、深津くん。先に来ていたのか」

同じく血相を変えて飛び込んできた橘が尻をさすっている尚美を一瞥して言った。

「では邸内で今起きていることについてはもう聞き及んでいることでしょう。くれぐれもあなたはこの部屋を出ないように！　あなたの存在が知られたら、なおさらこちらの状況が悪くなる一方だ。下手をすれば日本とアメリカの関係悪化も考えられる」

「へいへい。育ちが悪くてどうも申し訳ありませんねぇ」

「ご理解頂いているようで何よりです。では、私は総理のところに」

「……指輪。本当に落としたのかな」

踵を返して部屋を出て行こうとする橘の背中に麗が声をかけた。開きかけていたドアをもう一度閉めて、橘は麗を振り返った。尚美も「どういうことですか？」と麗を見た。

「だって大事なエンゲージリングだよ？　それをわざわざ外すかねぇ」

「……用を足した時に念の為とか」と橘。

「だとしてもそこら辺にポンとは置かないでしょ？〝育ちの悪い〟私だってそう考えるんだから、本物のファースト・レディならなおさらポーチとか、ちゃんとした場所に入れるんじゃない？」

「それも、そうですね……」

「ねぇ。会食の時に何か変わったことはなかったの？」

すぐに尚美が「ありました、ありました！」と声を上げた。

「口論じゃないですけど、総理とリリー夫人の会話でちょっと場の空気がピリッとしたというか。その後すぐに総理がお手洗いに席を立たれて。次にほとんど入れ違いでリリーさんが大食堂を出て行かれました。私、英語わかんないんで。リリー夫人が何を言っていたのかまでは、わかりませんけど」

「夫人は総理を責めていたんだよ。婚約者を隠すのは不自然だと。それに、あの場に婚約者を呼ばないのは自分たちに対しても失礼じゃないかとね。信用されていないと思ったらしい。そもそも総理の結婚自体に懐疑的で、前回の訪日での仕打ちを今でもだいぶ根に持っている感じだった」

「なるほどねぇ。他には？」

「あとは……その入れ違いになる時にも、大食堂の出入り口の辺りで少し話をされていたみたいでした。さすがに内容までは聞き取れませんでしたが、すぐに話は終わったようで、リリー夫人は総理を押し退けるようにしてそのままお手洗いへ」

橘の話に麗が「……ふぅん」と頷いた。スマホが震え橘が電話に出た。手短に会話を終えて、「どうやら身体検査になりそうです」と険しい顔つきになる。橘が部屋を出て行き、残された麗と尚美が互いの顔を見合わせた。「あのさ」と麗。指で小さく丸を作る。

「こーんな丸い形のカフスボタン、あったりする？」

邸内をいくら捜してもリリー・ブランシェットの婚約指輪は見つからなかった。部下からの何度目か知れない成果なしの報告を受けて、総司は「ご苦労さま。もう結構です」と指輪捜索を打ち切る。ロックウェルに力なく首を振った。彼も首を小さく頷かせてリリーを見る。彼女は脚を組んで自身の席に腰掛けたまま、総司に視線を向けた。

「やっぱり身体検査しかないようね」

とても沈んだ声でリリーは言った。苦渋の決断を演出してはいるが、真っ先に身体検査を言い出したのは他ならぬリリー本人だった。逆に、夫のロックウェルの方が表情は暗い。「こんなことになって本当に残念だ」と同情と落胆と謝意の混じった、複雑な胸の内を打ち明けた。「……僕もだよ」と総司も肩を落とす。

「申し訳ありませんが、身体検査にご協力をお願い致します。男性と女性に分かれて、職員の指示に――」

「ストップ」

ざわつく大食堂。総司の言葉を遮ってリリーが言った。

「まずはソウジ。あなたから検査させてもらえる？」

リリーの言葉に総司は自身の耳を疑った。それはロックウェルも同様だった。

「おい、何を言い出すんだ。ソウジが指輪を盗るなんて、そんなことあるワケが」

「もちろん。それはわかっているわ。でも、彼は政治の責任者。この場にいる日本人の誰よりも偉い人なのだから、まずは率先して検査を受けるべきではないかしら」

リリーは「私、何か間違ったことを言ってる？」と総司に挑発的に尋ねる。総司は「……いや」と彼女の言葉を肯定した。ロックウェルの「いいのか、本当に」と確認する声に、小さく笑って頷いた。

「心配しないで。ソウジ。私だってあなたを信じているわ。これはただの確認よ」

リリーはそう言って席を立つと、総司に歩み寄った。むず痒い感じがして総司は思わずネクタイを緩める。「あら。ごめんなさいね」とリリーがわざとらしく謝罪した。「私が相手では抵抗があるものね？」と意地の悪い尋ね方をする。

「ウェイン、お願いできるかしら？」

リリーに促され、ロックウェルは眉間に皺の寄る苛ついた表情で、渋々総司のボディチェックを始めた。スーツの胸ポケットを叩き、腰ポケット、そしてズボンのポケットを叩く。ふと不機嫌な表情に変化が生じる。もう一度腰ポケットを叩いた。左のポケットに僅かな膨らみがある。ロックウェルは「まさか」と総司に疑惑の目を向けた。総司もロックウェルの異変に気付き眉根を寄せる。

リリーは心の中でほくそ笑んだ。そう、指輪ははじめから失くしてなんかいなかった。自分がソウジのポケットの中にわざと放り入れたのだから。これでウェインの手により指輪が見つかれば、ソウジは指輪泥棒の汚名を着せられ、早々に首相の地位から転げ落ちることだろう。ウェインとの仲も拗れ、政界には彼の居場所はなくなる。女性蔑視の差別主義者に相応しい末路だ。

ロックウェルがポケットの中に指先を突っ込み、中身を検めようとした。思わず、リリーの唇にうっすらと笑みが浮かんだ。

「遅くなってごめんなさい」

大食堂に一人の女性が駆け込んで来ると、出入り口の手前で深々と頭を下げた。しんと静まり返る室内。注目を一手に引き受け、女は大食堂に集う要人たちを不安げな表情で見回し、総司の姿を見つけると安堵した顔を見せた。そのまま彼の元まで駆け寄り、側に立つロックウェルの目の前でハグをした。その光景を見たリリーが目を白黒させている。麗が総司の耳元でウヒヒと笑った。

「私をハブった罰よ。ピンチみたいじゃん?」

「麗っ……。な、なんで出てきた。キミの正体が、計画がっ……」

「背に腹はかえられんでしょう？　ここを切り抜けなきゃ先はないのよ？」

「切り抜けるって……。キミに何ができるって言うんだ」

「私が誰だかお忘れ？」麗が不敵に笑った。「ここからは〝プロ〟にお任せあれ」

　麗は総司から離れ、隣のロックウェルに笑いかけた。「この可愛いお嬢さんは誰なんだ？」と戸惑うロックウェル。総司も同様に戸惑い答えあぐねている。質問の意図を察し、しびれを切らした麗が先に答えた。

「我妻総理……総司さんの婚約者の麗と申します。お会いできて光栄です、ロックウェル大統領」

　大食堂が再びざわつき始める。通訳を介してリリーとロックウェルにもそれが伝わった。「う、嘘！」とリリーは狼狽えた声を漏らした。「本当か、ソウジ？」と確認するロックウェルに、総司は歯切れ悪く「あ、ああ」と返す。麗はリリーの前でも同様に丁寧な挨拶をした。「あの、私あなたの大ファンで……」と遠慮がちに付け加えた。面食らっていたリリーは、通訳の言葉にすぐに笑顔を取り戻して、「そ、そう。嬉しいわ」と返す。簡単なハグで形式上は麗を歓迎した。麗がイタズラに笑って言う。

「あなたみたいに上手くやれるといいんだけど」

　ほとんど同時に通訳の女性が麗の言葉を訳した。「……うまく？」とリリーは硬い笑みを浮かべたまま通訳を見る。「ファースト・レディとして、ということでしょうか」と通訳の女性がフォローした。

「だったら早く紹介してくれたっていいじゃないか。リリーだって誤解しなかったのに」

ロックウェルが総司と麗の二人を祝福するような調子で言った。

「実はサプライズをしたいと総司さんから言われていて。それで会食の最後だけ、ご挨拶にお邪魔することになっていたんですけど。……何かあったんですか？」

麗はしれっとした顔で尋ねる。総司が事情を説明し、麗は「なるほどぉ」と頷いた。

「では、身体検査を続けてください」

ロックウェルは「だが……」と総司のポケットを一瞥して躊躇う。「心配はいりません」と麗。ロックウェルは意を決して総司のジャケットのポケットを弄った。指輪のようなモノが指先を掠める。それを摘み上げ、恐る恐るポケットから取り出した。

「か、カフリンクス……？」

ロックウェルの拍子抜けした声。官邸関係者たちの安堵の声が漏れる。総司とリリーの二人だけが、あるはずのないモノがポケットから出てきた事実に困惑している。

「マジで心臓が止まるかと思ったぜ。こんなにハラハラしたのは映画の撮影でだってなかったことだ。紛らわしいモノをポケットに入れやがって。本気で疑っちまった」

ロックウェルが心底ホッとした様子で爽快な笑みを見せる。ロックウェルの手のひらの上に転がるカフスボタンを眺めて、総司はただただ小首を傾げるしかなかった。それはどうやら確かに自分のカフスボタンのようだった。しかし、私室の机の抽斗にしまってあったはずで、こんなジャケットのポケットの中に雑に放り入れてあるはずがない。

「ちょっと待ちなさい！」とリリーがロックウェルの手からカフスボタンを奪い取った。丸いガラス細工が一見すると指輪と誤認させるが、裏には留め具が付いている。

「さすがにカフリンクスと指輪は間違えない。それに俺の贈った指輪とは似ても似つかないだろう」

リリーの顔がさっと青ざめた。「じ、じゃあ私の指輪は……？」と狼狽した様子でロックウェルを見る。「それは他の人間を身体検査してみるしか」と答える彼に、「あ、あるワケないじゃない！　だって、あれは確かに……」とリリーは総司を見て言葉を濁した。

「はいっ。よろしいですか？」

麗が小さく挙手をして大統領夫妻に言った。総司に通訳しろと顎で使うような視線で一瞥をくれ、リリーにニッコリと微笑む。

「リリーさん。ご自分の持ち物はちゃんとチェックしました？」

「そんなの、今更調べたところで……」

「念の為、もう一度確認されてはいかがですか？　指輪ってほら、小さいから」

麗が「ね？」と人懐こい笑みを見せる。リリーは大きなため息を吐いてスーツのジャケットに簡単に手を触れた。自分自身でボディチェックをするように、順にジャケットのポケットをポンポンと優しく叩く。左の腰ポケットで何か硬い感触に行き当たった。探るとあっさりと婚約指輪が見つかった。食堂内に安堵と嘆息入りまじる声が溢れ返る。

ロックウェルがとても恥ずかしそうに「日本の皆さん！　本当にご迷惑をおかけして申し訳ない！」とオーバーなリアクションでおどけつつ謝罪した。「いやいや！　見つかってよかったよかった」と外務大臣がゴマをすり、和やかに笑う。リリーは手元の指輪をポカンと眺めながら、麗の顔とを見比べていた。視線に気付いた麗がぎこちなく笑いながら言う。

「あはは。あー、緊張した。あなたみたいに上手くやれたかしら」

麗が指輪を忍ばせるような手つきで自身のスーツのポケットを撫でた。得意げに笑って、リリーにウインクしてみせる。

リリーはそこでようやく気付いた。いつかの映画で詐欺師を演じた時、自分が使った手口と同じことをされたのだと。麗は総司のジャケットにリリーが忍ばせていた指輪をカフスと入れ替え、先刻リリーに挨拶をした時、ハグのタイミングで彼女のジャケットに指輪を戻していたのだ。キュートな顔からは想像のつかない、すべてを見通した上での大胆な手口。サプライズの挨拶なんて嘘。はじめからこれを狙って彼女はここに現れたんだわ。それもすべてソウジのため？　彼を助けるために？

　突然舞い降りた総司の守護天使を前にして、リリーは思わず口を開いた。

「あなた、一体何者なの？」

　総司が訳そうとするのを、みなまで言うなと手で制し、麗は自身を親指で指し示すと、かつてないドヤ顔で答えた。

「マイ・ファースト・レディ」

　数秒の沈黙が訪れ、総司が「……それだと〝私の〟首相夫人だろう」とすかさず指摘する。「え、そうなん？」と赤面する麗。彼女の英語力の低さに「今どき小学生だって間違えないだろ」と叫びだしそうな勢いで嘆く総司。「マイネームイズ的なあれで言おうと思ったんだけど……」と麗はえへへと笑う。そんな二人のやり取りに、リリーは思わず吹き出した。可笑しそうに笑いながら目尻の涙を拭う。「ソウジ。さっきの言葉は訂正するわ」と改まる彼女に、心当たりのない総司は小さく首を傾げる。

「あなたのパートナーは、きっと最高のファースト・レディになるわよ」

　リリーはそう言って総司と麗の二人を見た。憑（つ）き物（もの）が落ちたような優しい表情で、ふふっと笑った。清々しい気分にふと言葉が口をついて出る。「アレルヤ」と、幸福の祈りを込めて、心から二人を祝福するのだった。

○

「少し歩かないか」

ようやく静かになった邸内で総司は麗を散歩に誘った。「え。でも」と麗は突然の外出許可に戸惑う。総司はばつの悪い笑みを浮かべていた。

「完全な秘密でもなくなったしな。……これからは少しくらいなら出歩いても構わない」

そう言うと総司は先に公邸の外へと出て行った。総司の手のひら返しに麗はしばらくその場で呆然としていたが、「ま、待って待って！」と慌てて後を追った。

指輪紛失騒動の後、リリーは総司に何度も何度も謝罪した。総司にとっては彼女の誤解が解けただけで十分だった。ぎゅっとハグをしてくる彼女から、今度は逃げずにちゃんと抱きしめ返した。側に麗がいるだけでアレルギーの痒みが引いていく気がした。

「――今日は助かった。まさか指輪を失くしたフリをして、わざと僕のジャケットに忍ばせていたなんて……女はコワイな」

夜風の涼しい敷地内を二人して歩いた。公邸に隣接する官邸の窓からはまばらに明かりが漏れている。麗は「反省したぁ？」とニヒヒと笑った。

「あのままジャケットから指輪が見つかっていたら、事実はどうあれ、僕は総理大臣を辞任するしかなかっただろう。麗のおかげだ」

「やっぱり続けたいもの？　総理大臣」

「ん？」

「総理大臣って国の代表として矢面に立たされてさ。毎日あだこうだって、あることないこと色んな人たちに責められてるワケでしょ？　それでも辞めたくならないのかなぁって。私からしたら、地位と名誉を得る代わりに、ただ貧乏くじ引かされてるだけっていうか。ファースト・レディを目指してる人間がこんなこと言うのもなんだけど」

麗は「なるのが目的って感じ？」と小さく首を捻る。「人もコロコロ代わるし、か」

と冗談交じりに総司が言って、麗が「それそれ」と同意を示した。

「どうして総理を続けたいの？　やっぱりそれも父親への意趣返し？」

総司は「……いや」と静かに首を横に振った。

「総理大臣は僕の夢だったから」

「夢？　でも、総理大臣だった頃のお父さんにいい思い出ないんでしょ？　最高とは程遠い父親だったって」

「でも最高の総理大臣ではあったんだ。まだ子どもだった僕にはその凄さのすべてを理解することはできなかったけれど、それでも、国会で野党議員を相手取って弁舌を振るい、各国の首脳陣と肩を並べる父の姿はかっこよくて、誇らしかった」

総司は総理大臣だった頃の父親の雄姿を、照れながらも熱のこもった口ぶりで語った。

「だから、僕は国会議員の道を選んだ。父のような総理大臣に憧れてね。まさかこんなに早く総理になれるとは思っていなかったが……」

「でも、夢を叶(かな)えたんだ」

「まさか。まだまだ夢の途中さ。麗がさっき言っていた通り、ここで満足していたら、総理になることが目的だった前任者たちと一緒だ。僕はただ総理大臣になりたかったワケじゃない。父のような……父を超えるような総理大臣になりたかったんだ」

「最高の総理大臣？」

麗の問いかけに総司は静かに力強く頷いた。

「だから今ここで総理の職を辞するワケにはいかないんだ。総理を続けるためなら、たとえお飾りや人気取りと言われようが、道化だってなんだって演じてやるさ」

麗は訝しむようなジトッとした視線を総司に向けて「ふーん」とそっけない返事をした。「なんだって、ねえ？」

「……今夜みたいなことはもう勘弁だけどな」

ぶはっと吹き出して麗はクスクスと笑った。

「これに懲りたら女性はもっと丁重に扱うことだね。特に私のことはー？」

麗はからかうように言って鼻歌交じりにご機嫌で歩き始めた。総司の心にまた少し触れた気がして自然と笑みがこぼれる。不意に総司が立ち止まった。少し先を歩いたところで麗も足を止めて振り返った。

「……これからも側にいて、僕のことを助けてもらえるだろうか？」

総司がかしこまった態度で言った。麗はキョトンとして「……バカねぇ」と笑う。

「この計画が成功すれば嫌でもそうなるでしょ」

「そういう意味では……」

弁解しようとする総司に、先を行く麗が「ほらほら」と手を差し伸べた。

「まさかお散歩の道案内までは必要ないでしょ？」

総司は言おうとしていた言葉を飲み込むと、照れくさそうに笑って躊躇うことなく麗の手を摑んだ。女性の手を自然に握ることができる。たったそれだけのことで、総司の心は満たされていた。彼女を選んでよかったと心の底から思えた。麗もまた、総司の手を握り返してほんのりと頰を赤らめる。

「あ。知ってた？　あの婚約指輪、プリンセスの指輪なんだってさ」

「モナコ公妃になったグレース・ケリーか」

「ねぇ。婚約指輪、私にもあれちょーだい」

「……あの指輪がいくらするのか知っていて言ってるのか？」

「〝かんぽーきみつひ〟から出せばいいじゃん」

「出せるか！」

麗がイタズラに笑う。たとえ打算と偽りだらけの結婚であっても、きっと私たちはうまくやっていける。お互いの手と手を取り合って、こんなふうに――。

闇の中で、シャッターを切るような不穏な音が微かに聞こえた。ふと麗が後ろを気にして振り返ったが、そこには夜風に吹かれる敷地の木々が梢の葉をすり合わせながら、まるで二人の噂話でもしているみたいに、ざわざわと揺れているのみだった。

三章★疑心伝心

波乱に満ちた米大統領夫妻の訪日から数日が経った、ある日の昼下がり。官邸の食堂には遅い昼食を取る職員の姿がまばらにある。そんな職員に交じって、着慣れないスーツに身を包んだ麗の姿もそこにあった。鼻筋を滑る度なしのメガネを鬱陶しそうに押し上げながら、週刊誌を片手に難しい顔をして鯖を箸で突っついている。今日の日替わりは鯖の味噌煮だった。

「アハハ。こりゃあヒドイ写真だわねぇ。ボケボケで顔なんて全然わからないじゃない」

麗の手から週刊誌を取り上げると、食堂のおばちゃんこと人見さんは快活に笑って隣に腰掛けた。脚を組んで掲載されている記事に目を落とす。「我妻総理——噂の婚約者と官邸デートか⁉」との見出しで、総司と麗の不鮮明なツーショット写真が掲載されていた。ロックウェル大統領夫妻との会食のあとに、官邸の敷地内を二人で散歩しているところを撮られたものだ。総司と手を繋いで歩く麗が、少しだけ背後を振り向き見ている場面が激写されていた。明かりの少ない暗がりのロケーションが幸いしてか、人見さんが言うように麗の顔はほとんど判別できない。

「麗ちゃん、これのせいで不機嫌だったの。総理に嫌みでも言われた？」

「ううん。それがね、全然。そりゃあアイツから誘った散歩だったから、もし何か言われたら文句の一つでも返してやろうって思ってはいたけどさ。なーんにも。橘さんたちにマスコミ対策だけ指示して、私はお咎めなし。また外出禁止になりゃしないかって、ビクビクして損しちゃった」

麗は頬杖をつきながら、解せない様子で呟くように言った。

大統領夫妻との会食から一夜明けた翌朝。制限付きの外出許可を得た麗に、意外にも有意義な提案をしてくれたのは秘書官の橘だった。職員を装えばマスコミに悟られることなく簡単に官邸に出入りできると、こっそりと耳打ちしてくれた。大統領夫妻との会食での麗の大立ち回りは、こんなところでも効果を上げてくれていたらしい。「官邸って言ってもねぇ。映画館でもあれば喜びもするけど」と贅沢を言う麗に、橘は食堂の存在を教えてくれた。

「いつもとは違った場所で食べる昼食はそれだけでも気分転換になりますよ。それに食堂には以前にもお話しした公邸の管理を代理で任されている人見さんという女性もいます。彼女には麗さんのことも話してあるので、何かと力になってくれるはずです」

橘は最後に声を潜め、「くれぐれも総理にはご内密に」と付け加えた。確かに変装するとはいえ、仕事場である官邸に姿を現せばさすがのアイツも怒るか。麗はそんなことを考えて「オッケー」と軽く返事をしたのだった。

「──この夜捉えることができた写真はいずれも不鮮明なモノばかりであったが、その仲睦まじい様子から間違いなく彼女こそが総理の寵愛を受けた次期ファースト・レディであることは間違いなく、今後もこの謎多き婚約者の正体を追って筆者は取材を続けていくつもりだ。〈周防文哉／ライター〉」

人見さんは記事を最後まで読み上げ、「周防か。また厄介な記者に目を付けられたもんだわね」と苦々しげに言った。たった数日ですっかり打ち解けた二人は、お昼のピークを過ぎたこの官邸食堂で連日、束の間の無駄話に興じていた。甘辛い味噌ダレを絡めた鯖を頬張り、白飯を勢いよく口へとかき込むと、麗が行儀悪く箸で雑誌を指し示した。

「なに、その周防って人有名なの？」

「政治スキャンダルで日銭を稼ぐ何かと黒い噂の絶えないゴロツキよ。政治家のセンセイ方が周防にわざと同業者の情報を流して、互いの足の引っ張り合いをしてるって話まであるくらい、その界隈じゃ有名な男。特に野党第一党の横谷とはズブズブだって話」

思わず口の中のモノをろくに嚙まずにごくんと飲み込む。喉のつっかえを取るみたいに慌てて水を飲み干し、「うぇぇ……」と呻いた。

「そんなのに目付けられちゃってんの、私たち……？」

「異例の若さの最年少総理に、すべてが謎に包まれたその婚約者。食いつくなって方が無理な話だがね。それに周防はあの子の両親とも少なからず因縁のある相手だし」

「……あ。それってもしかして例の浮気？　総司のお母さんが男とホテルに入るところを撮られたっていう」

「そう。そしてその写真を撮ったのがあの男」

底の深い割烹着のポケットからタバコの箱を探り当て、人見さんが言った。麗が被せるように「周防ってワケか」と呟いた。

「でも、なんで総司のお母さん浮気なんかしたんだろ。夫婦仲は良くなかったみたいだけど、アイツの話聞くとちょっとイメージと合わないっていうか」

「そもそも本当に浮気だったかどうか。夫の龍彦元総理もそのことを直接肯定したワケじゃないし。でも『妻への愛は変わらない』なんて、暗に浮気の事実を肯定したような内容で夫人のスキャンダルを詫びたもんだから、浮気ってことで世間の認識は一致してるってワケさね。怪我の功名か、おかげで支持率も伸びてねぇ。今度は好感度狙いの〝パフォーマンス〟だって野党は批判してたけど」

「パフォーマンス……ねぇ。でも本人は認めてるんだよね。言い訳の一つもしなかったって。私なら自分を守るためにあることないこと喋っちゃいそう」

「バカだね。言い訳をしなかったからって、つまり肯定したってことにはならないじゃないの」

人見さんは麗が箸で突っついている鯖の味噌煮を一瞥し、呟くように言った。

「え。だって」

「言葉にすれば伝わるのは当たり前よ。でも言葉にしなくても伝わってほしいことだって、時にはあるじゃないの。家族や友人、それに恋人や伴侶。特別な相手だからこそ、言葉を必要としてほしくない時もある。私はそう思うけどね」

人見さんは人生の先達らしく、憂いを帯びた顔でそう言うと、思い出したようにタバコを口に咥えた。麗は「はぇー……。実感だわね」と納得したふうに頷いている。ブブッとテーブルの上に置いたスマホが震えた。画面には「闇金ゴリラ」と登録してある相手の名前が表示されている。大貫だ。「げぇっ」と麗が呻くような声を漏らす。そういえば、総司と出会ったあの婚活パーティーの夜以来、忙しさにかまけて大貫の連絡を無視し続けていた。さすがにこのまま放置すると明日にも東京湾に沈められかねない。

「オメェ、俺からの連絡を無視するたぁいい度胸してるじゃねぇか」

隣でタバコに火をつける人見さんを気にしながら、麗は「ちょっと忙しくてぇ……」と口元を左手で覆って小声で言った。

「なぁにが忙しいだ。無職の詐欺師風情が俺まで騙せると思うんじゃあねぇぞ！」

「ほんとなのに」

「せっかく紹介してやった仕事場も初日でダメにしちまいやがって。おかげでこっちの信用ガタ落ちだ」

「だって、やっぱり結婚詐欺なんて……私には合わないんだもん」

「合わないったってな。姫よぉ。じゃあ、金はどうするんだ？」

「ご心配なく。私、もうすぐお金持ちになるので」

「……はぁ？」

大貫はすぅっと息を吸い込んで「ふざけんじゃねぇ！」と怒鳴った。あまりの声量に手にしたスマホがビリビリと振動する。麗は耳からスマホを遠ざけ、電話口で喚き立てる大貫の怒声をしかめっ面で聞き流した。「はいはいはい。とにかくお金は返すってことで、忙しいからもう切りますねぇ」と一方的に告げた。大貫の「麗ぁ！」と叫ぶ声が最後に漏れ聞こえてきたが、麗は無視して通話を終了した。またテーブルにスマホを放る。大人しくタバコを吸っていた人見さんが、クスクスと可笑しそうに笑って「お父さん？」と麗に尋ねた。「まっさかー」と笑って誤魔化す。またスマホが震え始めた。麗は「しつっこいなぁ」と画面を見ずに通話に応じた。

「だからお金はちゃんと返すって」

「お？　おお。いきなり金の言い訳なんて相変わらず借金取りから逃げ回ってんのか？」

電話口から聞こえる聞き覚えのある軽薄そうな声。麗は面食らったように声を詰まらせる。軽く混乱した頭が、大急ぎで電話相手の声紋を過去の脳内データベースと照合する。一致。「雅人っ……！」と麗は声を荒らげた。

浜村雅人は「久しぶりー」と呑気な挨拶をした。みるみるうちに麗の頭に血が上る。借金を返さずに一人で逃げたクソ野郎、更に別の借金まで重ねていたクソ野郎、オマケに一言の謝罪もなくどの面下げて連絡よこしてきやがったクソ野郎。雅人に対してこれまで溜めに溜めてきた不満と鬱憤、恨みつらみが、罵倒の言葉となって今にも溢れようとしている。一瞬、心のどこかで冷静でいようとする自分を認識したが、構うもんかと麗は心を固めた。「アンタねぇ！」と仕掛けた第一声を、「オマエさぁ」と雅人の声がせき止める。

「――もしかして近々結婚する予定あったりする？」

いきなり心臓にナイフの刃でも突き立てられたみたいに、麗は「ひっ」と小さく息を吸い込んで身を強張らせた。無事にというのもおかしな話だが、心臓はばくんばくんと元気に激しく動悸している。動揺した麗は掠れた声で「な、なにが？」と質問の答えになっていない言葉を返した。

「今夜会えないか？　色々話もしたいし。久しぶりに飲もうぜ」

「ふっ……ふさ……ふざけ……っ」

言葉にならない。麗は過呼吸みたいに浅く短い呼吸を繰り返している。雅人は笑って「日本橋にある『ジャグラー』に今夜九時」と告げ、返事も聞かずに通話を切った。

　駅から通りを一本入った裏路地にその店はあった。「Ｍａｇｉｃ＆Ｂａｒ　ジャグラー　地下１Ｆ」と書かれた移動式の電飾看板が店前に出されている。だいぶ年季が入っているようで、表面は割れ、接触が悪いのか、パパッと不規則に明滅を繰り返している。麗は周りを見回して尾行を警戒した。目深（まぶか）に被ったキャスケット帽を少し持ち上げ、伊達メガネの奥からキョロキョロと視線を動かす。人通りの少ない狭い路地をひょろっとしたサラリーマン風の中年男が一人、コチラに向かって歩いてくる。男は「ごめんよぉ」と麗に一言告げて側を通り抜けると、引き戸を開けて背中を窮屈そうに曲げながら、隣接した居酒屋の店内へと入っていった。麗はホッとしてため息を吐くと、重い足取りで建物の階段を下りていった。

「おう。麗、こっちこっち」

　薄暗い店内に足を踏み入れると、店の奥から馴れ馴れしく名前を呼ぶ男がいる。半円を描くカウンターテーブルの右端の席に雅人の姿があった。逃亡生活は特に過酷でもないようで、雅人は以前と変わらず健康的で軽薄な薄笑いを浮かべて麗に手を振った。変わったところがあるとすれば、派手だった金髪が控えめな明るい茶髪になったくらい。

麗は雅人の隣に腰掛け、帽子とメガネを外した。一発で見抜かれるなんて変装してきた甲斐もない。「雅人ぉ……！」と恨めしそうな視線で睨めつけた。雅人はグラスのマッカランを飲み干すと、カウンターにいるマスターに声をかけた。「こっち」と言って店の奥の個室へと麗を誘（いざな）う。麗は渋々、雅人の後をついていった。

「元気そうじゃん。髪、黒くしたんだな。俺は前の赤茶の方が好きだけど」

「黙れ！　アンタの借金のせいでこっちがどれだけ苦労したと思ってんのよっ！　それも自分だけ逃げて、残りの借金まで私に押し付けて……っ！　人の恩を仇（あだ）で返しやがって、アンタにはほとほと愛想が尽きたわ！」

「黙って消えたのは悪かったよ。借りた相手が悪くてさ。やっぱ大貫のオッサンみたいに甘くねぇな。逃げなきゃ今頃山ん中に埋められてたかもしんない」

雅人は部屋の壁際に配されたL字型の黒いソファに腰掛けて、悪びれもせずに言った。財布と鍵を同じく黒いローテーブルに放り、スマホを伏せるようにして置いた。「座れよ」という雅人に、麗は個室の入り口に立ったまま「ここでいい。すぐに帰る」と吐き捨てるように言った。

麗が雅人と出会ったのは三年前に遡る。どうしようもない二人の劇的な出会いは、やっぱりどうしようもない場所で、大貫の経営するＦＧＦの事務所だった。金を返しに来た麗と金を借りに来た雅人がバッタリ出会い、恋に落ちた。決して人生が順調とは言えない借金まみれの落伍者同士、自身のすべてを曝け出して安心できる心の拠り所を求めていたのかもしれない。少なくとも麗はそうだった。だから大貫から「ちっとは足りない頭で考えてみろ。まだ若い年でこんなところに金を借りに来る男がまともなワケねぇだろ」と忠告された時も、麗は相手にしなかった。雅人の「いつかまっさらになったら、二人で喫茶店でも始めるか」なんて安い夢に共感した。「素敵」なんて言葉を返したかもしれない。しかし、雅人は口だけの男で一向にまともな職に就こうとはしなかった。そのくせ、金を浪費し夢を語りたがった。口達者なクソ野郎だと気付き、認識し、己の過ちを認めるまで、麗は二年以上の月日を浪費した。雅人が新しい借金をこさえてきたところで、目が覚め、ようやく別れを切り出した。このままだと沈められるだの、埋められるだの、解体されるだのと喚き立てる雅人に同情し、借金の半分は引き受けることにした。手切れ金のようなものだと自分を慰めたが、結局はまだ彼のことを好きな気持ちがどこかにあったのかもしれない。別れ際までも雅人は夢を語り、「借金を清算したら迎えに行く」なんて台詞をいけしゃあしゃあと抜かした。どの口で言ってんだとムカつく反面、密かにその言葉に期待している自分がいることにも麗は腹が立った。そして、雅人の逃亡でその期待は見事裏切られることになった。

「——私はアンタに一言文句を言ってやろうと思って来ただけだから。別に大貫さんにチクるつもりはないし、今更自分で借りた金は自分で返せなんてアンタに説教をするつもりもない。アンタの借金はアンタに関わってしまった自分自身への罰として、私が責任を持って完済する。だから、もう二度と連絡してこないで」

「私は総理大臣と結婚して幸せになるから、ってコト？」

雅人はテーブルに雑誌を取り出し、とあるページを広げた。昼間、麗が官邸食堂で読んでいた週刊誌。総司と散歩している麗を捉えたスクープ写真。その不鮮明な写真を指差して、雅人は「これ、麗だよな？」と指摘した。麗は釣られて視線を雑誌に向けるが、すぐに逸らした。「……違う」と弱々しい声で言うが、雅人は確信したように笑った。

「俺、わかっちゃうんだよな。なんだろう。雰囲気っていうか、オーラみたいな？　写真見て一目で麗だって直感した。でも、どういう手を使ったんだ？　まさかオマエがこんな上流階級の人間と関係を持てるなんて意外だった。確か家がスゲー金持ちで、テレビでも高級車見せびらかしてんだろ？」

雅人は麗の反応を窺いながら言葉を続ける。「次のターゲットか」と浮ついた調子で言った。麗が「違う！」と今度はハッキリとした声で否定した。

「嘘つくなよ。総理大臣だぜ？　しかも家は有数の大企業、超がつく金持ち。顔もいい、家柄もいい、きっと学歴や経歴だってスゲーんだろ。裏で一体何人の女が泣かされてきたんだろうなぁ。政治家ってことは女だけじゃねーな。国民すらこの国の現状に泣いてるよ。オマエ、そういう人間をカモにしてきただろ？　騙すにはうってつけじゃん」

「うってつけ？　だったらアンタ以上に相応しい人間（カモ）もいないわね」

「なんだよ。まさか本気で結婚するワケ？　冗談だろ。だって、なんで総理大臣がオマエみたいな最底辺の女を相手にするんだよ？　だったら騙されてるのは麗、オマエだぜ」

「かもね。でも、アンタに騙されるよりはずっといい」

　部屋を出ようとする麗。その腕を追いすがるようにして雅人が掴んだ。

「なあ。俺も一枚嚙ませてくれよ。二人で協力して仕事すればさ、きっとずっとうまくいく。金が入れば、また二人で暮らせるだろ？　借金も帳消しで、俺たちの夢だった店だって持てる。政治家なんて、どうせろくなヤツじゃないんだ。だから」

　麗は雅人の手を振りほどいた。雅人は振りほどかれた拍子に、ソファに倒れ込むようにして腰を下ろした。「ろくでもない人間は雅人、アンタの方でしょ」と麗が蔑む。

「……バラしてもいいのか？」と雅人は麗を見上げた。麗の表情が険しくなる。

「世間にオマエの正体、バラしてもいいのか？」

　麗は振り向きざまに勢いをつけて右足を振り上げた。スキニージーンズのピタリと張り付く長い脚が雅人の顔目掛けて蹴りを放つ。頬をかすめてソファの背もたれを踏みつけた。麗はそのまま右足の膝にもたれるようにして右肘を置き、乱暴な態度で雅人を見下ろした。キレる一歩手前でなんとか踏みとどまった。ギリッと奥歯を嚙みしめ、左の瞼（まぶた）がピクピクと痙攣する。「やってみなよ」と冷たく言い放った。

「アンタが一線越えるなら私だってもう容赦しない。その時は腐れ縁同士、お互い仲良く破滅しましょう？」

麗はゆっくりと右足を退けた。ニコリと微笑む。「ごきげんよう」と気取った挨拶をして、部屋を出て行った。ズズッと雅人はソファからずり落ちるようにして床に座り込んだ。左の頬を手で撫でる。血は出ていなかった。ふっと鼻で笑い、テーブルの上のスマホを摑む。伏せていたディスプレイには通話中の画面が表示されている。スマホを耳に当て、「今店を出た」と電話口の相手に告げた。数分して、ひょろっとしたサラリーマン風の中年男が個室に現れた。頬骨の目立つ顔はほのかに赤らみ、ニヤニヤと薄ら笑いを浮かべている。

「いやはや。彼女が警戒してるもんだから、隣の居酒屋に入ったまではよかったんだけどねぇ。店のオヤジに勧められて、つい一杯やっちまったよ」

「周防さん。俺の言った通りだったでしょう。総理の婚約者はアイツだ。秋葉麗だよ」

　雅人が得意顔で言った。周防は大きく頭を頷かせて「そうらしいなぁ」と顎を撫でた。断りもなくソファに腰掛け、肩に提げた鞄（かばん）から手帳やノートPC、タブレット、ボイスレコーダーを机上に並べる。「さて」と筋張った両手の五指を蠅（はえ）のようにすり合わせて、周防はジロリと雅人を見た。

「秋葉麗――彼女についておニイさんが知っていること、すべて話してくれるかい」

○

「ディナークルーズ?」

頭の後ろで手を組んで机の上に両足を放り出し、背もたれに体重を預けていた麗は、橋がポツリと漏らした言葉に興味を示した。テスト終わりの暇な採点時間。明日はいよいよ総司の父である我妻龍彦の誕生パーティー、計画本番の日だ。「今夜が最後の晩餐かしらね」と冗談めかした麗に対する橘の返答が、先刻のディナークルーズだった。

「クルーズって、海だよね?」

相変わらず学校の教室然とした二階の講義室。カタカタと橘がノートPCのキーを叩く音だけが聞こえている。ガッコンガッコンと椅子の前脚を浮かせて、後ろの二本だけでバランスを取る子どもじみた真似をしていた麗は、背中の力を緩めてそのままストンと椅子を着地させた。座り直して机に突っ伏すようにして前のめりになる。斜め向かいに座る橘に「船?　船でご飯食べるの?」と興味津々で尋ねた。橘が画面からチラリと顔を上げて、メガネのブリッジを中指で押し上げる。「そういうことですね」と肯定した。

「明日の本番前の予行練習ってこと?」

「いえ。そういうことではないかと」

麗の解答用紙とディスプレイに表示されたこの二ヶ月の彼女の成績を眺めながら、橘はつい口元を綻ばせた。「よくぞまぁここまで」とつい声が漏れる。「え、なに？」と麗が腰を浮かせて机に乗り出し、ワクワクした様子で橘に笑いかけた。橘はメガネを外すと「ギリギリですが、合格点です」と言った。「っし！」と麗が握り拳を作る。

「……正直な話、私はあなたに首相夫人は務まらないと思っていました」

「でしょうねぇ。全然隠せてなかったから知ってましたけども」

「なぜ総理があなたを選んだのか理解できなかった。アレルギーのことがあったとしても、結婚となればそれ以外のところも重視すべきです。私の目にはあなたが総理に相応しい女性だとはとても思えなかった」

麗は「いやぁ」と申し訳なさそうに頭を掻いた。自覚していた分、腹も立たない。

「ですが。ロックウェル大統領夫妻が訪日された時、あなたは堂々とした立ち居振る舞いで総理を窮地から救った。これまでの人生で培った技術と経験、持ち前の明るさと度胸、そして付け焼き刃の気品で。それは見事な一幕でした。総理の傍らに立ったあの時のあなたは、まるで本物のファーストレディのようだった」

照れくさそうに麗ははにかんだ。額を覆うようにして目頭を押さえる橘。「え。泣いてんの？」と麗が若干引いた声を出す。橘はメガネを掛け直すと「総理のお相手があなたでよかった」と少し涙ぐんだ声で付け加えた。「今は本当にそう思っています」と真っ直ぐに麗を見る。

「きっと今夜のクルーズも、総理なりの労いだと私は思います。この二ヶ月にも満たない僅かな期間、あなたは本当によく頑張った。明日、共に龍彦氏に立ち向かうパートナーとして、きっと二人きりの時間を設けたかったのでしょう」

「橘さん……」

「この橘、そして深津も、あなたと総理の婚約の成立を心から望んでいます。最後の晩餐になど、きっとなりはしない。明日のことはしばし忘れ、今夜くらい、一足早い新婚気分を楽しんでください」


晴海の客船ターミナルに停泊する豪奢なレストラン船の窓から、煌々とした船内の明かりが漏れて、夜の東京湾の水面に木漏れ日のような無数の光を投げかけていた。港に着いた麗は、車内から飛び出すように降りて、目の前の豪華客船を見上げて「うっひゃあ」と感嘆の声を上げる。胸元が大きく開いた襟付きのリトル・ブラック・ドレスから腋が大胆に曝け出されるのも構わず、右手を庇に煌びやかな船を眩しそうに眺めた。ハイヤーの後部座席から遅れて総司も降りてきた。タキシードをバッチリと着こなし、麗の隣で同じように船を見上げた。

「私、船って乗ったことなかったんだよね」

「まぁ。飛行機に比べればそうそう乗る機会もないかもしれないな」

気を使った返答をする総司に、麗は「……飛行機も乗ったことないんだよね」と言った。総司もさすがに言葉に詰まって、誤魔化すように「体調はもう平気か？」と尋ねた。

「体調？……あ。あー、体調ね！　うん、元気元気。一晩寝たらすっかり平気」

今度は麗が誤魔化すように笑った。昨夜は体調が悪いからと早めに床についた。もちろん体調不良は嘘で、その後、麗はこっそりと公邸を抜け出し、元カレの雅人に会いに行った。後ろめたさから「ふ、船出ちゃわないの？」と慌てて話題を逸らす。総司は左腕の時計で時刻を確認した。

「ああ。そろそろ出港だな。束の間の新婚旅行と洒落込むか」

総司が左腕を差し出して麗をエスコートする。

「シンデレラ・ハネムーンってやつ？」

麗は寄り添うようにして総司の左腕にそっと右手をかけた。「キミ、本当に二十代か？」と彼女が年齢まで誤魔化しているのではと総司が怪しむ。「さて。どうかしら？」と見上げた麗がニヒヒと笑った。

二人を乗せて、船は港を離れた。窓から見える東京湾の夜景に麗は「わぁ……」と息を呑む。その名の通り虹色にライトアップされたレインボーブリッジが海上を横断し、橋の向こうにはミニチュア模型のようなビル群がピカピカと立ち並んでいた。船がレインボーブリッジの下を通過する間、麗はデッキに飛び出したいウズウズとした気持ちをなんとか鎮め、お行儀よくテーブルに収まると、総司とグラスを交わして乾杯をした。

船内レストランには、麗と総司の他に客の姿は見えない。レストランの傍らに設置されたグランドピアノでは、麗と総司二人だけのために、青いドレスに身を包んだ女性のピアニストが生演奏を披露していた。暖色の照明が落ち着いた雰囲気を演出する格式高い店内を見回し、「陸（おか）の上にだってこの船上レストランに匹敵する素敵なお店はそうそうないんじゃないのかしら」と、その贅沢さにため息を漏らした。

「でも、貸し切りはやりすぎじゃない？」

周りの空席を一瞥して、麗が居心地悪そうに言った。「あの夜みたいに他人に水を差されたくはないだろ？」と総司が皮肉めいた冗談を言って笑う。麗が「あの夜？」と首を傾げる。総司がシャンパンの注がれたグラスを手にして「あの夜」と繰り返した。グラスの中で浮かび上がっては消えていく炭酸の気泡のように、麗の脳裏にも短くも色濃かったこの二ヶ月の思い出が次々に思い浮かんでは消えていく。総司がシャンパンを一口飲む姿を見て、「あっ」と閃（ひらめ）いたみたいに麗は声を漏らした。二人が出会ったあの夜――婚活パーティーのことかと、そこでようやく麗は気が付いた。

「今夜は飲みすぎないでよね。まーじーで」

「あんな悪酔いは二度としないと誓おう。けれどあの夜、僕が悪酔いしてなかったら、今僕たちがこうしていることもなかった」

「道端に落ちてる総理大臣を私が拾うこともなかったワケだし？」

お互いにクスクスと笑い合う。テーブルに運ばれる高級フレンチの数々を前にしても麗は少しも動じず、ナイフとフォークを器用に扱って、芸術的色彩で盛り付けられた料理を汚く取り崩すことなく少しずつ丁寧に口に運んだ。スープを酒豪のように呷り、肉にフォークを突き立て貪り食っていたかつての田舎娘の姿は鳴りを潜め、上品に食事を楽しむ高貴で淑やかな一人のレディの姿がそこにはあった。そんな見違えるような成長を遂げた麗の姿を、アルコールの程よく回った心地よさの中で総司はじっと眺めていた。

ナプキンで口元を軽く拭いながら、「……なによ？」と麗がジロリとした訝しむ視線を向けて尋ねる。「人の顔を見世物みたいにジロジロと」

「こうやって見ていると、まるでキミが本当にいいところのご令嬢に思えてきてね」

「あら。なにをおっしゃっているのかしら？　私は佐野家の令嬢、秋葉麗。生まれは福岡の香椎、十五歳の時にワケあって親元を離れ、その後は伊豆で温泉旅館を経営する治オジサマのもとで、本当の一人娘同然に大事に育てられたのよ？　佐野家は伊豆では名の知れた名家で、オジサマは市議会議員としてもご活躍されていた名士だったから、最高の環境で一流の教育を受けることもできたのだけど、オジサマの経営する老舗旅館を一目見て気に入った私は、オジサマの個人秘書として旅館運営の手助けをしてきたの。

そうそう。総司さん。あなたと出会ったのも二年前、その旅館でのことだったわね。あの時のあなたはまだ総理ではなかったけど、プライベートで趣味の温泉巡りをしていて、偶然宿泊したところに私と」

「わかったわかった！　完璧だよ。介護士として僕の目の前に現れた時とは大違いだ。明日はあの夜の再現にはならなそうだな」

橘たちが設定した嘘プロフィールを、麗は総司に言われていた通りにしっかりと覚え込んでいた。「たまに本物の人生と錯覚して、ありもしない記憶を思い出しちゃう程度には完璧でしょ？」と皮肉交じりに乾いた笑い声を小さく漏らす。

「でも大丈夫かな。やっぱ派手な学歴とか必要だったんじゃないの？」

「そうでもないさ。おかげで大学受験という武器を一つ手に入れた。中学卒業後その身一つで働いてきた女性がファースト・レディになり、更なるステップアップのために大学受験をする――現役ファースト・レディの受験はマスコミも盛り上げてくれるし、世間の注目度もきっと高いはずだ。好感度を上げるいいパフォーマンスになるよ」

そう打算的な考えを口にして気分を良くする総司。麗は「パフォーマンス、ね」とどこか浮かない表情で呟いた。

「橘も麗の成長ぶりに驚いていたよ。最初はキミの食事風景を見て『彼女は山賊に育てられたのですか？』なんて言っていた男がべた褒めだ」

「誰が山賊か。でも、まぁそうかもね。やっぱりご飯は丁寧にお行儀よく食べるより、食欲に従って思いっきり楽しんで食べたいタチだもの。今だって人見さんの作るご飯はバクバク食べちゃうし」

「ヒトミさん？」

橋との約束も忘れて麗は「ほら。官邸食堂のおばちゃん」と口を滑らせた。

「ああ。管理人代理の？　そういえば、会食で出されたあの吸い物は実に——」

総司が言い終わる前に、窓の外をチラリと見た麗が「わ！　わ！　わ！」と戸惑いながら感嘆の声を上げた。いつの間にか船は東京ゲートブリッジに接近し、これから橋の下をくぐり抜けて東京湾を旋回するターニングポイントへと差し掛かっていた。

東京ゲートブリッジは色鮮やかな七色の光で彩られてこそいなかったが、橋を構成する無数の三角形が眩いばかりに純白の光を放っている。

好奇心を刺激された猫みたいに窓の外に意識を奪われている麗を見て、総司がクスクスと笑いながら「デッキに出ようか」と提案した。

「え。でも、まだ食事の途中……」

「いいじゃないか。今夜くらいお行儀が悪くても」

総司が席を立って麗に手を差し伸べた。麗は頬を赤らめてその手を取る。二人は船外の展望デッキへと上がった。穏やかな海風を両腕を広げて全身に浴び、麗は潮の匂いに鼻をヒクヒクさせた。間近に迫る東京ゲートブリッジを見上げて「おー……！」と歓声を上げる。あやとりで作ったみたいな陳腐な橋だと思っていたが、今夜目の前にあるその橋の美しさといえば、まるで映画に出てくるシンデレラ城のようだった。船は城の門をくぐり抜けるようにして、橋の下を通り抜ける。麗は光の橋を見上げて、眩しそうに目を薄めた。

「……明日。本当にうまくいくのかしら。なんだか、明日になったら、急に魔法が解けてしまいそうな気がして」

弱気になって麗がポツリと呟いた。総司が麗の肩を抱いて、そっと自身の側へと抱き寄せた。「キミらしくもない」と励ますように声をかける。

「必ずうまくいくさ。僕がついている」

総司の言葉に麗は心の中で思ってしまう。

（……うまくいかなかったら？）

最悪のファースト・コンタクト、その最悪を引きずって始まった総司との二ヶ月あまりの共同生活。二ヶ月前の麗であれば、たとえ今夜が総司と過ごす最後の夜であったとしても、ファースト・レディになれたかもしれない一世一代のチャンスをふいにしたことを悔やんで終わるだけで済んだだろう。けれど、今の麗の気持ちはそうではなかった。

総司と過ごした公邸での日々。暗い海の向こうに灯る街明かりを眺めて、決して悪くなかった彼との共同生活を振り返り、麗はつい感傷的になる。

総司とこれでサヨナラしなくてはいけないことが、ほんのほんの、ほんのちょっぴりだけど……寂しい。もし、計画が失敗して、この夢のような魔法が解けてしまった時、それでも。

――それでも、私の側にいてくれますか？

言葉にはできない疑問を心の中で小さく呟いて、麗は船の揺れを言い訳にするみたいに、傍らの総司にぎゅっと抱きついた。

総司もまた、麗の背を包むようにして抱きしめながら、彼女と同じことを考えていた。

もしも、うまくいかなかったその時、自分は彼女を冷酷に突き放せるだろうか。麗との結婚はあくまで女性アレルギーの克服を前提とした打算的なもの。すべては政治のため、円滑に物事を運ぶための手段でしかなかったはずだ。それは麗にしても同じことで、双方にとって利益があるから結んだ云わば同盟。二人の間にあるのは利害の一致のみ、そこに特別な感情はない。……ないはずだった。しかし、麗に対してただのビジネスパートナー以上の感情を持ってしまっていることに、自分自身気が付いていた。

これからも側にいて、僕のことを助けてもらえるだろうか――ウェインたち大統領夫妻との会食のあと、夜の散歩で麗に言ったあの言葉は、決して利害関係だけから口にしたものではなかった。たとえ総理大臣でなくなり、議員でもなくなり、すべてを失ったとしても、彼女に側にいてもらいたかった。そんな気持ちがあの夜の雰囲気に流されるまま、言葉として口をついて出たものだった。

もし、計画が失敗し、父にこの婚約を認められなかった時、我妻の家を捨ててでも、それでも、僕は麗を選ぶことができるのだろうか。

船が橋をくぐり抜けても、二人はお互いに抱き合ったまま、しばらくそうしていた。互いに本当の気持ちなど言えることなく、言葉にしないまま沈黙だけが続く。麗が小さく震えているのに気付き、総司は自身のジャケットを脱いで彼女の両肩にそっと羽織らせた。海風で冷えた麗の体を総司の温もりが包み込んだ。

「ここは冷えるな」

総司の優しさが身に染みて感傷的になっていた麗の心を揺さぶった。

麗は総司の胸元から顔を上げた。総司も彼女に視線を落とす。

「キスして」

橋の光で、麗の唇がやけに艶めいて見えた。麗が踵を浮かして顔を近付ける。少し顔を動かせば互いの唇が触れる距離。

このまま彼がキスをしてくれれば、きっと魔法は解けない。

麗にはそんな気がしていた。

総司は唇を重ねようとして、躊躇した。麗と公邸の大ホールでキスをした時の光景がフラッシュバックする。首元にじんわりと蕁麻疹の気配を感じて、思わず唇を離した。自分のしでかした行動の意味することに気付き、総司の顔がさっと青ざめる。彼女に恥をかかせたと思った。

「なーんてね？」麗は明るく茶化すように言った。「冗談です。また倒れられたりしたら困るもん」

麗はケラケラと笑って体を離した。肩に羽織った総司のジャケットをきゅっと体に引き寄せて「うー。さむっ」とわざとらしく身震いしてみせた。

「冷えてきちゃった。そろそろ中に戻りましょ？」

麗がそう言って総司の側を通り過ぎる。夜風と同時に顔に水気を感じ、総司は自身の頬を撫でた。雨？　それとも波の飛沫（しぶき）か。少し先で立ち止まる麗に視線を移す。彼女もまたこちらに背を向けたまま、顔を何度か手で拭うような仕草をしている。こちらを振り向いて、いつもと変わらないあっけらかんとした表情で、ニコリと笑った。

「なにしてんの。はやくこっちに来て、エスコートしなさいよね」

総司はほっと安心して彼女の隣に歩み寄った。貼り付けたような笑顔の裏で、麗は大げさなため息を吐く。つい感傷に浸って気持ちが流されてしまった。

キスまでせがんで……私は面倒くさい乙女（おとめ）か。

麗はもう一度だけ目尻を指先で軽く拭い、涙を誤魔化した。

(……情が移ったかしらね)

総司の左腕に寄り添いながら、後ろ髪引かれる思いで橋を振り返った。遠ざかる光のお城はもう随分と小さくなっていた。

〇

我妻龍彦の誕生パーティーは毎年、彼が所有している箱根の別荘で開かれる。箱根山の高原に建てられたガラス張りを多用した開放的でモダンな邸宅は、比較的最近に完成したばかりのもので、それ以前は芦ノ湖沿いに今も立つ、異人館を彷彿とさせる和洋折衷の古風な邸宅が別荘だった。まだ家族がバラバラになる前の幸せだった幼少の頃の記憶を望見でもするように、総司は幾度となく訪れた箱根の地で、馴染みのない別荘のテラスから芦ノ湖を見渡し、その湖沿いに立つ旧別荘を寂しそうな目で眺めていた。

「うわぁ。やばっ。やばっ。緊張でゲロ吐きそう」

邸内からテラスへと出てきた麗が手にするグラスの水を一息に飲み干した。昨夜とは趣向を変え、胸元を隠したお堅いパーティードレス。今日は二の腕近くまでを覆う黒いドレスグローブも着用し、より一層上品な印象を受ける。麗は大げさに呻くようなため息を吐くと、「やっぱこんなんじゃダメだぁ」と忌々しそうに手元のグラスを覗き込んだ。

「あのね。一杯でいいからお酒飲んじゃダメ？」

「ダメ」

「なぁんでぇっ」

「今飲んだら間違いなく悪酔いするからだ。ファースト・コンタクトで酩酊状態の婚約者を紹介されてみたまえよ、第一印象最悪だぞ」

「それは超実感だけど、アンタにだけは言われたくないわよね」

麗が冷ややかに皮肉ると、招待客の一人で、父である龍彦とここ数年懇意にしている大企業役員の男が、「総理」と総司のもとへ挨拶に訪れた。差し障りのない簡単な挨拶を交わし、招待客の男は微笑を浮かべながら麗を一瞥して軽く会釈をする。麗も言葉こそ発しないが、物腰の柔らかい態度で丁寧に頭を下げて会釈を返した。男は好奇の目で麗を見ながら、総司が彼女のことを紹介してくれるのを待っていたようだが、ピリついた空気を察したのか、すぐに「……では」と頭を下げて、テラスからまた邸内に引っ込んでいった。先程から何人かの招待客が、こんな調子で冷やかし同然の挨拶に来ては、総司の無言の圧に圧されてスゴスゴと退散していくのを繰り返している。

「いいの？　さっきからこんな調子でさ」

麗が苦言を呈するように総司に言った。「父との決戦を前に野次馬に構ってなんていられないよ」と総司は冷めた様子で答える。

今日の主役が龍彦でないことは誰の目にも明らかだった。この場に集まった招待客の誰もが、総司と、これまで謎に包まれていたその婚約者である麗に注目していた。総理大臣という仕事柄、常日頃誰かしらに付き纏われている総司だが、この日ほとんど彼の周りに人が寄り付かないのも、総司の殺気立った雰囲気だけが原因なのではなく、誰もがこの誕生パーティーで何か一波乱起きることを予期しているからに違いなかった。

ババババババと爆音が空に鳴り響いた。麗が「な、何事っ？」と空を見上げると、一機のヘリコプターがこの別荘地に向かって飛んでくるのが見えた。「お出ましか」と総司が呟くのを聞いて、「え、あれが？」と麗は乾いた笑みを浮かべる。

「親子揃って派手な登場だわね」

ヘリコプターは高原の緑の上にゆっくりと着陸した。我妻龍彦は地上に降り立つと、邸内から続々と庭に出てくる招待客に手を振った。前裾から後ろ裾にかけて大きな曲線を描くコートに縞柄（しまがら）のパンツを合わせたモーニングの出で立ちで、主役らしく堂々とした振る舞いでこちらに向かって歩いてくる。すぐに大勢に囲まれ、次々にかたい握手を交わしていく。招待客を引き連れて邸内へと移動する最中、テラスに佇む総司に龍彦は一瞥をくれた。そして、その傍らに立つ麗に視線を移す。ほんの数秒の出来事だった。龍彦は総司らに特に声をかけることもなければ、歩みを止めることもせず、また周りの招待客に意識を戻すと、愉快そうに笑いながら別荘の中へと消えていった。

「……なぁんか感じ悪くない？」

「僕が勝手に決めた婚約だ。完全にアウェイだと思ってくれていい」

「そういうの開き直りって言うんだけど知ってた？」


　本格的にパーティーが始まると、フロアは一層賑やかに騒がしくなった。室内の中央に確保された広々としたスペースは踊り場として使用され、すでに何人ものペアが曲に合わせてダンスを楽しんでいた。踊り場を取り囲むようにして食事の用意されたテーブルが各所に配され、酒と食事に歓談を楽しむ人の姿もある。時折、主催者である龍彦への祝辞の数々が読み上げられ、拍手が沸き起こる。総司が普段から出席している他のパーティーと何ら変わりのない、つまらないおべっかばかりだが、息子であり総理大臣である総司については、不自然なほどに誰一人として話題に出すことはなかった。

「なんか無視されてない？　一応この国のトップでしょ、アナタ」

「この場でわざわざ地雷を踏みに行くやつはいないよ」

　ゆったりとしたジャズの曲目が終わり、一転してアップテンポなナンバーがかかった。踊り場を入れ代わり立ち代わりしながら、招待客は自由に食事と酒とダンスを楽しんで交流を広げ始めていた。龍彦の周りにも相変わらずの人集りができている。

「行くか」

総司が麗に左腕を差し出して言った。麗は小さく一回深呼吸をした。

「どうぞよしなに」

麗はその腕に緊張で震える右手をそっと添えて軽口を叩く。総司がふっと笑った。二人で足並みを揃えて歩き出すと、今の今まで談笑に夢中になっていた周りの人間の視線が、次々と総司と麗に移っていく。最年少イケメン総理とマスコミに騒がれ続けてきた総司の隣に並んでも負けないルックスに、優雅さと気品を兼ね備えた高貴な雰囲気をその身に纏う未来の首相夫人たる麗の姿に、誰もが目を奪われていた。

龍彦の周りの人集りも、総司と麗の存在に気付いて、一人、また一人と道を譲るように後ずさっていく。龍彦へと至る道は完全に開けていた。

総司は毅然とした態度で麗をエスコートし、立ち止まることなく父へと歩み寄っていく。龍彦は自分のもとへとやってくる息子たちを正面から堂々と待ち構え、手にするグラスのワインを弄ぶようにして揺らしていた。

「お誕生日おめでとうございます。父さん」

「総司。しばらくだな」

龍彦は片手をポケットに突っ込んだまま、ワインに口をつけた。白い髭面の顔をニヒルに歪ませて笑う。麗は間近で見る龍彦の姿に、総司と初めて出会った夜の彼の姿を重ねていた。目の前にいる龍彦は、付け髭で変装したあの夜の総司に瓜二つ(うりふた)だった。

「百代目総理大臣としての務め、非力ながらなんとか果たしているようだな。評判は私の耳にも届いている。総裁の上松も事あるごとに連絡を寄越してくるから困ったものだ」

「上松総裁がですか？」

「ああ。この間も泣き言を言ってきた。おまえが総理大臣という重圧に翻弄され、政界に何か爪痕を残そうと急くばかり、党と足並みが揃っていないとな」

「……そんなことは」

「そうかな？　隙を見せれば足をすくわれるのが世の常。自ら墓穴を掘れば、大衆はその穴におまえが転がり落ちるのを今か今かと期待する。家族を持たないおまえが少子化対策、子育て支援などと。いい笑いものだっただろうな」

「かもしれませんね。横谷代表にも同じことを言われました」

龍虎対決の一翼を担ったかつての好敵手、野党第一党代表である横谷虎造の名前を耳にした途端、龍彦の表情が険しくなった。「あんな万年二番手のドラ猫にさえ嚙みつかれるとは。恥だと思え」と嫌悪感を露わにして総司を叱責する。

「それで？」龍彦は麗を一瞥してすぐに総司に視線を戻した。「墓穴に落ちたおまえに手を差し伸べたのが彼女というワケか」

「紹介が遅れました。こちら、秋葉麗さん。伊豆を拠点に様々な事業を展開している、元市議会議員でもある佐野治氏のご息女です」

麗がスカートの裾を軽く持ち上げ、片足を引いて小さく膝を曲げる。麗の披露した西洋的挨拶のカーテシーは場の雰囲気に実によく馴染んでいた。

「秋葉麗と申します。お誕生日おめでとうございます。……お義父様」

麗は落ち着いた声音で龍彦に微笑んだ。龍彦は訝しむような目つきで、値踏みでもするかのように麗の姿を上から下に眺めた。

「秋葉……?」

「治オジサマとは遠縁で、両親に代わって昔から面倒を見てもらっています」

「私も佐野さんとは多少の付き合いがあるが。こんな素敵なお嬢さんがいたとは初耳だ。それも養女とは」

遠慮のない口ぶりで龍彦が言うと、麗が「箱イン娘でしたから」とお澄まし顔でついでしゃばったことを口走った。

「箱……〝イン〟……娘?」

困惑するような周りの空気に、「……私何か間違えた?」とでも言いたげな頼りない笑顔を総司に向ける麗。隣に立つ総司もダラダラと冷や汗を流していた。龍彦も呆気にとられた様子で、麗の発した不可思議な言葉を繰り返している。疑問の答えを求めるようにして総司に視線を移した。総司は硬くなった笑顔で視線を泳がせる。

「……彼女、実は幼少期のごく僅かな期間海外で暮らしていた経験がありまして。ほとんど記憶にないなんて本人は言っていますが、一度覚えた言語はふとした拍子に口をついて出るもの。たまに日本語に混じるんですよ、今のようにね。箱入り娘だから、箱イン娘。ほら！　語感もそっくりだし、意味なんてそのまんまっ！」

総司は思いつくままにもっともらしいデタラメを捲し立てた。その勢いに龍彦が珍しくたじろぐ。「まぁ。似ていないこともないが……」と納得する素振りすら見せている。

「そう！　それ！　……ですわ」と麗も自身の失敗をフォローするように首を頷かせた。

「緊張するとそうなってしまって。この間なんて総司さんのことをマイワイフ、マイワイフなんて。我妻だけに？」

調子に乗る麗を総司が物凄い形相で睨みつけた。殺気を感じて「……今のは冗談ですけど」と上品に笑う。麗の軽口に笑いが起こり、緊張していた場の空気が緩和された。

龍彦だけが眉間に皺の寄る怖い顔で面白くなさそうにふんぞり返っている。

「父さん。できれば三人で少し話をしませんか」

「……そんなことをして何になる。話し合えば私の気が変わるとでも思うのか？」

給仕係に空のグラスを手渡し、「誰を連れてくるかと思えば」と小馬鹿にして言う。

「秋葉さんと言いましたか。とても美しく個性的な女性だ。だが、ハッキリ言いましょう。申し訳ありませんが、アナタは我妻の家には相応しくないのです」

「父さん……！」

「佐野家も確かに立派な家柄だが、それも静岡での話。我が我妻家は、日本だけでなく世界に認知される有数の名家だ。到底釣り合いはしない。決して秋葉さん、貴女（あなた）ひいては佐野家を下に見ているワケではないことを、ご理解頂きたい。我が我妻にとっても、あなた方佐野家にも、相応しいパートナーは他にいる。ただそれだけのこと」

龍彦は総司にも言い聞かせるようにして淡々とした調子で言った。

「そういうワケですから。今日はわざわざ私のためにありがとう。もちろん、今すぐここから出て行けなどと無粋なことは言いません。パーティーを楽しんでいってください」

取引相手に契約の打ち切りでも告げるように、龍彦は臆面もなく冷徹にそう言ってのけた。利益を徹底的に追求する大企業経営者としての龍彦の非情さを垣間見た気がして、麗のおかげで和んだはずの場の雰囲気はまたしんと冷え込み、再び訪れた緊張感にピリついていた。フロアの一角でそんな修羅場が演じられていることにも気付かず、その場に集う大部分の招待客は相変わらず飲んでは食べて談笑し、音楽に合わせて踊り場でダンスを楽しんでいる。

総司は手のひらに爪を食い込ませて固く拳を握っていた。父はもう少し話の通じる男だと思っていたが、それは完全に思い違いだったようだと自身の考えの浅はかさに後悔した。麗はこの二ヶ月、よくやってくれた。今では見違えるほどの淑女へと成長し、見事にこの場に集まった人間たちをも騙し通したのだから。だが、それ以上に龍彦の拗らせた選良主義は厄介で根深い。妻である恵子との確執で芽生えたその傲慢な主張は、この二十年で手を付けられないほどに育ちきっていた。政治家として世直しの理想に燃え、国民のために格差是正に尽力したかつての父の姿はもうない。

我妻の家を捨てる。総司の頭の中にふとその考えが過ぎった。麗と一緒になるには、もうそうするしか道はなかった。そうなれば、父から引き継いだ地盤も、総理大臣という立場も、何もかもを失うことになるだろう。選挙にも勝てず、党からも追い出されるかもしれない。けれど、麗が一緒なら大丈夫な気がしていた。彼女と一緒にイチからのスタートを切れば、もう一度総理大臣にだって返り咲くことができると、そう思えた。

父と決別するなら今しかなかった。母との仲違いから、これまで父に対して抱いてきた胸の内のすべてをぶつけてやろうと思った。口を開きかけて、すぐに閉じた。乾いた唇を舌で舐め、もう一度口を開きかける。曲の終わりと同時に場内で拍手が沸き起こる。いつまで経っても、総司の口から麗を庇う言葉は出てこなかった。

「――わかりました」

口を開いたのは麗だった。総司は力なく隣の彼女に視線を移した。すっと背筋を正してそこに佇む麗は少しも取り乱してはいなかった。毅然とした態度で龍彦に凛と微笑む。

「では……。どうか、私とワルツを踊って頂けますか?」

「ワルツだと?」

　龍彦は言って場内に意識を傾ける。聞き慣れた三拍子の音楽。フロアの中央に目を向けると、煌びやかなドレスをふわりとなびかせて、参加客がワルツを踊っている。

「まさか。貴女がワルツを踊れるとでも？」

　龍彦が訝しがる。麗は答えず、自ら率先して手を差し伸べた。つられて龍彦の視線が麗の指先へと向く。「シャル・ウィ・ダンス？」と麗はニコリと微笑んだ。龍彦は面食らったように一瞬たじろぎ、恐る恐るその手を取った。麗に引っ張られるような形でフロアの中央へと躍り出る。すでにワルツを踊る人の群れに紛れるようにして、二人は互いの手を取り合いステップを踏みながら、自然な形でその輪に加わった。思いがけない展開に息を呑みつつ、総司は二人の姿を目で追っていた。

「これは……驚いた。佐野さんも社交ダンスを？」

「いえ。すべてあなたのご子息にご教授して頂きました」

「総司に？」

　龍彦は踊り場の外からこちらを眺めている息子を一瞥して言った。

「ええ。いつか夕食をご一緒した時、戯れに私にも手ほどきを。総司さん、昔はご両親もよくこうやって踊っていたって、私に足型を教えながら子どもの頃の家族の思い出を楽しそうに話してくれました」

「……確かに。昔はよく妻と二人でワルツを踊った」

「お義母様は今は海外にいらっしゃるとか。一目お会いしてみたかったです」

龍彦はしおらしくなって言葉に詰まった。いつもであれば妻の話題を出されるなり露骨に不機嫌を表明し、客人であろうと容赦なく追い返してしまうような傍若無人な男が、麗の前ではただただばつの悪い笑みを見せている。それはきっと麗と踊るワルツが、久しく忘れていたダンスの高揚感を思い出させてくれたからに違いなかった。これまでも誕生パーティーで何十人もの招待客とワルツを踊ってきたが、どいつもこいつも商談のキッカケ作りが透けて見える、無様なステップしか踏めなかった。遠慮もなく体を大きく動かし、心までオドるようなワルツは一体何年ぶりだろうか。龍彦は麗の姿に妻である恵子の姿を重ねていた。まるで二十数年ぶりに妻とワルツを踊っているみたいで、心が若返るようだった。

「秋葉さん。あなたとのワルツは気に入った。しかし、まさかこれで私の気が変わるなどとは思わないで頂きたい。重ねて言うが、私は総司と貴女との結婚を認めるつもりはない」

麗は「ええ。存じております」と微笑んで、「ただ……」と付け加える。「〝ご理解〟頂きたいのは、私も彼との結婚を諦めるつもりはない——ということだけ」

「な、なにっ？」龍彦が声を荒らげる。「貴女はさっき、私の言葉に『わかった』と、確かにそう納得したでは……っ」

「あら。私はお義父様がパーティーを楽しめとおっしゃったから、それに返事をしたまで。総司さんとの結婚についてのご発言には、何一つ納得してはいませんことよ？」

麗がそう言ってのけるのと同時にワルツが終わり、わっと拍手が沸き起こる。それはほとんど龍彦と麗に向けて送られているようなものだったが、龍彦は呆気にとられた様子で言葉を失っていた。龍彦から体を離し、麗は拍手を送ってくる周りの招待客に笑顔で手を振った。

「とてもいいワルツでしたわね」

手を振り続けながら麗が隣の龍彦に声をかけた。

「それでは私はこれで失礼致します。次にお義父様とまたワルツを踊れるのは、来年の誕生パーティーかしら。その時ももちろん、追い出すなんて無粋な真似はしませんでしょう？」

麗は別れと感謝の意を込めて再びカーテシーを披露し、軽く頭を下げた。くるりと背中を向ける。小声で小さく呟いた。

「……終わった」

龍彦を前に張っていた虚勢が途端に崩れ、声にならないため息が思わず漏れた。激しい心臓の鼓動は決してワルツを踊った疲労からだけではない。二ヶ月準備してきた計画がものの数分で見事に砕け散った時、麗の頭は真っ白になった。画面の固まったコンピユーターのように、微笑を浮かべたままフリーズしていた。せっかくガラスの靴を貰ってここまで這い上がったのに、もう少しで地上に出られるのに、暗く深い谷底に再び突き落とされた気分だった。これでもう二度と総司にも会えないんだ。総司と公邸で過ごしたこれまでの二ヶ月の日々が、走馬灯のように思い起こされた。

もう少しだけ、アイツと一緒にいたかったな。

その時、麗の耳に届いたのがフロアに流れる三拍子の音楽だった。続けて龍彦の皮肉が聞こえ、あとは言葉が勝手に口をついて出ていた。総司と一緒にいたいがために取った、最後の悪あがきだった。

じんわりと目に涙が溜まる。おぼつかない足取りで、麗が踊り場から立ち去ろうとした時、低い笑い声が聞こえた。振り向き見ると、龍彦が口元に手を当てながら体を震わせるようにして愉快そうに笑っていた。

「一年は遠すぎる」

今度は麗が呆気にとられたようで、目をまん丸に見開いて表情を強張らせている。龍彦は総司を見て軽く顎をしゃくった。何が起きているのかわからず、無様な駆けつけ方で総司は麗の隣に並び立った。麗と二人、お互いに顔を見合わせる。

「せっかく皆さんお集まりなんだ。挨拶くらいしていきなさい」

「ぼ、僕たちの……」

「許してくれるの？」

「わ、私たちの結婚……」

総司と麗の声が重なる。

「許さん」

龍彦はキッパリと言った。「だが、まぁ……」とすぐに言葉を繋ぐ。

「今夜三人で、その……食事でもどうだね。せっかくできたワルツのお相手を、これっきりで帰してしまうのは……あー……なんだ……惜しい、からな」

龍彦は口ごもるような照れた言い方で言った。「……皆さん！　ご紹介が遅れましたが——」と招待客に向けて声をかける。総司と麗はもう一度お互いの顔を見合わせた。二人の顔に喜びと安堵が入り交じり、見る見るうちに表情が綻んでいく。じんわりと潤んだ麗の瞳からホロリと一筋の涙が零れた。総司は無意識に麗の左手を摑み、指を絡めて握りしめていた。

「麗。キミは……キミというヤツは、本当に素晴らしい女性だ」

総司は左手の親指で麗の頰を流れる涙を拭ってやりながら言った。彼女はこくこくとただ首を頷かせている。心の中で「見たか！　シンデレラ、んにゃろぉ！」と麗は啖呵を切る。手にしたガラスの靴のヒールを岩肌に突き立て、かっこ悪くても、情けなくても、私はやっと這い上がってこられた。天井の照明が涙で霞む。地上に這い出て初めて目にする日の光のように、キラキラと輝いて見えた。

「息子とはいえ、現職の総理大臣をこんなふうに紹介するのは恐れ多いですが」

会場内に笑いが起こる。「私の息子、総司です。そして」と龍彦が麗を指し示す。

「隣に立つこちらの女性は――」

会場内のどこからかスマートフォンの通知音が聞こえてきて、龍彦の言葉が止まった。またどこからか通知音が聞こえ、今度は着信音が鳴り響く。音は連鎖的に広がり、フロアの中央にいる総司と麗はその異様な光景に底知れない不安を抱き始めていた。

「何事だ、一体」

遂には龍彦の端末にも通知が届き、彼はスマホの画面を睨むようにして視線を釘付けにした。顔が青ざめ、総司と麗に顔を傾けた。その表情には明らかに失望の色が浮かんでいる。気付けば、周りの人間の視線が麗ただ一人に注がれていた。遅れて総司のスマホも震えた。ロック画面に表示された履歴には、ニュースサイトの更新を告げる通知。新着記事のタイトルは「【シンデレラの黒い秘密】我妻総理、その婚約者の正体」となっていて、その遷移先では、麗の元恋人を名乗る男性からの情報を元に彼女の素性を暴露したゴシップ記事が、近日発売予定の雑誌から一部抜粋されて掲載されていた。記事では「詐欺」や「借金」「両親の失踪」などの暗いワードが強調され、名前こそイニシャルでぼかしてはいるが、麗の生い立ちや経歴が詳細に書かれてあり、目隠し線を入れた麗の昔の写真まで載っていた。

「え……。これ……は……？」

総司のスマホを隣で覗き見ていた麗の顔からも血の気が引いていく。雅人の仕業だと直感した。まるで足元からガラスの靴が消えてしまったみたいに、フラフラと力なくよろける。龍彦は麗を蔑むような目で一瞥し、顔を背けた。「出ていきなさい」と総司に静かに言う。

「と、父さん。これは何かの間違いで――」

「出ていけと言っているんだ！」

龍彦の怒声がフロアに響き渡った。総司は言葉を飲み込み、下唇を噛み締めた。ふらつく麗の手を乱暴に取り、彼女を引きずるようにして踊り場を後にした。

遠ざかる日の光。魔法と言えど、それはやはりただのガラスだった。折れたヒールだけを岩肌に残し、麗は再び奈落へと落ちていく。手から滑り落ちたガラスの靴の行く末を目で追った。靴は闇の底に飲まれて姿を消し、やがてガシャンと粉々に砕け散った。

〇

別荘から戻る車の中で総司と麗は一言も口をきかなかった。後部座席の両端で車窓に頭をもたれ、流れていく別々の景色をただ見ていた。

公邸に帰ってくると邸宅の前で橘と尚美が出迎えた。二人の不安げな表情から、今起きている事態を把握していることは一目瞭然だった。無言で車を降りて邸内へと入っていく総司の後を橘が追いかける。続いて降車した麗と橘の目が一瞬合ったが、彼は悲痛な顔で躊躇う素振りこそ見せたものの、何も声はかけなかった。代わりに尚美が支えるようにして麗の肩をそっと抱いた。

「麗さん……大丈夫ですか？」

「ごめん、尚美さん。私、行かなきゃいけないところあるから」

尚美の手を振り払い、麗は公邸に背を向けた。

「こんな時に一体どちらに」

「……もうコソコソする必要ないじゃん。どこへだって行ってもいいでしょ」

麗は投げやりに言って足早にその場を離れた。通りでタクシーを拾い、口早に目的地を告げる。日本橋にあるマジックバージャグラー、元恋人である浜村雅人の住処（すみか）だった。

店の看板は下げられ、まだ営業はしていなかったが、麗はそんなことはお構いなしに店内に押し入った。カウンターに雅人の姿があり、昼間から愛飲のマッカランを飲んでいたようで顔が赤らんでいる。雅人は麗の来店に気付くなり、酒に酔った陽気な笑みを見せて「よお」と挨拶をした。見違えたような麗の気品漂うドレス姿を上から下へと眺め、それを肴（さかな）に酒を呷った。グラスの中でカランと氷が揺れた。

「すげぇな。どこかのご令嬢みたいじゃんか」

麗は手にしていた大きめの長財布のようなパーティーバッグを振りかぶって雅人に殴りかかった。雅人の手から弾き出されたグラスが床に叩きつけられて砕けた。床に酒がぶちまけられ、雅人は椅子から転げ落ちるようにして地を這い、麗から逃げるように距離を取った。

「お、落ち着けったら！　短気は損気だぜ？」

麗が追いすがって馬乗りになる。

「アンタはっ！　アンタってヤツは！　最低！　最低！　最低っ！」

必死に顔を腕で庇う雅人を、麗は繰り返し叫びながらバッグで殴りつけた。最後にもう一度彼の腕を叩いたところで、「最低……」と小さく声を漏らし、力尽きたように大人しくなった。恐る恐る腕をどけて麗を見上げる雅人。麗は立ち上がるとフラフラと歩いてカウンター席に力なく腰掛けた。カウンター上に置かれた飲みかけの酒瓶を手にして、ぐいっとラッパ飲みする。雅人も上体を起こし、そんな麗の様子にさすがに後ろめたい気持ちになった。

「――彼は我妻総理に利用されているアナタを見過ごせなかったんですよ。そう責めては酷だと思うけどなぁ」

不意に後ろで声がして麗が振り返る。店の出入り口に男が立っていた。頬骨の目立つ顔に薄ら笑いを浮かべて麗の隣に腰掛けた。麗が警戒して思わず身を捩る。「周防さん」

と雅人が口にするのを聞いて、麗は「周防？」と聞き覚えのあるその名前を繰り返した。

周防は懐の名刺入れから一枚抜き出し、麗に差し出した。

「周防文哉……記者？　あ！　アンタ雑誌に私のことを書いた！」

「お。記事、読んでくれた？　世間の皆さんが最も知りたがっている情報をお届けするのが僕のモットーでね。とはいえ、断りもなく申し訳ありませんでしたねぇ」

「まさか今日のネットニュースも……」

「もちろんもちろん。僕の書いた記事だ。総理の婚約者が誰なのか知っていると、彼からコンタクトがありましてね。貴重な話を色々と取材させて頂きましたよ」

麗が雅人に一瞥をくれると雅人は情けなく愛想笑いを返した。

「結果的に彼の行動は正しかったと思うけどね。あのまま結婚していても破綻は目に見えていた」

「……なんでアンタにそんなコトがわかるの？」

「では聞くがね。我妻総理がアナタを選んだ理由は何です？」

麗が「それは……」と口ごもる。総司の女性アレルギーのことは口外できない。周防もそれを察してか、「これは個人的な見解ですがね」と麗の答えを待たずに話を続けた。

「偽装結婚ってやつ、あるでしょう？　今回の総理と秋葉さんの結婚もそれに近いものじゃないのかなぁと、僕はそう思ってるワケですよ。つまり夫婦のフリというかね。だ

 っておかしいじゃないの。今まで浮ついた話一つなかった我妻総理が、突然結婚するって言うんだから。そんで蓋を開けてみれば、またまたびっくり。そのお相手は政界関係者の娘でもなければ、大企業のご令嬢でも今をときめく女優やタレントでもない、借金まみれの一般庶民だった。いや、もっとヒドイな。正しく底辺女そのものだ」

麗は手にしている酒瓶で周防を殴り倒したい衝動に駆られたが、なんとか堪えた。代わりにもう一度瓶の酒を呷り、据わった目で周防を睨む。周防はそれも意に介さず、にやついたまま言葉を続けた。

「一体、我妻総理とどんな契約を交わしたんです？　総理との結婚でアナタが得るものは数知れない。彼の財力であれば数百万程度の借金なんてワケないし、それどころか我妻産業のことを考えれば半永久的に莫大(ばくだい)な金が入ってくる。何よりファースト・レディだ。日本の歴史上、その若さで首相夫人になった女はいない。まさに現代の〝シンデレラ〟だ。これまで誰にも見向きもされない石ころ同然だったアナタの存在はきっと芸能人以上に取り沙汰され、周りはさぞチヤホヤと甘やかしてくれることでしょう。これまでの底辺生活が一変して華やかなものに変わる。しかし、総理は？　アナタと結婚して一体何が変わるというのか。今世間が知りたいのはソコなんですよ」

麗は答えない。周防はタバコに火をつけて、ふっと紫煙を吐いた。

「でだ。提案なんだが、総理との婚約について僕に取材をさせてくれないかな。もちろん、すべてを包み隠さずにだ」

「……私にあの人を売れって言うの？」

「その様子だと総理は何かとてつもない秘密を抱えているんだろう？　それを話してくれ。もちろん報酬は出すよ。スポンサーがいてね、とりあえず二千万でどうだ？　借金を返してそこの彼とやり直すには十分すぎる額だ。それにもし総理の暴露記事が世に出たら、アナタはテレビや雑誌に引っ張りだこ。更に金が入ってくるぞ」

　麗が雅人に一瞥をくれる。雅人は都合が悪そうに視線を逸らした。

「すべては我妻総理に利用され、使い捨てられたシンデレラの悲劇。ハナから僕もアナタに同情的な記事を書くつもりだし、批判はすべて我妻総理に集中する。いいことづくめだろう？」

「私は……利用なんてされてない。アイツはそんな」

「『そんな人じゃない』ってかい？　そんな男だろうに。だったらなぜ今日のパーティーで、ヤツは父親の前から尻尾を巻いて逃げ出したんだ？」

　まるで見てきたかのように周防は言った。その情報の早さに麗が怯む。

「我妻龍彦への挨拶の途中、タイミングよく僕の書いた記事が更新され、会場中にアナタの過去がバレたそうじゃないか。その時、総理はどうした？　アナタを守ってくれたのか？　庇ってくれたのか？　それでも結婚したいと、その言葉を口にしたのか？」

周防の言葉の一つ一つが麗の心に深々と突き刺さった。動悸がする。アルコールが急速に体に回り、息苦しさから必死に酸素を取り込もうと荒い呼吸を繰り返した。気分が悪い。吐き気もする。椅子から下りて、「帰る」と頼りない足取りで麗は出口へと向かう。

「我妻ってのはそういう連中なんだよ。父親の龍彦も妻の不倫スキャンダルを利用して世間の好感度を上げた。しかし、今じゃどうだい？　まるで用済みだと言わんばかりに、夫婦二人で公の場に揃うことすらない」

周防は麗の背中になおも言葉を続ける。麗は逃げるようにして店のドアを押し開けた。雅人が心配そうに「あ、麗！」と声をかける。周防は声を張り上げて叫んだ。

「我妻にとってはすべてがパフォーマンスなんだよぉ！」


「どこへ行っておられたのですか！」

夕暮れ時になって公邸に戻ると、出迎えた橘が血相を変えて麗を叱責した。麗から香るアルコールの臭気に思わず顔を歪める。

「お酒を飲まれていたのですか」

「あははー。ちょこーっとねぇ？」

酒に酔う麗は右手の人差し指と親指で僅かに隙間を作り、陽気に笑って言う。橘はそんな麗の姿を痛々しそうに見ていた。

「……とにかくコチラへ。総理がお待ちですから」

言って橘が階段を上がっていく。いつかの再現かしらと、麗はふわふわとした頭で橘の後をついていった。総司の私室を兼ねた執務室を訪れると、部屋には総司の他に尚美の姿もあった。麗の姿を見るなり思わずソファから立ち上がって安堵の表情を見せた。だが麗の異変に気付き、すぐにまた尚美は顔を曇らせた。

「それは祝杯か？」

執務机に両肘をつき祈るように両手を組んでいた総司は、ゆっくりと顔を上げると、麗を見据えてそう言った。麗と対照的にその表情は冷たく暗い。麗はおぼつかない足取りで総司の目の前までやってくると、大げさな身振りで右手のパーティーバッグごと机の上に両手を置いた。

「祝杯、ですってぇ？　何がめでたいってぇの？」

総司は机の上に置いたスマホを麗に向けて差し出した。画面には元恋人である雅人への取材を元に麗の過去が暴露された件の記事が表示されている。

「なぜ昔の男のことを隠していた？」

「隠すだなんて人聞き悪いなぁ。聞かれなかったから言わなかっただけでしょうよ」

「それは後ろめたい気持ちがあったからじゃないのか？　キミが早々に打ち明けていれば事前に策を練ることもできた」

「策？　無理無理。アイツはね、借金を繰り返しては逃げ回ってるような、そんなどうしようもない男なの。お金で解決しようもんなら、一生たかられ続けるわよ」

「キミと何が違うんだ？」

煽るような総司の言葉に麗の顔つきが険しくなる。項垂れるようにして乱れた髪の隙間から上目遣いに総司を睨んだ。「それ、本気で言ってるの？」と小さく尋ねる。総司は机上のスマホに指を這わせ、一枚の写真に画面を切り替えた。視線を落とした麗が息を呑む。マジックバーに入っていく数時間前の麗の姿が撮られていた。

「営業前のバーなんかで一体誰と会っていた？」

麗は無意識に庇うようにしてバッグに手を這わせていた。総司はそれを見逃さず、麗の手からひったくるようにしてバッグを奪った。麗が抵抗する間もなく、執務机の上に中身がすべてぶちまけられる。スマホ、財布、化粧品が散らばり、一枚の名刺がハンドクリームの下敷きになった。総司は名刺を掠め取るようにして手にする。記者の周防の名前がそこにはあった。

「なぜキミが周防の……ヤツの名刺を持っているんだ」

答えに窮する。

「……人の後つけて隠し撮りなんて……随分と卑劣なことしてくれるじゃないっ」

麗は声を震わせて反論した。そうした態度が総司の思考を最悪な方向へと向かわせていることにも気付かず、身を強張らせながら胸の前でキュッと小さく拳を握りしめる。総司はすべてを察したかのようにそっと椅子の背もたれに体を預けた。脱力した腕を力なく放り出し、指先から周防の名刺がヒラリと床に落ちる。

「僕のことを……売ったのか」

それは決定的な一言だった。この二ヶ月の夢のようなひとときから麗の目を覚まし、十二時を告げる鐘の音を待たずとも、魔法のようなこの恋に終わりを告げるには十分すぎる効力を持った最低最悪の発言。ふと人見さんの言葉が脳裏に蘇った。時には言葉にせずとも伝わってほしい事柄もある。それが特別な人であれば、なおさら。食堂で彼女の言っていた言葉の意味を、麗はこの日身を以て実感した。総司とすっかり心が通じ合った気になっていた自身の滑稽さに笑いがこみ上げてくる。我慢しようとすればするほど耐えきれなくなり、麗は肩を震わしてアハハと笑った。

「私たちどうやら、お互いに特別な人間じゃなかったみたいね」

「何の話だ」

「私たちの話だよ。〝パフォーマンス〟のことで頭が一杯で気付かなかった？」

「パフォーマンス……？　僕たちの結婚のことを言っているのか？」

「若くてお金持ちでイケメンであらせられるお偉い総理大臣サマの人気取りだもの。私を選んだのも、女性アレルギーのアンタが触れられるから、ただそれだけの理由。この結婚には愛どころか信頼だってない。これがパフォーマンス以外のなんだってーの？」

「信頼だって？」

総司はあざ笑うように言った。

「不勉強もここまで来ると滑稽だな。嘘ばかりのキミをどう信頼しろって言うんだ？　それにキミもすべてを承知してこの話に乗ったんじゃなかったのか？　カネのために」

「そうだね。でも、もっと大事なモノを手に入れられる気がしてた。さっきまでは」

「冗談はよしてくれ。周防にいくら渡されたんだ？　ああ、そうか。元恋人だっていうその男とも初めからグルだったワケだ。三人で共謀して、初めから僕を陥れるつもりだったのか」

総司の責め立てるような言葉に、麗は何もかもを諦めたような深いため息を吐いた。

沈黙が訪れ静まり返る室内で、総司一人だけが騒々しく肩で息をしている。仲裁を許さない二人の険悪なやり取りを、橘と尚美は固唾を飲んで見守っていた。「お二人とも……もうやめましょうよ」と尚美が悲痛な顔のまま、無理に明るく努めて言う。

「そうだな」

総司が言うが早いか、麗も「そうね」と口にした。その聞き分けの良さが尚美の不安を更に煽り、案の定、事態は最悪の方向へと進んでいく。

「終わりにしよう」

「終わりにしましょ」

総司と麗の声が綺麗に重なった。

「今夜中に彼女の荷物をまとめてここから退去させてくれ。婚約は解消だ」

淡々と指示を飛ばす総司に、橘は「しかし……」と口ごもる。麗は踵を返すと、未練なんて微塵も感じさせない堂々とした足取りでドアへと歩いていく。尚美が「麗さんっ！」と麗を呼び止めた。ドアノブを手にしたところで麗の動きが止まり、振り返った。

「めでたしめでたし……ってワケにはいかなかったね」

麗はあっけらかんと笑った。

八つ当たりのように乱暴にドアを閉めることもなく、麗は静かに部屋を出ていった。

尚美が何か訴えかけるように総司を見る。しかし、総司は追いかけることもせず、その場に座ったまま動かない。執務机の抽斗を手前に引いた。大統領夫人であるリリー・ブランシェットとの一件で活躍したカフスボタンの隣に、婚約指輪の収められた小箱と並んで、すでに総司の氏名が書き添えられている一枚の婚姻届が大事にしまってあった。

記入した氏名の隣、妻となる人間の名を書く欄は、ぽっかりと空白になっている。

総司は渡しそびれた婚姻届をしばらく見つめていたが、乱暴に掴み取ると片手で握り潰すようにして丸め、近くのゴミ箱に放った。縁に当たり、婚姻届は紙クズ同然に床の上を転がった。

物語の最後は劇的でもなければ、感動的でもない。
実に呆気ない幕切れだった。

四章★我が麗しの首相夫人

「えー、続いては。連日お茶の間を騒がせている我妻総理の婚約騒動について」

総司が出演したいつかの情報バラエティ番組『お茶の間ヒルズ』。MCの大御所俳優布施千広はどこか生き生きとした調子で今回の一連の騒動を報じている。

「総理の突然の婚約発言から二ヶ月ですか。まさか、こういった形で再び〝お茶の間〟を騒がせることになるなんてねぇ」

「一部では結婚詐欺に引っかかったのではとの声も。一国の首相のそのリスク管理の甘さに、野党側の政権批判もますます勢いづいています。野党第一党の横谷代表は会見で、今回の件について我妻総理の責任を追及する構えで、野党四党による内閣不信任決議案提出についても言及しました」

布施の隣に立つ女性アナウンサーがそう言うのと共に、映像が横谷虎造の会見映像に切り替わる。

「――甚だ遺憾としか言いようがありませんね。国民の皆様におかれましても今回の我妻総理のご婚約を心から祝福されていたのではないでしょうか。私だってそうですよ。それを総理は最悪な形で裏切ったワケですから。わざわざマスコミの前で結婚を匂わせ、世間の注目を浴び、蓋を開けてみれば疑惑だらけのお相手。総理は騙された側の被害者だとか、そういったご意見も耳にはしますが、この際今回の結婚が純愛なのか詐欺なのかなんて些細なことでしょう。問題は実質的な国のトップがイタズラに国民感情を煽るだけ煽り、世界に日本の恥を晒したところにあるのですから。現政権の不誠実さが、我妻総理の一挙手一投足に表れているようだ。

この一年余り、総理は若いながらも必死に立派にやってこられたと思います。若気の至りなんて言葉もあるでしょう。しかし、若気の至りで国を揺るがされては日本国民としては堪ったものではありませんよ。心苦しいですが、野党側としても内閣不信任案提出について考えざるを得ません。我妻総理にこのまま国の舵取りを任せてもいいものか？　今一度問うべき時が来たのではないでしょうか」

再び映像がスタジオに切り替わる。女性アナが神妙な面持ちで「はい」と頷いた。

「一体この我妻総理大臣の結婚騒動にどう決着がつくのか。与野党党首による〝党首討論〟を目前に控え、世間の注目も集まっています」

女性アナの言葉にうんうんと相槌を打ちながら、布施は出演者たちに視線を向けた。

「この番組で我妻総理がゲストに来られた時、総理にはこの国の未来について熱く語ってもらいましたが。特に少子化対策に力を入れるなんて言っておられてね。ただ、その時NOSEちゃんが『総理結婚してないじゃん』とか言うから」

布施の言葉でスタジオにちょっとした笑いが起きた。「総理も焦って結婚相手を探した結果、今回のトラブルに巻き込まれたのかもしれませんね」と布施はにこやかに言った。ギャル系モデルNOSEは「うぇぇ？　ウチのせいですかぁ？」と笑いながらリアクションを返し、「でもぉ」と続けた。「まだ詐欺って決まったワケじゃなくない？」

「SNSでは地蔵だか仏像だかっていう歌舞伎町のホストが被害を訴えてるらしいじゃないの。もしかするとこの先も彼女の被害者が続々と声を上げるかもしれないよ」

「えー。よくわかんないけど。ほんっとうに二人が愛し合ってたなら、これって身分違いの恋じゃないですか。だったら周りがとやかく言おうが、総理には愛を貫いて幸せになってほしいかなぁって」

NOSEは憧れを口にするみたいにキラキラと目を輝かせる。「だから」と言った。

「ウチは断然〝シンデレラ〟を応援しちゃいますけどね」

◯

「マズイよねぇ、これ。いやぁ、マズイでしょう。うーん、実にマズイなぁ」

国会議事堂の総裁室で与党党首である上松がぼやいた。迷惑そうな、困ったような、それでいてどこか楽しんでいそうな、そんな優柔不断な笑みを浮かべながら、ふてぶてしい態度で椅子に腰掛け、その大きな腹の上でどっしりと腕を組んでいる。机を挟んで対面に立っている総司を、メガネのレンズ越しにジロジロと見ては、「マズイ、マズイ」とさっきから同じ言葉を繰り返している。総司も「申し訳ありません」と何度目か知れない謝罪を繰り返した。

「今回はマズイねぇ。キミに結婚しなさいなんて言った手前、私にも責任はあるんだけどさぁ。結婚相手ならいくらだって候補を用意してあげてたじゃない。よりによってなんであんな相手選んじゃったのよ。記者連中の中には、総理は普段からそういった連中とお付き合いがあるんじゃないかって、好き勝手に書き立てる者まで出てきてるそうじゃないか。幹事長も相当お怒りだったし、本当にマズイよ」

「会見を開かせてください。そこで私が説明責任を果たします。マスコミを通じて国民の疑問に答える形でしっかりと質疑に応じれば、きっと世論も」

「総司くぅん。今更そんなことしたってマスコミに餌を与えるようなもんなんだよ。第一キミ、今日の国会でも横谷さんの弁舌に終始押され気味だったじゃないの」

日中の苦い記憶がフラッシュバックし、総司は渋面で押し黙った。

「ま、無理もないよ。今日の横谷さんはスゴかったもの。昔総司くんのお父さんと激論を交わして、龍虎対決なんて評されてたあの頃の勢いを完全に取り戻していたからねぇ。憎き好敵手の息子に、かつての父親の姿を重ねたか。マスコミの報道も野党に追い風。我が党内でも、かねてからキミの総理起用に反対していた連中が、我妻降ろしを声高に叫び出している。もし今、不信任案なんて出されてみろ。〝可決〟の可能性も十分に考えられるぞ。いや、その前に幹事長自ら〝解散〟をゴリ押ししてくるな。そうなれば衆議院は解散し〝総選挙〟だ。正直、この状況での選挙は怖いねぇ。議席が減るくらいならまだしも、もしかすると、十数年ぶりに野党に政権を譲るなんて事態にもなりかねんよ」

上松は脅すような調子で、フフッと期待するような笑みを漏らしながら言った。

「まぁ。政権交代は冗談だとしても、どうせ解散は避けられないんだから。だったら、今は少しでも選挙を軽傷で切り抜けられるように、私たちも動くべきじゃないか？」

「私にどうしろと言うんです」

「とーにーかーく。今まで通りのクリーンな総理のイメージで押し通そうってこと。キミと彼女の間に何があったか知らないけどさ。今回の件、すべてはお相手の彼女のせい。キミにはこれまで浮いた話一つなかったワケだし、その純真さにつけ込まれて女に騙された──そういうことにしようよ。横谷さんたち野党連中は突っかかってくるだろうけど、一貫して被害者気取ってれば国民はきっと同情してくれるよ。それに、実際のところもそうなんでしょう？　どこの飲み屋で知り合ったお姉ちゃんか知らないけどさぁ。ンフフ。ダメだよぉ、本気にしちゃぁ」

「それは……できません。私は彼女の素性をすべて知った上で結婚に踏み切ろうとしていたんです。彼女一人にすべての責任を押し付けるような真似は……」

「と言ってもねぇ。記事を書いたのはあの周防だって話じゃないの。政界のハイエナであるアイツが絡んでるってことはだよ、当然その女と元カレだってグルでしょうよぉ。完全無欠のイケメン総理のスキャンダルを記者連中は血眼になって探してたはずだからねぇ。スキャンダルがないなら作る。周防って男はそれを平気でやるんだ。結局、総司くんは被害者なんだから、相手に配慮する必要なんてないんだよ。キミは騙されたんだ」

上松の強引な説得に総司は反論しかけた。「麗はそんな女性ではない」と一言抗いたかった。しかし、総司にはそれを言うことができなかった。上松の言い分は、麗との婚約を破棄した夜に自分が彼女に言い放った言葉とまったく同じ論調だった。

公邸に戻っても総司の気分は暗く沈んだままだった。

総司の気分を反映したように、怖いくらいにしんと静まり返る邸内。私室で執務机に向かいながら、以前は当たり前だった公邸の静けさに総司は違和感を覚える。カチ、コチ、カチ、コチと壁の時計は規則正しく時を刻んでいく。総司は文字盤を眺め、「麗のレッスンの時間だ」と不意に腰を上げようとして、すぐに思い直した。麗はこの公邸を出て行った。もうここに戻ってくることはない。

自然とソファへと視線が向いた。いつだったか、深夜に脱走しかけた麗をこの部屋に連れ込み、ブランデーを共にしたことがあった。ソファにぐったりとだらしなく横になる麗が、ムクリと上体を起こし、こっちを見て不機嫌そうに笑う。そんな彼女の幻を見た気がして、総司は椅子から飛び上がるようにして立ち上がり、思わず目を瞬かせた。いるはずのない彼女の姿を捜すように、誰もいないソファに視線を凝らし、総司は一人虚（むな）しくその場に立ち尽くしていた。しばらくの間、項垂れるようにしてそうしていると、活気を失ってしまった公邸のどこからか、微かに聞き覚えのある音楽が聞こえてきた。『曇りのちワルツ』――いつの日か麗と踊ったその曲を耳にし、総司は居ても立ってても居られずに廊下へと出た。

ピアノとフルートの音色に導かれるようにして総司は階段を下りた。案の定、曲は西階段側にある大ホールから聞こえてくるようだった。大ホールへと近づくと、少しだけ開いた扉の隙間から照明の光が漏れ出ている。総司がそっと扉を開き、中の様子を窺う。夢のような輝きに満ちたホールの真ん中で、一人の女性が優雅に舞っていた。

「あ、麗っ！」

思わず名前を呼んでホールの中に飛び込んだ。白い割烹着の裾がふわりと揺れて、ホールで踊っていた女性が総司に向き直る。食堂のおばちゃんこと公邸管理人代理の人見さんが、白髪交じりの頭をポリポリと掻きながらニヒッと笑った。

「あーらら。見つかっちゃった」

人見さんはまったく悪びれた様子もなく、飄々(ひょうひょう)とした態度でタバコに火をつけた。

「な……っ！　なんで、アナタがこんなところにいるんですか……！」

総司が震える指で人見さんを指差しながら「母さん！」と叫んだ。人見さん改め我妻恵子は「息子の家に母親が来て何が悪いのよ」とフンと鼻から煙を噴出する。

「総ちゃんが総理大臣になったって聞いてね。どれほどのものかと様子を見に帰国したんだよ」

総司は啞然として言葉もなかった。

「それに今の私は管理人代理の〝人見〟恵子ですからね。毎日人の手料理食べておいて今更なんでここにもないもんだ」

「ヒトミって。ああっ！　そっちかぁ……」

「人見」は恵子の旧姓だ。ディナークルーズの夜、麗がその名前を口にした時に気付くべきだったと総司は頭を抱える。てっきり下の名前だと思い込んでいた。いるはずのない彼女を捜して、いるはずのない母親と再会するとは夢にも思わない。動揺を隠せないでいる総司を他所に、恵子は大ホールの天井を仰ぎ見ながら「懐かしいわねぇ。総ちゃん」と咥えタバコで呟いた。

「勝手なことばかり言って。当たり前じゃないですか。最後に会ったのはまだ僕が大学に在籍していた頃だ。十年は会っていませんよ」

「バカねぇ。何を言ってるのよ。総ちゃんの顔なんて毎日テレビで見飽きるくらい見てるっつーの」

「み、見飽きる……」

十年ぶりに会った息子に対する言葉とは思えない恵子の言い草に、総司は体をのけ反らせるようにしながら顔を引きつらせた。「この大ホールのことよ」と恵子が言った。「あの男が総理になって最初の晩餐会の夜。ここで最後のワルツを踊ったの」

「ワルツ？　父さんと？」興味を持ちかけて総司は口を尖らせる。「なぜ急にそんな話」

「麗ちゃんのこと。どうするつもり？」

総司の返答に被せるようにして恵子が言った。「終わったことです」と総司は答える。

「彼女はやはり詐欺師だった。騙された僕が愚かでした」

「そう。国民にもそう説明して納得してもらうのね。彼女一人に全責任を押し付けて、騙された私は何も悪くありませんって？」

すべてを見透かしたように皮肉を込めて恵子が言う。肯定同然に沈黙する総司。「上松さんあたりの考えそうなことだねぇ」と恵子はくつくつと笑いながら紫煙を吐いた。

「それとも、総ちゃん自身の考えかしらね。政治家になるとみぃんなそういう考え方になっちゃうのかい？」

「……彼女は僕を記者に売ったんですよ？　母さんもよく知るあの周防に。初めから僕を陥れるつもりだったんだ」

「だったら、総ちゃんのその〝女性アレルギー〟ってやつ？　それもとっくの昔に世間に公表されてるはずじゃないのさ」

総司が虚をつかれたように目を丸くした。「なんで母さんがアレルギーのことを」と狼狽える。恵子は「誰が私を管理人代理にねじ込んだと思うの」と笑った。「……橘か」と総司はすぐに協力者の正体を察した。恐らく恵子の方からコンタクトがあり、元総理大臣夫人の強引さに、渋々協力させられたに違いなかった。

「橘くんから聞いて母さんビックリしちゃったわよ。私とお父さんのせいで、総ちゃんがそんなことになってたなんて。ちっとも知らなかった。なんで相談しなかったの」

「言えるワケありませんよ。父さんは多忙だし、打ち明けたところで政治家としては致命的なこの体質に失望されるだけだ。それに母さんは日本にすらいなかった。誰を頼れって言うんですか」

「だから麗ちゃんだったんでしょ」

総司は「そう……ですけど」と渋々頷いた。「でも彼女は裏切った」と続ける総司に、

「麗ちゃんがそう言ったの？」と恵子。総司は「それは……」と言葉に詰まる。

「母さんだって一緒じゃないですか。父さんの追及に何も答えなかった。それはつまり」

「まさかアンタまで母さんが浮気したって思っているんじゃないでしょうね」

「していないなら、なぜそう言わなかったんですか」

「言葉にしないと信じられないってんなら、総ちゃんはあの男以上の大馬鹿もんだよ」

「父さん以上？　それはどういう」

　恵子は割烹着のポケットから三つ折りにされた皺だらけの紙を取り出し、「ん」と総司に差し出した。総司は折りたたまれた紙を広げる。自分の名だけが記入されている。捨てたはずの婚姻届だった。

「アレルギーだの政略結婚だの小賢（こざか）しいったらありゃしない。総ちゃん。アナタ、本当は何が欲しかったのよ」

　総司は手にしたボロボロの婚姻届に視線を落としたまま微動だにしなかった。空白の氏名欄を眺めて「僕は……」と言葉に詰まる。恵子は携帯灰皿に吸い殻を入れ、割烹着のポケットにしまう。去り際に総司の頬をペチペチと撫でるように叩いた。

「今の総ちゃんが総理大臣だなんて。この国の未来はやっぱり暗いわね」

「ひゃーっ。一体どこから嗅ぎつけて来るんだか。ちょっとそこまでの買い物だからって油断してたわ」

○

帰宅するなりサクラはどこか嬉しそうな様子で騒がしく捲し立てた。近場のスーパーへと買い物に出掛けた帰り、自宅マンション前でマスコミに囲まれ、麗のことを根掘り葉掘り聞かれたところだった。もちろん何も答えなかったが、ちょっとした芸能人気分に機嫌を良くしている。「あ、メイク！」と、サクラは両手に持つパンパンの買い物袋を玄関口に取り落とし、手鏡で自分の顔をチェックした。「テレビで使うのかなぁアレ」と不安半分、期待半分の心配をしながら、おでこの目立つ顔を右へ左へと傾けて様々な表情を作っている。

「ごめんね、サクラ。ご迷惑をおかけして」

ひとしきり表情を作ってメイクの確認を終えたところで、テレビの前に鎮座している同居人が呟くように言った。その置物のような後ろ姿に視線を移し、「そうやってまたぁ」とサクラは叱るようにして麗に声をかけた。かしこまった口調でしおらしく謝る麗は、頭からすっぽりと毛布に包(くる)まり、ぼーっとテレビを眺めている。

「彼氏と同居する直前に押しかけて来ちゃって。それに迷惑な追っかけまでさ」

「気にすんなって言っててんじゃん。麗には最初から迷惑かけられっぱなしなんだから。今更だよ」

サクラの冗談にクスリとも笑わず、麗は「うん」と自動的な返事を返す。

「でも、まさか麗があのイケメン総理とお付き合いしていたとはね。浜村のヤツ、恩も忘れて雑誌に麗のこと売るなんてさ。ほんとサイテーな男」

サクラは腹立たしそうに言って麗を慰めた。

「それに我妻総理だってヒドイよ。麗の過去知ったからって切り捨てるみたいな真似して。あー、ムシャクシャするっ！」

「いいのよ。たった数ヶ月だったけど魔法にかけられたみたいな素敵な日々を過ごせたんだもの」

総司と過ごした公邸での日々を思い出しながら麗は呟くように言った。サクラは麗の口元に微かな微笑を見て、呆れたようなため息を吐く。「……麗は本当に甘いんだから」と親友のお人好しさに笑みをこぼした。

「でも、いくら騒がれるからって家に引きこもってばかりじゃ体に悪いよ。外にランチでも行かない？　そのあと買い物でもいいし、映画でも」

「……今は何もしたくない」

寒ぎ込む麗。サクラは肩をすくめて嘆息した。インターホンから来客を告げるメロディが鳴った。サクラが「またマスコミ連中かしらね」と迷惑そうにモニターを覗き込む。ぎゃっと悲鳴が上がった。モニターには頬に傷のある髭面の男がメンチを切るような目つきでカメラに顔を近付けている。

「あ、麗！　ゴリラ……じゃなくて、ヤクザ！　ヤクザまで押しかけてきたよ！」

サクラの慌てように麗は毛布に包まったまま渋々立ち上がった。画面に映る強面を見て「げ。大貫さんだ」と眉をひそめる。応答すると「麗はいるか？」と苛立ったような声で大貫が尋ねた。「いるよ」と麗。

「あ、テメェ……。散々連絡シカトしやがって。開けろ。話がある」

程なくして大貫は部屋までやってきた。サクラが恐る恐る出迎えると、「邪魔するぜ」と大貫は自宅にでも帰ってきたみたいに堂々と室内に足を踏み入れる。麗は相変わらずテレビの前で置物と化していた。大貫はテーブルの上に持参した大型封筒を放ると麗の隣にドスンと腰を下ろした。

「よぉ。それで、金持ちにはなれたかい？　お姫様」

大貫の皮肉にも答えず、麗は無表情のままテレビを見ている。大貫は「あの我妻のお坊ちゃんを手玉に取ろうとしていたとはな」と笑った。

「テレビ見て驚いたぜ。結局浜村の野郎に足を引っ張られたみたいだな」

後ろで二人の様子を見守るようにして突っ立っているサクラを大貫が一瞥した。サクラがビクッと体を震わせる。大貫はタバコを一本取り出し、「サクラちゃんつったっけ？　タバコいいかなぁ」と返事を聞く前に火をつける。「できればご遠慮願いたいんですけどぉ」とサクラは愛想笑いを浮かべた。

「笑いに来たの？　それとも借金返済の催促？」

「……なんだ、オマエ。まさか落ち込んでるのか？」

麗の消沈ぶりに大貫は物珍しげな視線を投げかける。「てっきり総理大臣サマをカモにしようって魂胆かと思ったが」と大貫は思慮深く顎鬚を撫でた。

「オマエ本気で惚れたのか。あのボンボンによ」

麗はギュッと膝を抱えるようにして強く抱いた。大貫はタバコの煙と共に「だが、まぁ。世の中そんなもんだわなぁ」といつかの台詞を吐いた。

「なぁ。もう十分わかったろうよ。浜村の居場所観念して教えろ」

「雅人の、居場所……」

「せっかく舞い込んだ一攫千金のチャンスだ。あんなチンケな暴露記事一つでアイツが満足するワケないもんなぁ？　真っ先にオマエに接触してきたはずだぜ」

大貫は断定するような口ぶりで言った。

「麗。オマエはたった一人でよく頑張ったよ。もういいだろう。こっちとしても浜村さえとっ捕まえれば、オマエに借金を肩代わりさせる必要もなくなる。他人の人生の世話なんて焼いてないで自分の人生もういっぺん真剣に生きてみろ」

それは親心に近いものだったかもしれない。大貫は真面目な顔になって、諭すような言い方で麗の横顔に語りかけた。心配したサクラも麗の側に寄り添った。

「そうしなよ、麗……。今更浜村くんを庇う理由ないじゃんか」

バカ騒ぎしているお昼の情報バラエティ番組から目を逸らし、麗は膝に顔を埋もれさせた。僕のことを売ったのか——婚約を破棄した夜の総司の言葉を思い出して今も胸が痛む。あの時、私が「やっていない」とちゃんと言葉にしていたら、何かが変わっていただろうか。総司の言葉で自分が傷付いたように、言葉にしなかったことで自分もまた、総司を傷付けてしまったのだろうか。

総司ともう一度話がしたかった。

公邸で初めて総司とワルツを踊った時のように、もう一度彼と〝対話〟したかった。

「あ、麗！　テレビ！　テレビ見て！」

サクラの声で麗はふと顔を上げた。先刻まで出演者が馬鹿騒ぎしていたはずのスタジオの映像は切り替えられ、テレビ画面には国会の中継映像が映し出されていた。

「このような結果を招いてしまったことは、私としましても大変、その。大変遺憾で」

麗は画面を見て息を呑んだ。キュッと胸が締め付けられる。野党からのヤジを一身に受け、窮地に立たされている総司の姿がそこにあった。

　間もなく始まる党首討論を前にして、国会議事堂三階にある衆議院第一委員室では、中央に設置された二つの演台を境に、与野党が部屋の両側に綺麗に分断され対峙していた。与党側の演台前に用意された席には総司が腰掛けていた。党首討論という字面だけで判断すれば党首である上松が座るべき席であるが、各党党首が国のトップに対して議論を投げかけ、審議を活性化させることを目的に導入された党首討論の背景を考えれば、必然今回その席に座るべきは内閣総理大臣である総司で間違いない。上松はオマケのようにその隣に収まっていた。対する野党側の演台前の席には、短い脚を組んで余裕の笑みを浮かべている野党第一党党首横谷虎造の姿がある。

　いつものごとく半笑いの上松が身を乗り出して「総理」と総司に声をかけた。上松が押し付けるようにして原稿を手渡し、総司は手元のそれに視線を落として「これは？」と上松に尋ねた。

「例の答弁書ですよ。横谷さん、絶対そっちに話を持っていくんだから。この場を借りて国民にも潔白をアピールできるし、会見要らずじゃないの。当然相手は揚げ足取ってくるだろうけどさぁ、そもそもこの場は総理の婚約問題を議論する場じゃないんだから。伝えることだけ伝えて切り上げちゃってよ。あとは委員長が捌いてくれるでしょ」

ヒヒヒと上松が笑って身を引いた。総司は原稿を捲り、中身にざっと目を通す。「大変遺憾」「過去」「存じ上げない」「騙されるところ」「被害者」と言い訳じみたワードが次々に目に飛び込んだ。過去を偽りカネ目的に近付いてきた麗にすべての責任を押し付けた都合のいいシナリオ。

（……偽っているのはどっちだ）

原稿の文字を眺めながら、総司は自身に問いかけるようにして心の中で呟いた。

「これより国家基本政策委員会合同審査会を開きます」

委員長の宣言に与野党双方から拍手が起こる。総司もまばらに手を叩いた。正面に座る横谷と視線がぶつかった。横谷は力強い拍手を繰り返しながらあざ笑うかのように総司を見ていた。

委員長が討議前の前置きを淡々と述べ、「では。発言の申し出がありますので、順次これを許します」と横谷に目配せし、「――横谷虎造くん」と早速彼を指名した。横谷はすっくと立席し、演台の前に立って両手をつくと、総司を見据えたままマイクに顔を寄せた。

「総理。始める前に一つよろしいかな」

上松が「ほら。早速来ましたよ」と小さく言うのが聞こえた。総司は顎をしゃくるようにして横谷を見上げた。

「先に宣誓でもして頂けませんか。今回の党首討論、マスコミだけでなく恐らく日本中が注目していることでしょう。総理の語る言葉がイコール真実であり、ここでの発言に嘘偽りのないことを、私ひいては日本国民全員に約束して頂きたいのです」

総司も立ち上がり与党側の演台に立った。

「まるで普段から私がテキトーな発言ばかりしているかのような口ぶりですね」

「そう聞こえましたか？　私としては国民の声を代弁しているつもりなのですがね。総理は今回が初めての党首討論。これまでの前任者たちは、揃いも揃って質問の答えをはぐらかしては中身のない詭弁を弄する人たちばかりでしたから」

完全に油断していた前首相の上松が椅子から滑り落ちかけた。

「私の持ち時間も十五分と短いことですし。今日こそは有意義な時間にしませんか」

横谷は「ねぇ。総理」と総司に同意を求めた。

「……無論です。私も無駄な討議をするつもりはない。宣誓でもなんでもしますよ。私がこれから語ることに嘘はありません」

横谷は右頰を吊り上げて「結構」と満足げに笑う。

「では……お答え頂きましょうか。もちろん、総理のご婚約者のことについてです」

総司の背筋が自然と伸びる。「元婚約者と言った方が今は正しいですか？」と横谷は皮肉った。

「大事の前の小事、今世間を騒がせるこの問題を差し置いて討議はできない。先程おっしゃった宣誓を証明して頂くためにも、総理には簡潔明瞭なお答えを頂戴したい。今回のアナタの結婚、そしてそのお相手の女性を取り巻く、詐欺行為や借金等々の黒い疑惑……。傍目には接点の見えないお二人が、なぜ、結婚まで駒を進めることになったのか。もし、総理も騙された側の被害者であるのなら、そんな人間にこの先、諸外国との交渉で対等に渡り合うことができるのか。事の経緯をこの場で説明して頂けますか？　その義務と責任がアナタにはおありになるのではないでしょうか。総理」

　野党側でまばらな拍手が起こり「よく言った！」と称賛の声が上がる。

　横谷は英雄の帰還を気取って席へと戻った。大股を広げ腹の上で両手を組む。今日の舞台は不信任案提出前の最後のひと押し、我妻降ろしの仕上げと言ってもいい。件の結婚騒動について未だ沈黙を貫く若き総理大臣。その口から語られる真相を国民の誰もが知りたがっているはずだった。悲しいかな。年金、補正予算、国家の基本政策よりも何よりも、我妻総司の結婚騒動にこそ国民は関心があり、そこを突っ込めと誰もが野党に期待している。そう。これは民意である。そして十中八九、我妻総司は女を生贄（いけにえ）にする。好き勝手やっていた父親とは違う。所詮は党が人気取りに据えた見世物。操り人形だ。数々の言い訳を並べ立て、保身に走る若きリーダーの姿を目の当たりにして、国民はどう思うか。これまでの総理と同じ、中身のないハリボテだったと気付くことだろう。魔法が解け、ただの未熟な若造だと人々が気付いた時、彼を待つのは果たして地獄か大地獄か。横谷はこみ上げる笑いを堪え切れず、つい歯をむき出しにしてほくそ笑んだ。

総司は演台の前に立ち尽くしていた。その右手には先刻、上松総裁から手渡されたばかりの、麗にすべての責任をなすり付けた原稿が握られている。上松を見ると、総司が原稿を読み上げるのを促すように彼は頻りに首を頷かせた。

「では……。私事ではございますが、国民の皆様にご心配をおかけしたことに鑑み、今回の婚約について、この場をお借りしてご説明をさせて頂ければと思います」

演台に原稿を置き、それに視線を落とす。

「このような結果を招いてしまったことは、私としましても……大変……その……大変、いか……遺憾であり……」

原稿の文章を総司はたどたどしく読み上げた。いつもの自信に満ちた堂々とした弁舌は見る影もなく、その声は小さい。原稿を読み上げることを体が拒否している。本心とは違う嘘の答弁に羞恥心のようなものを覚え、総司は手のひらにじんわりと汗をかいた。

野党側から「聞こえないよ！」とヤジが飛ぶ。正面にいる横谷が体を震わせて笑う。総司は生唾を飲み込んで「遺憾であります」と声を張った。

「本当にアンタの言葉かよ、それぇ！」

野党からもう一度ヤジが飛んだ。

（本当の……僕の言葉？）

総司は手元の原稿に印字された文字列に視線を彷徨わせた。文面に自身の本当の言葉を探すが見当たるはずもない。

この原稿に僕の言葉は一つもない。

この原稿には僕が伝えたいことは何も書かれていない。

伝えるって、誰にだ？

自分自身に問いかけた。

沈黙する総司に野党議員のヤジも段々と勢いづいていく。「時間がないんだよ！」と怒声が上がった。

「国民が見ているんですよ。総理」

叱責するように横谷が言った。その言葉に総司はこの日初めてカメラの存在を意識した。報道席のカメラを見上げる。レンズの先には一億数千万の日本国民がいる。しかし、総司の目に浮かぶのはたった一人の女性の姿だ。

僕が本当に欲しかったものを、今度こそ彼女に伝えなくてはいけない。

「――そう。大変遺憾なことだ」

ハッキリとした口調で総司は言い切った。先刻までと打って変わっていつもの調子を取り戻した総司の変化に、野党のヤジもピタリと止んだ。横谷の顔からも薄ら笑いが消え、訝しむような表情で眉間に皺を作っている。

「私と彼女のファースト・コンタクトはそれはヒドイものでした。キッカケはとある婚活パーティー。お互いに名前も経歴もすべてがデタラメ。嘘と偽りしかない、とても奇妙な見合いの席で私たちは出会ってしまった。記事をご覧になった皆さんならご存じのことと思いますが、彼女の人生は私の歩んできた人生とは百八十度違う。大学はおろか高校も出ていないし、十代の頃から借金持ち、住所不定で友人宅を転々とする日々。片や私はといえば、家は代々続く大企業。父親は元総理大臣。一流の大学を出て、父の地盤を引き継いで国政に進出、数々の要職を史上最年少で経験し、気付けば今や総理大臣だ。本来であれば交差することのない私と彼女の人生。それこそ住む世界の違う私たち二人の人生が何のイタズラか、あの夜交わってしまった。まるでおとぎ話のシンデレラのようにね」

総司は野党を見渡すように視線を左右に振り、最後に正面の横谷を見据えた。横谷は何か反論したそうに口をモゴモゴと動かしていたが、言葉が出てこない。

「彼女は自身を取り巻く環境に愚痴こそこぼしていたけれど、向上心を捨ててはいなかった。チャンスを欲し、いつか這い上がることを夢見ていた。そして、それは同時に私にとってのチャンスでもあった。そう。彼女に結婚の話を持ちかけたのは私なのです」

室内がざわつく。与野党双方に動揺が走り、上松が「そ、総理！」と慌てふためいた様子で制止の声をかける。しかし、総司はそれを無視した。

「私は少子高齢化対策、出生率回復を掲げた手前、どうしても結婚する必要に迫られていました。私はパートナーを、彼女はお金と身分を。私たちは互いを必要としていた。嘘と偽りの出会いは、嘘と偽りの婚約へ。彼女の過去をすべて知った上での決断でした」

誰かが「偽装結婚？」と口にするのが聞こえた。横谷がそれを耳にして嬉々として演台に飛びついた。

「総理は国民を騙そうとしたワケですか！　聞けば父親である龍彦氏の誕生パーティーで、総理はそのお相手の経歴を偽っておられたとか！　そうやって父親をだまくらかし、結婚の許しを得たあとで、国民をも欺こうとしておられたのではないですか！」

「そうです」

総司がシンプルに答えた。横谷は拍子抜けしたようなか細い声で、「そ、そうですって……」と呟くように言う。

「私がカメラの前で結婚の宣言をしてから数ヶ月の間、私は公邸で彼女と暮らしを共にしていました。彼女をファースト・レディとして恥じるところのない女性に教育するためです。最初はてんで上手くはいかなかった。彼女ときたら、小学生レベルの漢字もろくに書けないし、物を知らないから時事や一般常識もまるでダメ。箱入り娘を箱〝イン〟娘なんて、そんな間違い聞いたことがありますか？」

あちこちで笑いが起きる。皮肉でも失笑でもない、つい吹き出したような楽しげな笑い声。総司も思い出し笑いをするみたいに笑顔を見せた。

「食事のマナーだって論外だ。あんなに騒々しい食事をする人間を私は他に知らない」報道席のカメラを気にして、「だが……」と総司は付け足した。「あんなに楽しい食事も久しく忘れていた」

総司は麗との公邸での生活を思い出していた。彼女と過ごした日々の思い出が胸を満たす。アレルギー耐性でもなく、世間体を気にしたパートナーでもない、自分が本当に求めていたもの。その答えを自分はすでに手にしていたことに総司はようやく気付いた。

「彼女の過去が暴かれたあの日。私たちは大喧嘩をした。彼女が記者とグルになって、最初から陥れるつもりで私に近付いたのではないか、そう思ったからだ。私は彼女を疑い、問い詰めました。しかし、彼女は答えなかった。『違う』と言葉にしてはくれなかった。彼女は公邸を去り、それっきりです。私は彼女を信じることができなかった。しかし、ある人に言われた。『言葉にしなければ信じられないなら、それは大馬鹿もんだ』と。そして、どうやら僕はその大馬鹿者だったらしい」

総司は報道席に向き直りカメラを見た。

「僕は政治家だ。言葉にするのが仕事だ。だから、あの日のことを素直に謝りたいと思う」

総司は深々と頭を下げた。「申し訳なかった」と声にする。

「キミを疑った。キミを信用しなかった。キミという人間をとうに理解していながら、些末なことに心を乱され、〝家族〟同然のキミを信じ抜くことができなかった」

顔を上げてカメラを見た。レンズ越しに麗の姿を思い浮かべる。

「そうだ。やっとわかったんだよ。僕の本当に欲しかったものが。僕はきっとキミと家族になりたかったんだと思う。嘘偽りのない、本物の家族になりたかったんだ」

「ま、またそうやって好感度目的のパフォーマンスか！」

横谷の怒声が委員室に轟いた。

「なぁにが『申し訳なかった』だ！　そんなこと微塵も思っちゃいないんだろう！　いや。そうか、わかったぞ？　これも計算の内だったワケだな。この党首討論を利用した安い寸劇込みで相手の女を選んだんだ。父親と同じように女を庇って人気取り、すべてはそれが目的だろう！　でなければ、わざわざ後ろ指を指されるような後ろ暗い過去を持つ女を選ぶはずが……」

勢い余ってつい言葉選びが乱暴になる。横谷は言い淀むようにして咳払いをした。

「そうではありません。深津くん」

総司に突然名前を呼ばれ、秘書官の尚美は小走りで総司の側までやってきた。

「僕に触ってくれ」

「え！　でも、そんなことしたら……」

「いいんだ」

尚美は「総理……」と総司の覚悟を目の当たりにして目を潤ませた。「見直しました」と小さく呟き、彼の頰に両手でバチンと力強く触れた。「ふごっ」と総司は呻き声を漏らす。「軽く触れるだけでいいんだっ」と叱責する総司の声も虚しく、全身を蕁麻疹の痒みが襲った。総司は体中を掻きむしりながら身をくねらせた。

また委員室に動揺と困惑のざわめきが起こる。身をくねらせた奇妙な踊りを披露している総司に代わり、尚美が演台のマイクで「これが総理がお相手の女性を選んだ理由です」と答えた。

「総理は重度の女性アレルギーなのです。女性に触れられると体中に蕁麻疹が現れて体中が痒くなっちゃうんです。けど、お相手の女性だけは総理に触れてもアレルギーの症状が現れなかった。だから、総理は彼女を結婚のお相手に選んだんです」

「じょ、女性アレルギー……？」

横谷は想像もしていなかった総司の秘密にどう対処していいのかわからなかった。そんな特異なアレルギーがこの世の中にあったのかと感心してさえいた。上松も「へぇ」とそれを素直に口にして、「そんなアレルギーがあるなんて知らなかったよねぇ」と近くの議員に呑気に話しかけている。

ようやく痒みが引いてきた総司は荒い呼吸を整えて演台へと戻ってきた。尚美に触られた両の頬が真っ赤になっていた。総司は片頬をポリポリと掻いて「今、彼女が説明してくれた通りです」と息も絶え絶えに言った。

「私はこのアレルギーのために今まで女性と交際をしてこなかった。結婚しなかったのもそのためです。彼女と出会い、アレルギーの症状が出ないことに目をつけた。これが今回の婚約の真実です。彼女に何一つ非はありません。すべての責任は私にあります」

野党から「女性蔑視じゃないのか！」「そうだ！　差別だ！　差別！」と難癖のようなヤジが飛ぶ。テレビの前で一部始終を見ていた麗は、その場を一歩も動けずにいた。頬がほんのりと赤らみ、心臓の鼓動は駆け足になっている。もう誤魔化すことなんてできなかった。

脳がバグったとか、情が移ったとか、そんなんじゃなくて。私はこの人のことが好きなんだ。私はもっと、ずっと、総司の側にいたかったんだ。総司と一緒にくだらない話をして笑ったり、喧嘩して怒ったり泣いたりしたかったんだ。彼と二人、私も総司と本当の〝家族〟になりたかったんだ。

総司からの告白を受けて、麗もようやく自分が欲しかったものを自覚した。

隣に座る大貫が紫煙を吐いて「大した男じゃねぇか」と今しがたの総司の答弁に好感を示した。

「お姫サマが惚れるのも無理ねぇな。浜村なんかとは比べ物にならねぇ、ありゃ完璧な王子サマだぜ。知らぬ存ぜぬで通すのが政治家のセオリーだろうに、女性アレルギーなんて餌までやってオマエを庇いやがった。総理の座から引き摺(ず)り下ろされるかもしれないってのによ」

麗はようやく我に返って大貫を見た。「それどういうこと？」と血相を変えて尋ねる。

「アイツ……総理大臣を辞めさせられちゃうの？」

「さっき総理の坊ちゃんに噛み付いてたチビのオッサンいただろ？　アイツは野党第一党の党首で横谷虎造ってな。あの坊ちゃんの親父が議員やってた頃からの因縁の相手だ。その倅(せがれ)が総理の座に収まってるのが横谷には気に入らねぇのさ。横谷たち野党連中が不信任案を出せば、十中八九、解散からの総選挙だろ」

サクラが「あのー……」と申し訳なさそうに口を挟む。

「不信任案って何？　解散って？」

「あー。不信任案ってぇのは……つまり今の政権に日本は任せられねぇっていう野党側の嘆願書みたいなもんかな？　それが衆院で可決した場合、与党である坊ちゃんたちは〝解散〟か〝総辞職〟を選ばなきゃならねぇ。総辞職ってのは内閣に属する総理とそのお仲間の大臣連中がその役職を辞することな。んで、解散ってのは衆議院議員全員がその資格を失うことだ。つまり総選挙、国会議員の選び直しをするワケさ。でな？　この解散ってのを内閣はいつでも行使できる。普段だったら不信任案を提出されたところで、与党の方が議席が多いんだから否決されるに決まってるんだけどよ。総理は今や四面楚歌、与党内にも敵は多いって聞くぜ。可決に転んでもおかしくねぇ。だから野党へのカウンターとして先に解散しちまうのさ。不信任案の可否を待たずして、国民の信を問うっつってよ。選挙は国民の意志がダイレクトに反映されるワケだろ？　本当に自分たちが信用されていないのか選挙でシロクロつけようぜって、早い話がそういうこった」

大貫の説明にサクラは「へぇ……」と唸るように言って首を頷かせた。大貫は一服して改めて麗に向き直った。

「オマエとの婚約騒ぎで世間は今揺れている。一国のトップが詐欺師紛いの怪しい輩と結婚しようとしていたなんて、普通に考えれば国民感情を逆撫でして当然だ」

サクラが「そういえば」とまたまた口を挟んだ。

「モデルのNOSEちゃんもさ。麗と総理のこと擁護してプチ炎上してるよね」

大貫が残り汁の入ったカップ麺の容器に吸い殻を捨てた。サクラがギョッとして大貫の非常識にモノ言いたげなメンチを切る。

「そこにさっきの女性アレルギーだ。野党は嬉々として総理を叩くだろうよ。今この状況で選挙になれば、万が一、野党が大勝ちして政権を取るかもしれねぇし、仮に与党が勝ったとしても、世間の声によっちゃあ我妻の坊ちゃんが再び総理に就けるかは怪しくなってくる。最悪、選挙で負ける可能性すらあるぜ」

　麗は立ち上がって「そ、そんなのダメよ！　絶対ダメ！」と声を荒らげた。

「アイツは父親を超える最高の総理大臣になるんだもん！　私抗議してくる！」

「抗議ってどこにだよ」

「その横谷ってヤツのところ！　不信任案出させなきゃいいんでしょ？」

「バカ。俺の話聞いてたか？　横谷は我妻総司を総理の座から引き摺り下ろしたいんだぜ？　あわよくば政権を取って長年の野望である自分が総理にって腹積もりだ。この絶好の機会に不信任案出すなって言われて、はいわかりましたなんて大人しく引っ込めると思ってんのかよ」

「でも、じゃあどうしろってのよ……」

　大貫はテーブルの大型封筒に手を伸ばし、これ見よがしに前後に揺らした。麗は封筒を見下ろし「何、それ？」と尋ねた。

「俺が結婚詐欺の話をオマエに持ちかけた時、先代のこともちょろっと話したろ」

「うん。昔、先代が痛い目見たから手を引いたって話でしょ」

「その痛い目見せてくれたのがオマエもよく知っている男でな。なにせ、ヤツのおかげで今回はオマエが痛い目を見たワケだ」

「それってもしかして……記者の周防のこと？」

「おうよ。そしてその周防の後ろ盾が横谷虎造だ。んで、ヤツらの本命は今回も我妻の人間だったってワケさ」

「まさか。先代が見た痛い目って、総司のお母さんの不倫スキャンダル⁉」

「違う違う。おふくろさんじゃねんだわ。不倫したのはおふくろさんの友人だ。周防に話を持ちかけられた先代にハメられてな」

頭の上に無数のハテナを浮かべながら、混乱した麗が「……どういうこと？」と顔をしかめた。「なんで総司のお母さんの友だちを周防が騙すの？」

「その友人ってのが、おふくろさんの水商売時代の同僚でな。昔からおふくろさんが色々と世話をしてやってた、所謂腐れ縁ってやつよ。彼女も既婚者なんだが、ただちょっと男癖が悪かったみたいで、そこを運悪く周防に目をつけられた。周防はその友人に弄ばれた被害者を騙(かた)って、先代に彼女を懲らしめるように依頼したのさ。元々ヤクザやってた時から評判の色男だったし、金貸しらしく口も回る。件のご友人は、先代とあっさり関係を持っちまったワケだ。あとはわかるだろ？　旦那に関係をバラされたくなければってやつよ」

　大貫の言わんとしていることをなんとなく察し始め、麗は小さく頷いた。

「その友だち、困って……それで頼ったんだ。総司のお母さんを」

「先代もちょっとした小遣い稼ぎのつもりだったんだろうが。不倫をネタにちょっと脅すだけのラクな仕事のはずが、まさか話をつけるためにホテルに現れたのが首相夫人だとは、面食らったはずだぜ」

「撮られた写真はその時の？」

「ああ。ハナからそのつもりで周防は張ってやがったのさ。友人をハメれば夫人を引き摺りだせるってな。逆を言えばその程度のスキャンダルに頼るしかないほど、当時総理大臣だった我妻龍彦も隙のない男だったってこった」

「じゃあ。その封筒の中身は？」

「その時の証拠ってところだな。先代もきな臭いものは感じてたんだろうよ。周防とのやり取りを記録した録音テープまで残してある。あの不倫騒動のおかげで先代も各所からとやかく言われたみたいでな。勝手に首相夫人の浮気相手ってことにされたんだから、そりゃあとばっちりもあるわな。いつか仕返しでもしてやるつもりだったらしいが、黒幕が政界の大物である横谷だと気付いて、なかなか口外できなかったのさ」

大貫は封筒を差し出した。麗が手を伸ばすとヒョイッと封筒を上に逃がした。

「浜村の居場所と交換だ」

麗は迷ったようにしばらく沈黙したが、「……それは無理」ときっぱり言い切った。

「麗ぁ！」とサクラが泣き言でも言うみたいに麗の腰に縋り付く。

「我妻総理のピンチなんだよ！　それとも、アンタまだ浜村くんのことを……」

「そうじゃなくて。私が大貫さんに雅人のことを喋ったら、胸張ってもう一度あの人に会えないじゃない？　やっと私を信じてくれたキザな総理大臣サマにさ」

麗は照れたように口を尖らせてゴニョゴニョと言った。大貫は「こいつは時間かけるだけ無駄みたいだな」と豪快に頭をガシガシと掻いた。「ほれ」と封筒を麗にもう一度差し出す。封筒を受け取り、麗は遠慮がちに「いいの？」と尋ねた。

「時はカネなりって言うじゃねぇか。祝儀代わりだと思って忘れるさ」

大貫は「へっ」と笑って席を立った。玄関口で靴を履くその背中に「大貫さん！」と麗が声をかける。「……ありがと」

大貫は振り返らずに片手を上げて応えると、そのまま玄関を出て行った。

マンション前で未だ張っているマスコミをすり抜け、少し離れた路地に停めてある車の助手席に乗った。運転席に座る部下に「悪かったな」と大貫は声をかける。どうやら車内でも同じチャンネルを視聴していたらしく、車載テレビには未だ混乱している党首討論の中継が映されていた。「おっと。いけね」と胸ポケットからスマホを取り出し、画面に表示された「通話終了」のボタンをタップした。後部座席を振り返る。両手を拘束され、左目に痛々しい青あざを作った雅人が座っていた。

大貫たち数人に隠れ家であるバーに踏み込まれたのは数時間前のこと。雅人はもみ合いの末にとうとう捕まり、「……麗が売ったんだな?」と観念したように言った。「仕方ないよな」と愚痴る雅人に、「なんにもわかっちゃいねぇな」と呆れる大貫。

「ま。姫に渡すモノもあることだし、丁度いいか」

大貫はそう言って麗を匿(かくま)っているサクラのマンションを訪ねた。そして、先刻の会話の一部始終をスマホを通じて雅人に聞かせていたのだった。

大貫は人差し指でコードを弾き、雅人の耳からイヤホンを取った。

「麗はオマエと違ってな、人を売ったりするような女じゃねぇんだ。浜村。オマエが今ここにいるのはオマエの運がなかっただけのことよ」

大貫はそう言って前を向く。タバコを咥えた。頷くようにして雅人が項垂れる。

「麗と初めて会った日にさ。アイツが言ったんだ。『お互い似た者同士だね』って」

雅人は「でもさ」とポツリと言った。

「俺には最初からわかってたんだよ。アイツは俺とは違うって」

雅人は自嘲気味に笑った。「麗に悪かったって伝えておいてよ」

「アホか。謝罪ってのは自分の口から本人に伝えるもんなんだよ。あの総理大臣のようにな。オマエも根性見せてもう一度這い上がってみろや、浜村」

助手席の窓を開ける。大貫はタバコを手にした左腕を窓の外に出し、ふーっとため息でも吐くように煙を吐いた。冷たい風が車内に吹き込んだ。濡れた頬を撫でる風は優しくて、雅人は小さく体を震わせていた。

「世の中ってのはそういうもんなんだぜ」

麗のいるマンションを見上げて大貫は言った。

からりとした秋空に相応しい、実に晴れ晴れとした声だった。

◯

「なんで総司のお母さんだってこと、最初に打ち明けてくれなかったの！　……ですかぁ！」

恵子の運転する軽自動車の助手席で、麗は憤慨するみたいに叫んでいた。それを聞いて、運転席の恵子は可笑しそうに笑いながらハンドルを切った。「だって教えたら気を使われちゃうじゃないの」とアクセルペダルを緩やかに踏んでは離し、車は栃木の山道をのんびりと登っていく。

大貫から受け取った大型封筒。麗は大貫が去った直後、急いでその封筒の中身を確認した。二十年前の首相夫人のスキャンダル、その真実が秘められた封筒の中には、記事を掲載した当時の週刊誌の切り抜きも収められていた。男に連れられ、ホテルのエレベーターへと向かう夫人の写真に目を留めた麗は、「あっ！」と声を上げた。写真に晒されている若かりし頃の総司の母親の顔には、食堂のおばちゃんこと人見さんの面影があった。当時の流行りか、どこか時代を感じさせるショートシャギーの似合う美人。タイミングよく電話が鳴り、「麗ちゃん？」と人見さんの明るい声が耳に飛び込んできた。

「今のテレビ見てたんでしょ？　そろそろ手助けが必要かと思って」

電話越しにすべてを見通したように笑う恵子。混乱した頭で、麗は「あ、我妻元総理に会いたいの！」と直感的に叫んでいた。

「——それで、本当にこんな山の中にいるの……でありますかしら？　あの憎たらしいイケオジ……じゃなくてお義父様、でもないか。えーっと、我妻パパ……とか？」

「だから気を使うなって言ってるでしょうに。変にかしこまった言葉遣いだっていらないんだから。今まで通りお友達としての距離感でいいのよ。麗ちゃん」

「そりゃあ、その方が私も助かりますけども……」

「会社の人間にも確認したから間違いないね。それに、今から行く秘湯は龍彦のお気に入りだから。昔からそうなのよ。何か問題に直面すると、決まって日帰りでふらっと出掛けていくの。命の洗濯ってやつかしらねぇ」

「でも人見さ……じゃなくて、恵子さんが一緒なら都合がいいわ。なんとか二人であの頑固ジジイを説得してさ、元総理大臣パワーで横谷ってオヤジの暴挙を」

「あら。私はあの人には会わないわよ。あくまで手助け。道案内まで」

「だ、だってこれは恵子さんたちの問題でもあるんだよ⁉」

麗は膝に置いた封筒の表面を強調するようにしてバンと叩いた。

「二十年前に恵子さんと一緒に写真に撮られていた男の会社を私の知り合いが引き継いだの。でね。その男が残してたんだよ。恵子さんの不倫騒動が周防とその後ろにいる横谷に仕組まれたものだっていう、その証拠を。ちゃあんとこの中にあるんだから！」

麗は一生懸命に説明した。恵子は最後まで話を聞いて「何を大事に抱えているのかと思えば」と小さく笑う。

「二十年前も今回も横谷と周防が悪いんだよ！　これがあれば恵子さんへの誤解も解けるし、それに総司だって喜ぶよ。アイツ、両親の踊るワルツをまた見たいはずだもん」

「……ワルツか。そうね。でも、ちょっと見通しが甘いんじゃないかしら」

「え？」

「私たちの夫婦仲が改善されたところで、あの人が動くことはないってことさね。たとえ横谷と周防が裏で暗躍していたとしても、麗ちゃんを選んで結婚の話を進めたのは総司本人の意思でしょう？」

「それは……そうだけど……」

「総司が今窮地に立たされているのは、すべて自分の行動が招いた結果なの。どう言い訳をしようが、今のあの子は我が子である前に、国を背負って立つ総理大臣なのよ。責任がある。龍彦もかつて同じ立場にいたからこそ、それを誰よりも理解しているわ」

責任という言葉に麗は他人事ではない感覚を抱く。

「……助けてはくれないってこと？」

「ただ手を差し伸べるなんて甘いことはしてくれないわねぇ」

麗が顔を俯かせて「じゃあ、どうすれば……」と弱気な声を漏らした。

鬱蒼（うっそう）とした山道を抜けて視界が開けた。綺麗な紅葉（もみじ）が一面に広がる。その中に紛れるようにして一軒の温泉宿が立っており、秘湯の湯けむりが辺り一帯に立ち込めていた。

恵子は思い出深い幻想的な隠れ宿を遠くに眺めながら、「……或（ある）いは」と口にした。

「麗ちゃんの覚悟が試されるのかも」

龍彦は露天の湯にゆっくりと体を沈め、溜まっていた不純物を体外に追い出してもするみたいに、「うあぁ……」と唸るような声を出した。熱めの湯は冷えた体には最初こそ嚙み付くようで辛かったが、すぐに心地のよいものに変わっていった。お湯を両手で掬（すく）って顔を洗う。さっぱりとした爽やかな気分だ。

宿を取り囲む紅葉の景色を一望し、美しい赤と黄色のコントラストを堪能（たんのう）しながら、「この季節が一番美しいな」と龍彦は心の中で独り言を呟いた。

日常の忙しさ、煩わしさから解放されたい時、龍彦は決まってこの隠れ宿を訪れた。

この秘湯に浸かっている束の間だけは、すべてを忘れて、ただ美しい景色に酔いしれることができた。しかし、この日に限ってはそうではなかった。今、龍彦の頭を悩ませるのは息子である総司の結婚問題だ。

まさか総司が、あんな非常識かつ大嘘つきの最下流の女を婚約者として連れてくるとは思わなんだ。それに昨日の党首討論だ。自分の息子が、女性アレルギーなんて聞いたこともない奇病を患っているとは、夢にも思っていなかった。知り合いの医者の話によれば精神的要因ではないかとの見解を示していたが、もしそうだとすれば、その原因は私と恵子の不仲にあるのかもしれない。

いずれにせよ、残念ではあるが、総司の総理大臣としての道はここで一旦途絶えるだろう。あの場で女性アレルギーを世間に打ち明けたのは悪手だった。あの姑息な横谷虎造が早速女性権利団体を焚きつけ始めていると聞く。不信任案提出も秒読みだ。最早解散は避けられまい。あの娘を切り捨てておけばよかったものを。私と恵子の時とは違う。あそこで女を庇っても何も得はなかった。なのに総司。おまえはなぜ……。

風に煽られ紅葉が揺れた。耳に心地よい葉擦れの音色に合わせて、三拍子のリズムが不意に頭に蘇る。誕生パーティーで踊った麗とのワルツ。まるでステップを踏むみたいに、龍彦は湯の中で自然と足を動かしていた。

「……もう一曲くらい付き合ってやってもよかったか」

表情を和らげる龍彦の耳に、「――……うりぃ」と遠吠えのような声がした。騒々しい足音が聞こえ、もう一度「――そうりぃ」と吠えた。

ソーリー？　外国人客か？

龍彦は秘湯を踏み荒らされたような気がして顔をしかめた。足音が近付き、立ち込める湯けむりの中に女性の影が浮かび上がった。

「元総理ぃ！　いませんかーっ！」

まさか自分を捜していた声だとは思わない。龍彦は「な、なんだっ！　なんだ！」と湯から飛び上がるようにして立ち上がった。「ギャー！」と女が顔を覆う。龍彦は慌ててもう一度湯の中に体を沈めた。が、よくよく考えれば水着を着用していたことに今更ながら気付いた。龍彦は釈然としない気持ちを抱いたまま、目の前の女に「誰だキミは！　ひ、人の入浴中に非常識にもほどが……っ！」と言いかけたところで、二、三度瞬きを繰り返した。パーティーで会った時の華やかで上品な出で立ちからは程遠い、ラフで質素なジーンズスタイルに身を包む麗の姿がそこにあった。

「な、なんでキミがここにいるんだね！」

「なんでって混浴でしょ、ここ？」

「そうではなくて！　なぜこの温泉宿にいるんだっ！」

怒鳴りつけるようにして言う龍彦に、麗は「うるさー……」と耳を塞いで顔をしかめる。「恵子さんに頼んで連れてきてもらったのよ」

「恵子に？　あいつも来ているのか。ここに」

麗は温泉を取り囲む岩まで近付き、その上に片手と膝をついて身を乗り出すと、龍彦に向かって手にしていた封筒をこれ見よがしにアピールした。

「お願いがあるの。私、総司がこのまま総理大臣を辞めさせられるなんて納得できない。力を貸して欲しい。これ。二十年前の恵子さんの不倫が、ゴシップ記者の周防に仕組まれていたって証拠」

麗が取れと促すように封筒を差し伸べる。龍彦は訝しげな視線を向けながら封筒に手を伸ばし、簡単に中身を検めた。

「横谷に繋がってる明確な証拠ではないけど。でも恵子さんは無実だったんだよ。横谷と周防の二人にハメられたの。お願い。これを使って横谷をなんとかして。二十年前の意趣返しでさ。不信任案の提出なんて止めさせてよ」

龍彦は一通り資料に目を通した上で、自身の背後の岩肌に封筒を放るように置いた。肩まで湯に浸かり直し、「無理だ」ときっぱりと言った。

「どこで手に入れたのか知らないが、今更こんなものを持ち出してきて。張子の虎とて首を縦には振らんよ」

「今更って……。総司が女の子に触れなくなっちゃったのは、アナタが恵子さんのことを信じてあげなかったからじゃないの？　そのせいで母親を失って、父親にその母親を蔑むような教育を受けてきた総司の気持ち……ちゃんと考えたことあるの？」

「何か誤解があるようだが。アレが浮気をしたと疑ったことは一度もないよ」

「んぇ⁉　じゃあ最初から知ってたの？　横谷たちの罠だって」

「知っていたワケじゃない。だが、横谷虎造とはそういう男だ。私を失脚させるため何か仕掛けてくることはわかっていた。そんな折、恵子の不倫報道が出た。察して当然だ」

「じゃあなんで恵子さんの不倫が事実じゃないって、世間に訴えてあげなかったの！」

「否定は騒ぎを大きくし長引かせるだけだとわかっていたからだ。それこそ横谷の思うつぼではないか。だが不倫の事実がどうであれ、夫として妻を支持する姿勢を示せばそこに世間の注目は集まる。結果、横谷の目論見は崩れ、私の支持率を上げただけ。ヤツは歯がゆい思いをしただろうな」

龍彦は「私なりに恵子を思っての行動だったんだ」と珍しく言い開きでもするように言った。麗が「それで愛想を尽かされたの？」と疑問を口にする。

「まさか。アレも理解はしていた。納得はしていなかったかもしれないが……」

「だったらなんで別居なんか。二人が不仲になった本当の理由はなんなの？」

「それは恵子が……」

そこまで言いかけて龍彦は口を噤んだ。麗に乗せられるまま、余計なことまでついぺラペラと喋ってしまった。この娘の人徳とでも言うべきか、カウンセリングでも受けているみたいに、どうにも口が軽くなってしまう。「他人の事情に口を挟むな」と龍彦はピシャリと言った。

「とにかく。私にできることは何もない。そもそも内閣不信任案は正規の手段だ。不甲斐ない内閣に到底信任などできないとノーを突きつけ、その責任を追及する当然の権利だ。野党がそれを行使しなければ、烏合の衆がいつまでも国の行政にのさばることになる。これは総司が受け止めるべき総理大臣としての〝責任〟なのだ」

龍彦の弁に車内での恵子の言葉が重なる。麗は「……だったら私にもあるよ」と呟くように言った。

「私にだってあるよね、責任。だって、私のせいでアイツは今こんなことになってるんだもん。それにアナタたち両親にだってあるよ！　アナタと恵子さんが仲良しでいられたなら、アイツは女性アレルギーになんてならずに済んだし、女性アレルギーになってなかったら、私みたいな女を選ぶこともなかったんだもん！」

麗の自虐的な啖呵に、龍彦は思わず滑り落ちるようにして湯の中に顔半分を沈めた。ブクブクと鼻の穴から数秒泡を吹き、溺れかけ寸前みたいに「ぶはっ」と再び浮上した。濡れた口髭を手で拭い、「な、なんだと？」と裏返ったような声で聞き返す。

麗は不安定な岩の上に正座し三つ指をつくと、土下座に近い心境で入浴中の龍彦に頭を下げた。

「お願いします！　助けてくださいっ！」

「や、やめないか！　顔を上げなさい！」

「助けるって言うまで絶対上げないっ！」

麗は岩肌に額を擦り付けて叫んだ。その気迫に龍彦もたじたじになって口ごもる。

「……秋葉麗さんだったね。こんなことをして何になると言うんだ。総司との結婚のためか？　正直な話をさせてもらえれば、キミと総司の結婚を世間が、国民が認めるとは思えない。私だってそうだ。前にも話したが、やはり人にはそれぞれ相応しい相手というものがいる。そこで無理をしても、結局は齟齬（そご）が生じ、お互いに傷つき、結果別れることになるのだ。だったら……」

「結婚なんてどうだっていい」

麗は顔を上げずに言った。

「あの人はいつか、アナタを超えて最高の総理大臣になる。だから、私はあの人に総理でいてほしいの。ただそれだけ」

必死に訴えかける麗の覚悟を目の当たりにし、龍彦はもう何も言えなかった。

麗は祈るようにしてぎゅっと目を瞑（つぶ）り、必死な思いで頭を下げ続けていた。

もう側にいてなんて贅沢は言わない。みんなが口を揃えて言うように私と総司では住

む世界が違う。元いた場所に戻るだけのこと。落ちていくのは私一人で十分だ。だから
どうか総司のことだけは、最高の総理大臣になる未来だけは奪わせないで。
紅葉が風に揺られてまた葉擦れの音を騒がしくさせた。舞い落ちた数枚の葉が秘湯に
も降り注ぎ、龍彦は見上げるようにして散り際の落葉の美麗さに目を奪われていた。
「――わかった。手を貸そう」
どれほどそうしていたのか。岩肌に擦れる額がヒリッと痛みだした頃、龍彦の返事が
沈黙を破った。麗はようやく顔を上げた。擦りむけた額に血が滲んでいた。
「だがキミの意向に沿えるかは別だ。保証はできん。政治は民意だ。総司が総理大臣を
続けられるか。それは結局あの子次第。だから、手助けくらいはしよう」
龍彦は「ただし」と付け加えた。
「秋葉麗さん。アナタには身を引いてもらう。金輪際、総司と関わらないこと。関係を
続けてしまえば、結局また同じようなことが起きる。だから、総司の前から潔く消えて
くれ。それが私が手を貸す条件だ」
龍彦は岩場に座る麗を真っ直ぐに見据えて言った。
麗も龍彦の視線を真正面から受け止めていた。その表情に動揺や困惑は微塵も感じら
れない。麗の目には本当に欲しかったものを捨ててでも総司の夢を守るという〝覚悟〟
が秘められていた。

麗は何も言わずに静かに首肯して、もう一度深々と頭を下げた。

軽自動車の運転席側のドアに背中を預けながら、恵子は何本目か知れないタバコに火をつけた。龍彦と出会って以来禁煙していたが、家を出た頃からまた吸い始め、今では水商売をしていたあの頃以上の喫煙量だ。

湯けむりに浮かぶ鮮やかな紅葉を眺めながら麗のことを気にかけた。

「お待たふぇしちゃっへぇ」

呑気な声に恵子が振り向くと、土産の紙袋を片手に温泉まんじゅうを頰張る麗が立っていた。ごくんと飲み込み「エへへ」と笑った。

「お土産選ぶのに手間取っちゃって。今回のことで色々な人にご迷惑をおかけしたから、お詫びも兼ねてね」

麗は残ったまんじゅうの欠片（かけら）を一気に頰張り、もっちゃもっちゃと食べた。わざとらしく幸せそうな笑みを見せて、「あ。せっかくだから私たちもひとっ風呂浴びてから帰ろっか？」と後部座席のドアを開けながら言った。

恵子は咥えていたタバコを口から離すと「麗ちゃん」と静かに言った。

麗は後部座席に土産の紙袋を積みながら「んー？」と聞き返す。

「交渉はどうなったの？」

「交渉？　あー、うん。大丈夫。助けてくれるって。話せばわかってくれるもんだね。私もこれで一安心ってか、肩の荷が下りたってぇの？　やっと日常に戻れるってワケよね。あー、清々したぁ」

開いたドアの陰でゴソゴソと忙しなく動きながら、麗はとびきり明るい声で言う。ズズッと鼻をすする音が聞こえた。タバコの吸い殻を足で踏み消すと、恵子は開いたドアに手を付いて後部座席を覗き込んだ。後部座席に身を乗り出していた麗が振り向く。

涙と鼻水でぐしゃぐしゃの顔。麗は唇を噛みしめて必死に泣き声を押し殺していた。

龍彦は麗に手を貸す条件として彼女に一体何を求めたのか。それに麗はどう答えたのか。彼女の涙がすべてを物語っていた。前髪の隙間から覗く痛々しい額の擦り傷が麗の覚悟の結果であることも、恵子にはわかっていた。

麗は今にも崩壊しそうな表情に抗うように、精一杯の笑顔を作って言った。

「最初からもう会う気なんてなかったんだよ。やり直せるなんて思ってなかったんだよ。でも、きっとまだ心のどこかでは期待してたのかなぁ。だって。だってね」

麗は涙をポロポロと流しながら、しゃくりあげるようにして嗚咽を漏らした。

「私、いま。めちゃくちゃツライ」

言葉にした途端、麗は堰(せき)を切ったように声を上げて泣いた。両腕で顔を覆って泣き顔を隠した。恵子が優しく麗の肩に手を触れる。思わず恵子に抱きついていた。母親に泣きつく子どものように、恵子の胸の中で麗はただただ涙を流すばかりだった。

◯

この日の早朝、官邸の応接室奥にある会議室では、首相である総司、与党総裁である上松、そして野党第一党代表の横谷の三人が揃って顔を突き合わせていた。横谷たち野党四党は今日、内閣不信任案を提出する腹積もりであり、そのことをいち早く聞きつけた上松が、四党を指揮する横谷に秘密裏に申し入れた急遽の党首会談だった。

「横谷さぁん。大人げない真似はよしましょうよぉ」

正面に座る上松がおべっかを使うみたいに半笑いの顔で言った。

「総理はまだお若いんだからさ。政治も恋愛も失敗から学ぶ時期じゃないの。我々年配者がそこを汲んであげないでどうすんのよ。我が党もこれからの日本のことを考えてだよ？　まだ三十代と若輩の彼に総理大臣というポストを任せたワケなんだからさぁ。未来への投資だと思って、ここは一つ穏便に。ね？　ね？」

「投資だって？　損をするとわかって投資をする馬鹿がどこにいるというのか。上松さん。あなた昔からそうだ。穏便にだとか、平和的解決をだとか。他人の主義主張に乗っかって波風立てぬようにコソコソと。もっともその節操の無さで政界を生き抜いてこられたのだから感心しますがね」

横谷は首を振って小馬鹿にしたように笑う。一蹴された上松はきまりが悪そうな困った顔で押し黙った。自分のことを持ち出されるとどうにも弱い男だ。横谷はコチラに背を向けて窓際に立っている総司に視線を移した。

「それに不信任案を出すなというのもまた乱暴な訴えだ。普段はどうせ否決されるからと気にも留めないくせに、いざ可決が現実的になるとこれですか？　総理。あの独裁的で横暴だったかつての我妻龍彦元総理だって、こんなみっともない交渉はしませんでしたよ。どうせ決を採る前に解散するつもりなのでしょう？　こうなれば潔く選挙で決着をつけようじゃありませんか」

横谷は幼子に言い聞かせるような調子で言った。上松が「そ、総司くぅん」とグズるような声を出した。総司は「おっしゃる通りです」と背を向けたまま横谷の言葉に同意する。横谷は勝利を確信し、背もたれに背中を預けてふんぞり返った。

先日の党首討論では肝を冷やした。我妻総司が相手の女を庇うとは完全に想定外だった。しかし、結果的に彼は私が想定した以上の醜態を世間に晒してくれた。まさか女性アレルギーとは。ジェンダー問題盛んなこのご時世に、なんとも珍妙な。どうりで今まで浮ついた話一つ出てこなかったはずだ。結婚のスキャンダルなど最早どうでもよく、世間の関心も総理の女性アレルギー問題に移りつつある。我妻総司もそれが狙いだったのだろう。だから、女を守るために自ら秘密を打ち明けたのだ。すでに人権団体各所に声をかけ、順調に火は燃え広がりつつある。これで我妻総司もお終(しま)いだ。あとは総選挙に備えるのみ。そして政権を奪還した暁には、今度こそ私が総理大臣に——。

横谷は総理大臣に就任した自分の姿を脳内で思い描いた。龍彦が最年少総理になった時の悔しさと妬み僻みは今も忘れることができない。去年、その倅である総司が父親を遥かに上回る若さで総理に就任した時は、それ以上にドス黒い感情が横谷の胸中に渦巻いた。だが、その鬱憤もようやく晴らすことができる。終(つい)ぞ龍彦に勝つことはできなかったが、将来を期待されていた息子に引導を渡した今、失意と絶望に青ざめる龍彦の顔が目に浮かぶようだった。

恍惚の表情でトリップしかけていた横谷は、夢から目覚めるようにして我に返った。上松はすでに沈黙し、背を向けている総司はハナから負けを認めている。

「話は終わりですか。では不信任案の提出に間に合わないので、これで失礼」

横谷はすっくと立ち上がると、「午後の本会議が楽しみだ」と勝利宣言に近い辞去の挨拶と共に席を離れた。

上松が歯がゆそうに眉をハの字にして横谷の背中を目で追う。総司はそんな総裁を一瞥し、また窓の外に視線を戻した。会談なんて今更のことだった。上松と違い、不信任案を差し止める気など自分には最初からなかった。自分で蒔(ま)いた種だ。総理大臣を辞する覚悟はすでにできていた。

横谷が会議室のドアを開いた。「うあああっ!」と彼の叫ぶ声が聞こえ、横谷は後方に倒れ込むようにして尻もちをついた。ドアの先に龍彦が立っていた。傍らに立つ秘書官の橘が先に入室し、横谷には目もくれず総司に報告する。

「総理。至急の用件とのことでしたので、勝手ながら、お父上の我妻龍彦氏をここにお連れしました」

「と、父さん?」

龍彦は会議室に足を踏み入れると、地を這う横谷を見下ろして「相変わらず吠えているな。虎造」と声をかけた。

「たっ……龍彦ぉぉ……っ」

長年の恨みつらみがこもったような怨嗟の声を垂れ流す横谷。龍彦は上松にも一瞥をくれて「少しの間邪魔するぞ」と断りを入れた。上松は若干元気を取り戻したように「なになに。同窓会じゃないよねぇ?」と声を弾ませる。

「政界を退いた人間が来る場所ではないだろう」

横谷はふらふらと立ち上がり、唇をひくひくと歪ませながら吐き捨てるように言った。

「虎穴に入らずんば虎子を得ずと言うじゃないか。もっともここにいるのは龍の子で、私が貴様を脅威に感じたことは一度もないがね」

「相変わらず吠えるのはオマエの方ではないか！　親子水入らずの最後の授業参観を邪魔しても悪いのでね、私はこれで失礼させてもらう」

「待て。私は貴様に話があってここに来たのだ」

進路を塞ぐようにして立ちはだかる龍彦を見上げ、横谷はたじろいだ。

「な……なにを話すことがあるっ」

「不信任案の提出、考え直す気はないか」

横谷が目を剝いた。驚いたのは総司と上松も同じことで龍彦に視線が集まる。横谷が吹き出すようにして笑い始め、龍彦の内心を見透かした気になって吠えた。

「息子可愛さに耄碌したか！　まさかオマエともあろう男までが、そんな世迷い言を。今しがた、そこの二人にも同じことを言われたところだ。野党四党の見解としては、現政権ひいては我妻内閣は信任するに値せず、行政からの即時撤退を求める方針で一致し、内閣不信任案を提出することに決めた。これは国民の声を代弁した云わば民意である。交渉には到底応じられませんな」

横谷は大義名分を掲げ誇らしげに言った。

「これは交渉ではない。脅しだよ」

龍彦の間髪を容れずの返答に横谷は「ぬぁにぃ……？」と不快そうに顔を歪ませた。

「二十年前は妻のことで面倒をかけたみたいだな。わざわざその友人を陥れて誘い出すとは、回りくどいことを」

横谷の顔色が変わる。「……はて。おっしゃっている意味がわからないが」

「最屓の周防もあの頃はまだまだやり口が杜撰だな。仕掛け人の男が依頼に関わる周防とのやり取りの一部始終をしっかりと残していたぞ。何の因果か、それが巡り巡って私の手元にまで来た」

横谷は乾いた唇を舌で舐めた。「その中に私の名前もあったと？」

「いいや。なかった」

横谷は安堵を誤魔化すような威勢の良さで「当然だ」と言い放った。

「確かに周防くんと親交があることは事実だがね。しかし、それはあくまでただ彼の取材に応じているだけのこと。企みなどとは無縁だ。周防くんが本当にそんなことをしていたのなら遺憾だが、二十年も前のこと。スキャンダル欲しさの若気の至りじゃないか」

「若気の至りで済まされては堪ったものじゃない——はて、誰の台詞だったか」

龍彦のすっとぼけたような呟く声に、横谷はかぁっと顔を真っ赤にする。いつかの会見で、総司を批判するために自らが口にした言葉だ。「そ、総理と記者では立場が違うだろう！」と横谷は怒鳴るように反論した。

「ち、ちょっと待ってください！」

堪りかねた総司が二人の会話に割って入る。

「今のは母さんの話ですよね？　仕掛け人だとか友人を陥れたとか、それって……」

「恵子の二十年前のスキャンダルは濡れ衣だったたってことだ。今回とある人物の協力でその裏が取れた。とうの昔にわかりきっていたことだがな」

「わかりきっていたって……」

　困惑しっぱなしの総司をさておいて、龍彦は横谷との話に戻った。

「しかし、二十年か。政界を退いた私とは違い、貴様はずっとこの世界に身を置いてきた。表沙汰になっていないことも含め、実に様々な出来事があっただろう」

　横谷の背筋にぞくりと悪寒が走り、彼は身構えるようにして龍彦を睨んだ。

「それは脅迫か？」

「最初にそう言ったろう。脅しに来たと」

「……何を知っているか知らないが。どうせ大したネタじゃない」

「だが今回のと合わせて貴様の過去の黒い疑惑を再燃させる程度の力はあるだろう。また総理の座が遠のくな」

　横谷は歯ぎしりでもするみたいに「ぐっ……」とくぐもった声を漏らした。

「もっとも政治家なんて職業は、理想を掲げ綺麗事だけ言ってやっていけるほど甘い世界でもない。議員であれば誰であれ、人様に言えないことの一つ二つは経験している。お互いに叩けば埃（ほこり）が出る身。私とて他人事ではない。だからここは一つ、元総理大臣としての私の顔を立ててはもらえないだろうか」

「……不信任案を引っ込めろと言うのか」

「そうじゃない。不信任案の提出は野党の役目。この国の民主主義を守るための重要な決議。仮にも政治家であった私には、それを提出するなとは口が裂けても言えん」

上松が恥じ入るようにして身を縮こまらせた。

横谷は龍彦の意図が読みきれずに顔をしかめている。

「今日一日でいい。日本を若返らせるだのと都合のいい言葉で老人共に担ぎ上げられた哀れな道化に、気持ちの整理をつける猶予くらい与えてやれ」

龍虎対決の行方を見守って呆然と突っ立っている総司に、龍彦は一瞥をくれて言った。

横谷も不服そうに総司に視線を移した。道化か。なるほど確かにその通りだとフンと鼻を鳴らす。息子に対しても容赦ないのはさすがといったところだが、気持ちの整理とは。やはり龍彦と言えど親の情は抑えきれなかったか。

たった一日、それで何かが変わるワケもない。

死刑囚の最後の晩餐に望みの物でも食わせてやる看守のような気持ちで、横谷は「……いいだろう」と龍彦に返事をした。

「——父さん！」

エレベーターに乗り込む直前の龍彦を総司は呼び止めた。「どういうつもりですか」と詰め寄る勢いで語気を荒らげた。

「いきなり現れたかと思えば、母さんの昔の不倫が濡れ衣だったってそんな大事な話を……！　いや、それよりも猶予とはどういうことですか。僕のためと思っての行動ならハッキリ言って迷惑です。僕ももう子どもじゃないんだ。かつてのアナタと同じ総理大臣なんですよ……今はまだ。僕にだって総理としての矜持がある。猶予なんて必要なかった」

「道化にも徹しきれないで何が矜持だ。それに、私は約束を守っただけだ」

「約束……？」

「秋葉麗が私のところに来た。わざわざ栃木の隠れ宿まで、それも私の入浴中にな」

龍彦は「せっかくの休暇が台無しだ」と小さく笑った。

「じゃあさっきの母さんの不倫の話……。とある人物の協力って、麗なんですか？」

「あの娘、見返りに何を要求してきたと思う？　不信任案の提出を阻止しておまえを総理でいられるようにしてくれだと。いつか私を超える最高の総理大臣になるからと、おまえのことを信じていた」

総司の胸に不意に熱いものがこみ上げた。

「その上おまえがそんな体質になったのは私たち親のせいだと説教までされてな。責任を取れと、そう言われた。返す言葉もなかったよ。まったく気付いてやれなかった」

総司は答え辛そうに口ごもったが、龍彦は「答えずともいい」と笑った。

「言い訳に聞こえるかもしれないが、思えば二十年前の私は総理大臣の重責とその職務に忙殺され、他に気を回す余裕がなかった。家にいても気が休まらず、母さんとも次第に喧嘩が増えていった。そんな折、あのスキャンダルだ。恵子が不倫などするはずがないと理解してはいながら、余計な面倒事を背負い込まなければならない煩わしさと、彼女の首相夫人としての自覚の無さ、行動の軽率さに、ついキツく当たってしまった。何より決定的だったのが……」

龍彦は続く言葉を躊躇った。「……とにかく」と言葉を繋いだ。

「私と母さんの確執がおまえにまで禍根を残し、女性アレルギーなどという厄介なものまで抱え込ませてしまった。恨まれても当然だな」

「恨んでましたよ」総司は言った。「この体のおかげでろくなことはありませんでしたから」

耳の痛い話に苦笑する龍彦。総司は「でも」と続けた。麗との思い出が一瞬、頭の中に次々と思い起こされ、総司の口元が緩んだ。

「いいこともあった」

彼女と過ごした日々が総司にとってどれほど価値あるものだったか、龍彦にもそれが察せるほどに、総司の言葉には麗との思い出と幸せが込められているようだった。

龍彦もついに観念したような、ため息まじりの笑みをこぼし、二人を認めるように静かに「そうか」と口にした。ぐぐーっと腹が鳴った。「おまえのおかげで朝食を食い損ねた」と龍彦は照れたように笑って、乗り損ねたカゴを呼び戻した。

「……だったら、最後まで道化を演じてやれ。国民に魅せるような見事な道化をな」

激励するような龍彦の言葉に、総司はぽかんと口を開けた。

「国民に魅せるような、道化……」総司はふと気付く。「まさか、そのために?」

エレベーターに乗り込んだ龍彦の背中に総司は問いかける。龍彦は開扉ボタンを押したまま、「総司」と息子に向き直った。ただ一言「すまなかった」と告げた。

「謝る相手が違いますよ」

龍彦はまた苦笑して「そうだな」と呟くみたいに言った。一階のボタンを押しかけて、「父さん」の声に指を止める。

「その、朝食がまだなら……二階の食堂で食べていかれてはどうですか」

「食堂で?」

「議員を引退して以来でしょう。高級料亭や三ツ星レストランのような華やかさはないかもしれませんが……たまには昔懐かしい家庭の味を思い出してはみませんか」

総司は困ったような笑みを浮かべて言った。そんな懇願にも似た息子の不器用な提案に、龍彦は悟った表情を見せて、「家庭の味か」とどこか嬉しそうに言った。一階を指していた指がパネルを彷徨い、ポンとボタンを押した。

ガコンと扉が閉まった。行き先階を示す表示器は4……3……と下っていく。

不安げに階数表示を見守り、ふと、総司の脳裏にとある光景が思い浮かんだ。

客のない殺風景な食堂の一角で、つまらなそうに一服している母、恵子の姿。そんな母を遠目に見守りながら、優柔不断に歩き回る男がいる。父親の龍彦だ。やがて立ち止まり、龍彦は決心したように顔を上げて、ぎこちない足取りで恵子のもとへと歩み寄る。

気配に気付いて母は振り返るだろう。父は言い訳のような挨拶をきっと返すはずだ。

突然の邂逅に戸惑う二人が、次に口にする言葉は、きっと。

――総司は、ほっと安堵するように笑った。

夫婦が揃ったことを知らせるように、表示器の点灯は2の位置で明るく輝いていた。

○

総司は大慌てで官邸の廊下を走った。執務室に戻り「表に車を！」と橘に指示を飛ばす。「それから、公邸に戻って僕の机の抽斗から婚姻届と指輪を」

総司が言い終わる前に、橘が婚約指輪の小箱を総司に手渡した。

「すでに手配済みです」

メガネのブリッジを中指でそっと押し上げて橘は言った。

「スケジュールも調整しておきましたので、午前中一杯は大丈夫ですから！」

尚美もガッツポーズでもするみたいに両の拳を握りしめ、鼻息荒く言う。

「き、キミたち……」

「彼女を迎えに行くのでしょう」

「こればっかりはどんな条約よりも先に締結して頂かないと！」

尚美が皺を引き伸ばした婚姻届を総司に手渡した。証人の欄には真新しいインクで橘と尚美の記名があった。総司は「ああ！」と力強く頷いた。

エントランスまで駆け下りると、待ち構えていた記者たちが「総理だ！」と騒ぎ始めた。特に会見の予定などないにもかかわらず、三、四十人は集まっている。

「おいおい……。いつものぶら下がりより断然多いぞ」

「龍彦元総理の指示で私が集めておきました」橘がしれっとした顔で言った。「横谷代表との会談を餌にね。道化を演じるにも観客がいなくてはと、元総理の助言です」

「あの人から学ぶべきことはまだまだ多いみたいだな」

「そのようですね」

総司は敵陣に飛び込むような気持ちで報道陣の中を突っ切った。

「総理！　野党は不信任案の提出を決めたようですが！」

「女性アレルギーについて何かコメントを！」

「横谷代表と会談の席を設けたというのは本当でしょうか！」

群がる記者と突きつけられる無数のマイクをかき分け正面玄関へと向かった。シャッターを切る音が途切れなく聞こえ、フラッシュの閃光（せんこう）が瞬（またた）く。自らに向けられるテレビカメラを意識して出入り口前で立ち止まった。その場でくるりと反転し、報道陣へと向き直る。総司に近い位置にいる前方の記者たちは、どよめきと共に身を仰（の）け反（ぞ）らせた。

「皆さん聞きたいことは山ほどあるでしょうが、私には時間がない」

総司はスーツのジャケットから折り畳んだ婚姻届を取り出し、右手で掲げた。

「私にとって野党の不信任案提出よりも、今はコチラの提出が急務ですから」

前方にいた女性記者が総司の右手をまじまじと見つめる。婚姻届の文字を見つけ、ギョッと目を丸くした。

「こ、婚姻届……っ⁉」

女性記者の言葉に報道陣が一斉にどよめく。カメラのフラッシュが盛大に焚かれた。

「そ、総理！　それはつまり結婚するということですか⁉」

「まだわかりません。これから一世一代のプロポーズに挑むワケですから」

「プロポーズって、お相手はやはり例の……？」

「もちろん。私が愛しているのはこれまでも、これからも、彼女一人だけです」

「し、しかし……」

総司は見せびらかすようにして婚姻届を掲げたまま身を翻した。背中越しに報道陣を振り返り、婚姻届をヒラヒラと揺らした。

「お時間ある方はどうぞご遠慮なく。来る者拒まず、取材は自由だ」

総司はにこやかに言うと外で待機していた公用車に乗り込んだ。車が発進し、記者たちはそれを呆然と目で追う。記者の一人が叫んだ。

「車！　車回せっ！」

それを合図に各社一斉に堰を切ったようにして官邸の外へと出ていく。スマホを片手に怒声のような指示が各所で飛び交う。公用車のリアウインドウからその光景を見ていた総司は「食いついた」と安堵したように前に向き直った。

「現役総理大臣のプロポーズを生放送で流すチャンスですから。バラエティ番組でだって企画不可能な極上のエンタメですよ。テレビマンであれば放っておく理由がない。きっと多くの視聴者の目に留まるハズです」

「正直私もわっくわくですからね！　総理の愛が本物だってことを日本中に証明してやりましょうよ！」

橘の言葉を裏付けるように助手席の尚美が浮かれた声で言った。総司は緩んだネクタイを締め直して「……よしっ」と期待に応えるように気合を入れる。

「政治生命を賭けた最高のプロポーズ（パフォーマンス）を見せてやろうじゃないか」

目の前の線路を広島行き新幹線のぞみが徐々にスピードを上げて駆け抜けていく。東京駅のホームに一人立ち尽くす麗は、口を半開きにした気の抜けた表情で、遠ざかる新幹線を見送った。新幹線の起こした風がホームで待つ利用客にぶわっと吹き付けた。麗の額で、ペロンと剝がれた絆創膏（ばんそうこう）がヒラヒラと揺れる。麗の心情を反映するように、絆創膏の粘着力も心做（こころな）しか腑（ふ）抜けになっているようだ。

総司の前から消える――龍彦と取り決めを交わしたあの日、地元である福岡に帰ろうと決めた。恥を忍んでかつて飛び出した親戚の家に連絡を取った。数日でいいから厄介になりたいと頼み込んだ。渋々ながら了承してくれた。電話の相手が今世間を騒がせている渦中の女であるとは夢にも思っていないようだった。

麗は手首の時計を見た。あと二十分程度で博多行きの新幹線が出発する。「シンデレラエクスプレスだわね」とひとりごちた。名残惜しいけど、この東京ともお別れかぁ。

麗は額の絆創膏を貼り直し、小さく感慨深げなため息を吐いた。

サクラにも挨拶せずに内緒で出てきてしまった。きっと引き止められるに決まっている。福岡についたら電話でたくさん言い訳をしよう。許してくれるよね。それで今度こそまともな仕事について、まともな男を見つけて、まともな幸せを摑もう。そして、いつか子どもが生まれたら、その時は少しくらい自慢してもいいわよね。実はお母さん、もう少しでファースト・レディになれるところだったのよって。総理大臣と恋をしたのよって。だけど、そうしたらこれも言わなきゃいけなくなっちゃうのか。

——でも、私の恋は叶わなかったのよって。

ホームに「まもなくぅ」とアナウンスが流れる。自動アナウンスではなく男性駅員による肉声放送だ。麗はふと現実に引き戻されたみたいに瞬きを繰り返した。自分の乗る新幹線が到着するのかもしれない。傍らのくたびれたキャリーケースに手をかけた。

「まもなくぅ、我妻総理大臣が到着しまぁす。秋葉麗サマ、秋葉麗サマ。十八、十九番線ホームから動かずに白線の内側まで下がってお待ちくださぁい」

「……はあ？」

ホームに流れる珍妙なアナウンス。麗は怪訝な顔つきで思わずスピーカーを見上げた。麗の心の声を代弁するように「……何ですか？　コレ」と切り忘れたスピーカーから男性駅員の困惑した声が漏れ聞こえた。

ホームにいる人間がチラチラと麗を見ていた。「ねぇ。あの人じゃない？」とコソコソと話す声があちこちで聞こえる。麗は居心地悪そうに周囲へと視線を巡らした。みんなスマホを片手に画面を見比べるようにして自分に注目している。スマホを取り出し、SNSをチェックした。トレンドに「総理　プロポーズ大作戦」「総理　生告白」「シンデレラを捜せ」と理解不能なワードが並んでいた。投稿の中に動画の切り抜きがあり、それを再生した。総司が見慣れたマンションの廊下を忙しなく突き進んでいる。

「総理⁉　やばーっ！　本物？　これ、テレビ？　生？　確認してきていい⁉」

玄関口に出てきたサクラがはしゃぐようにして言った。リビングに引っ込んでテレビを確認しようとする彼女を総司が慌てて呼び止めた。

「あの、麗をお願いできますか！」

「あ、そうだ！　麗いなくなっちゃったんだって！　荷物もないの！」

サクラは同級生を相手にするような気安さで言った。気にせず総司が「いつ？」と尋ねる。サクラは顔をしかめて「寝てる時に出ていく音を聞いた気がする……二十分前とか」と思い出すように言う。「っていうか！」と途端に声を荒らげた。

「総理のパパが麗に言ったんでしょ？　総理とはもう二度と会うなって。だから麗……きっと消えるつもりなんだよ」

「父が？」どうりでと総司は舌打ちした。「……本当の見返りはそっちか」

「あっ！」サクラが勘繰って眉間に皺を寄せた。「あの子もしかして、自殺する気じゃ！」

記者たちが「自殺⁉」とざわつく。総司が「失礼」とサクラを押し退けるようにして部屋に入る。マスコミもぞろぞろとその後に続き、サクラは「ちょ！　ちょ！　ちよ！」と雪崩を躱すように壁際に張り付いた。総司は数ヶ月ぶりに足を踏み入れたサクラの部屋をさっと見回し、隅にあるゴミ箱を漁った。淡い水色をした紙を手に取り、サクラに「あなたのですか？」と尋ねた。ブンブンと勢いよく首を横に振るサクラ。それは新幹線の領収書だった。

「彼女の故郷は確か」

「福岡！」

サクラが答えるやいなや総司は「橘！　深津！」と秘書官の二人に叫んだ。

「博多行きは東海道新幹線。始発は東京駅。発着は確か……十八、十九番ホーム！」

「駅に連絡して足止めしますっ！」

記者の誰かが「駅！　駅！　東京駅！」と叫ぶ。「人送れ！」と威勢よく吠えた。

「麗の服装は？」

「たぶんベージュのカーディガンにスキニーパンツ！　あの子服全然持ってないから！　それと中古のキャリーケースにアホみたいにステッカー貼り付けてる！」

逆流するように撤退する記者たち。総司も礼を言って玄関へと引き返す。サクラが叫んだ。「い、一体麗に何するつもり⁉」

「プロポーズだ！」

サクラの頰がポッと紅潮して動画は終わった。

ドッドッドッと麗の心臓が脈打つ。胸は確かにときめいていた。顔が火照るのが自分でもわかる。乙女心の命じるがままに、今すぐ総司を捜しに行けと心臓が急かした。

「死んじゃダメだよ！」

ホームにいたサラリーマン風の男性が叫んだ。「我妻総理は今必死で貴女を探しているんですよ！」と涙ながらに声を振り絞る。「自殺なんて間違ってる」と麗に訴えかけた。周りで見ていた旅行客と思しき中年女性が「そうよ」と賛同する。

「私も駆け落ち同然で結婚した身だから貴女たちの気持ちが痛いほどよくわかるの。他人に祝福されない恋の辛さったらないわよね。でも、死んじゃダメよ」

女性の目尻にキラリと涙が光った。「総理は貴女のことあんなに愛してくれているじゃないの」と涙ぐんだ声で言う。ホームにいる他の利用客からも「そうだよ！」と声が上がった。

とんでもなく迷惑なことに、この人たちは自分のことを、悲恋を苦に自殺を企てている哀れな女だとすっかり勘違いしているようだ。どうやら先刻の動画でサクラがうっかり口にした「自殺する気では」という彼女の言葉を、本気で真に受けているらしかった。

「あのぉ……私別に死のうなんて気はこれっぽっちも」

「ほら、総理はもう駅の中よ！　私たちとここで待ちましょう？」

さっきの中年女性がスマホの画面をズイッと麗に向けた。今度は切り抜きではなく、正真正銘のライブ映像だ。東京駅構内の雑踏をかき分ける総司の背中をカメラが追っている。「総理ぃ！　もっといい女探せよぉ！」とからかい半分のヤジが飛んだ。

「彼女以上はいない！」

むず痒そうな、嬉しさを噛み殺すような半端な表情で麗は顔を赤くしている。想い人が自分を追いかけてきてくれた事実を素直に喜ぶことができないのは、誤解が生んだ迷惑この上ない現状のせいか。或いは、跡を濁さず美しく消えようって私の涙ぐましい決断に冷や水をぶっかける、空気の読めない誰かさんへの怒りからか。

「あのタレント総理めぇ～……」

麗はキャリーケースを引いてその場を離れようとした。「線路に飛び込む気だわ！」と別のオバサンが叫ぶ。「誰が飛び込むか！」と麗は利用客の隙間を縫ってエスカレーターへと走った。手すりにキャリーケースを滑らせ、続けざまに自分も飛び乗ると一気に滑り降りる。通路を歩いていた通行人が滑り降りてくる麗に気付いて飛び退いた。その空いた空間にケースが豪快に着地し、すぐに麗も飛び降りてケースを摑まえた。ホッとしたのも束の間、聞き覚えのある声で「総理いました！　麗さんっ！　ほら！」と叫ぶのが聞こえた。すっと首を伸ばすようにして立ち上がると、一階に繋がる階段の手前で尚美がコチラを指差して立っているのが見えた。その後方からドドドと無数の靴音が地鳴りのように響き、総司がエスカレーターを駆け上がってきた。遅れて総司に付き従うようにして、大勢のマスコミとSPが両脇の階段から押し寄せる。総司と目が合った。

「麗っ！」

「うぐっ……！」

麗は苦虫を嚙み潰したような赤面でギクリと体を硬直させた。ホームから追いすがってきたオバサンが言った。「今よ！　総理の胸に飛び込んで！」

「だから飛び込むかっつーの！」

麗は踵を返して、再びホームに続くエスカレーターを駆け上がった。

「なぜ逃げる！」

総司が追う。「き、嫌われたのでは？」と並走する記者。「違う違う！」と尚美。

「麗さんは一人ですべてを背負い込んで総理の前から消えようとしていたんじゃないですか！　今更どんな顔して会えばいいかわからないんですよ！」

麗の胸の内を代弁するような尚美の説明に女性記者たちが賛同する。総司たちは各々エスカレーターと階段に分かれて麗を追跡した。

エスカレーターを上り終えた麗は引き返すようにしてホームを駆けた。キャリーケースをガラガラと転がして小走りになりながら待合室を通過し、反対のエスカレーターを滑り降り、再び中二階に降り立った。ホームに向かっていた群れ後方に位置する記者の一人が、ケースの豪快な着地音に気付いて後ろを振り返った。麗がケースを引きずり一階に繋がるエスカレーターの方向へと逃げていく。

「後ろだ！　一階！　一階に逃げた！」

記者たちが慌てて階段を引き返す。いち早くホームに着いていた総司は舌打ちをすると、エスカレーターの手すりを一気に滑り降りた。綺麗に着地を決めて走り出す。

麗は「どいて！」と改札内の人混みを突き進み、目についた精算所の窓口にキャリーケースを豪快に放り込む。受け止めた駅員が目を白黒させて「お、お客さん！」と叫んだ。「預かっといて！」と一方的に言って乗り換え改札を飛び越えた。ごった返す人の群れに紛れながら、中央通路を通って地下一階へと逃げ込む。時間差でやってきた総司も改札を飛び越える。人の群れに麗の姿を捜した。

「総理！　あっちあっち！　地下地下！」

中継を見ていた女学生らしきグループが両手を振って麗の行き先を示した。総司は「どうもありがとう」と中央通路から地下へと進む。「麗！」と名前を呼んだ。

「話がしたいんだっ！　止まりなさい！　総理命令だ！」

「話すことなんてないから！　何が総理よ！　このタレントくずれ！」

迷路のような東京駅で繰り広げられる麗と総司の逃追走劇。数多（あまた）の改札を飛び越え、上っては下りを繰り返し、発着する新幹線よりも忙しなくホームを入れ替わり立ち替わり駆け抜けた。マスコミやSP、駅員や駅利用者等々、国民を巻き込んで二人の追いかけっこは続く。麗は駅構内の時計を見た。博多行き新幹線の出発まで三分を切っている。

このまま追手を振り切ってギリギリのところで飛び乗るしかない。

麗は再び一階まで戻ってくると、南通路から迂回して中央通路を横切り、東海道新幹線の乗り換え改札を飛び越えた。精算所を通過する麗に駅員が「お客さん！」と声をかけるが再び無視される。時間は一分を切っていた。中二階を突っ切るとホームから「ドアを閉めまぁす」とアナウンスが聞こえた。閉扉を知らせる警告音が鳴り響く中、麗はエスカレーターを全速力で駆け上がる。ホームドアはまだ開いていた。

これでサヨナラ、か。

後ろ髪を引かれた。車内に駆け込もうとする麗の足取りが一瞬鈍った。

「——忘れ物だ」

総司の声にはっとして足が止まった。振り返るとエスカレーター前に汗だくになった総司が立っていた。肩で大きく息をしながら、ぜえぜえと荒い呼吸を繰り返している。その傍らに視線を向けた。ステッカーに塗れたキャリーケースが置かれていた。

「あ。私の荷物……」

後ろでドアの閉まる音がした。新幹線はゆっくりと動き出し、徐々に加速してホームを出て行った。去り際の風が二人の体を吹き抜けた。すっと汗が引いていく。不思議と心地よい風だった。

総司はガラガラとケースを転がし、麗の前に歩み寄った。遅れて記者やＳＰたちもやってきた。追いかけっこに付き合わされ、誰もが満身創痍（まんしんそうい）のようだった。ホームに押し寄せた人々が二人を取り囲む。総司と麗の恋の行く末をみんなが遠巻きに見守っていた。

「それとも、これもわざとかな」

総司の冗談に麗はふいっと顔を背ける。へらっと小馬鹿にした笑みを作り「こんなに大勢カメラまで引き連れちゃって」と言った。「お次はどんなパフォーマンス？」

「ヒドイ」「総理本気なのに」「ずるい」「私と代わって」「何様よ」

外野の特に若い女性たちが揃って騒ぎ立てた。「うるさい！」と麗が一喝する。

「ここにいる誰もが御存じでしょうけどね、私はこれまで人に誇れないことをして生きてきたの。学校だってろくに出てないし、借金だってある。家柄も立派で学歴もよくて、イケメンでナルシストで嫌みったらしい総理大臣サマとは釣り合わない人間なの」

麗は総司をしゃくるように見上げ、自分自身に言い聞かせるように言った。

「そうだよ。部屋に自分の写真をこれ見よがしに並べちゃってさ。自分大好きにも程があるじゃないの。いつも人を小馬鹿にした態度であしらうし。私が倒れた時はブランデーなんか飲ませて気遣ってくれるし？　勉強もダンスも苦手な私に、寝る時間削ってまで根気よくレッスンに付き合ってくれて……魔法使いのおばあさんだって見捨てた私に、どん底から這い上がるチャンスを与えてくれた」

　悪口を言うつもりが口から出るのは総司への感謝の言葉ばかり。周りの人間以上に麗本人が困惑する。地団駄を踏むようにして「今のなし！」と叫んだ。

「と、とにかく！　私って女は総理大臣サマには相応しくないの。住む世界が違うの！」

「総理、女性に触れないんでしょ？　なのに貴女には触れる。側にいられるんじゃない」

一人の女性が声を上げた。「貴女選ばれたのよ？」と悔しさを滲ませて言った。その言葉に賛同して「そうよ！」とあちこちで声が上がった。

「触れるからなんだってぇの？　ただそれだけじゃない。ここにお集まりの皆さんは知らないだろうけど、それ以上のことは何もできないのよ？　当然、キスだって無理。他の女の子に触れた時と一緒で蕁麻疹出ちゃうんだから。結局ね、私たち心が通じてないんだよ。ま、それもそうよね。何の間違いか、たまたま触れることができたから、私もお金が欲しくてこの人を利用しただけだし。私たちに愛なんてないの」

　胸がチクチクと痛むのに気付かないフリをして麗は言った。目に涙が溜まる。

「なんならここでキスしてみんなに証明する？　私たちの間に愛がないってこと」

　泣くのを堪えて、麗はキャリーケースに手を伸ばした。消え損ねた今、せめて自分が悪者になってここから立ち去ろうと思った。

不意に手の甲に人肌の温もりが伝わった。伸ばした麗の手を総司が摑んでいた。

「へ？」

ぐっと腕を引かれた。そのまま総司の胸に抱き止められ、互いの唇が触れ合う。

総司は麗に優しくキスをした。

周りからどよめくような歓声が上がる。シャッター音が一斉に鳴った。

柔らかに押し付けられる唇の感触に、麗はパチパチと瞬きを繰り返す。総司はゆっくりと唇を離した。呼吸を再開するように、麗は「はぁ……」とのぼせたような吐息を漏らした。目の前にいる総司の顔を見上げる。麗と同じく戸惑うような間の抜けた顔で総司は彼女を見下ろしていた。彼の心臓が激しく高鳴っているのが麗にも伝わった。以前公邸でキスをした時のように、総司の体に蕁麻疹が出る気配はなかった。

総司は安堵したようにほっと微笑んだ。麗の右目からホロリと涙が零れた。

「平気なの？　なんで？」

「僕たちの間には愛がある。そういうことじゃないか？」

総司は麗を強く抱きしめて嚙み締めるように言った。

「総理でいる限り、僕がやることは何もかもパフォーマンスかもしれない。だけどキミを好きなこの気持ちに嘘はないよ。麗に側にいてほしいんだ」

「でも、私がいたらもう総理じゃいられなくなるって……」

「……いや」総司は周りを見渡して言った。「そうでもなさそうだ」

総司に促されるようにして麗も周りに視線を移した。いつの間にか二人を見守ってい

た人々の数は増えに増え、線路を挟んだ隣のホームまでをも埋め尽くしていた。誰かが

手を叩いた。拍手は伝播するようにして瞬く間にホーム全体に広がり、大喝采となった。

「お幸せにぃ」「総理、今のご感想を！」「もう逃しちゃダメだよ」「おめでとう」

東京駅のホームは祝福ムードに包まれていた。誰もが麗と総司が一緒になることを歓

迎しているようだった。麗はポロポロと涙を零している。

「いいの？　本当に私で」

「キミじゃないとダメなんだ」

記者が二人に声をかけた。無数のカメラが麗と総司の姿を捉えている。総司はカメラ

を一瞥して「もう一度、キスしてもいいかな」と麗に尋ねた。麗は泣きながら微笑んで

言った。「それはパフォーマンスで？　それとも個人的な要求？」

総司は早速困ったように笑って、涙で頬に張り付いた彼女の髪を優しく払った。カメ

ラのフレームに互いを見つめ合う総司と麗の横顔が収まる。

「その両方だよ」

そして二人はもう一度だけキスをした。

エピローグ

「我妻総理大臣とお相手の麗さんのご成婚から二日経ちましたが、ＳＮＳの首相官邸公式アカウントには未だ多くのお祝いメッセージが届いているようで、皆さんまだまだあの生放送の興奮冷めやらぬ状態が続いていそうですね」

情報バラエティ番組『お茶の間ヒルズ』では女性アナウンサーが総司と麗の結婚を報じていた。カメラ前に設置された演者確認用の返しモニターには、先日の東京駅での騒動を編集した映像が流れている。映像は婚姻届に名前を書く麗の場面に切り替わり、次に総司と二人でそれを役所に提出する場面へと移り変わった。メインＭＣを務める大御所俳優の布施千広は釈然としない表情でモニターを眺めていた。

「現役総理大臣が生放送でプロポーズなんて前代未聞ですよ。バラエティじゃないんだから。しかも、その足で役所に婚姻届を提出するところまで放送しちゃうなんて、ねぇ」

祝う気などさらさらなさそうな物言いで布施は言った。

「まぁ、でも。世間の反応はすこぶる良いみたいでね。今のＳＮＳのメッセージもそうだけど、皆さん総理の結婚を歓迎されているんでしょ？　そりゃあ、めでたいことではあるんですけども」

「日本の首相がテレビで公開プロポーズに踏み切ったということで、海外でも話題になっていますからね。お相手である麗さんについては色々と噂がありましたが、そもそも詐欺被害を訴え出ていた歌舞伎町でホストをしている男性が、複数女性に借金を負わせて性風俗に斡旋していたということで逮捕されたことを受け、ネット上では麗さんに対して擁護の声も多く上がっていました」

「人権団体を中心に騒がれていた女性アレルギーについても、総理に同情的な声が多いみたいで、今回の結婚に好意的な意見が多いのもそういった背景があるからなのかな。そんな国民の顔色を窺ってでしょうかね。昨日、野党四党による内閣不信任案が提出されたワケですけども、与党は解散を見送り、午後には否決という結果になりました」

　映像が野党第一党の横谷虎造の会見に切り替わった。

「我妻総理にはですね、あー……不信任案が提出されたという事実そのものを重く受け止めて頂いて……今後の政権運営を……その、しっかりとお願いしたいというか……」

　横谷は焦燥感を漂わせる青ざめた表情でボソボソと喋った。たった二日で年相応か、それ以上に老け込んだように見える。最後に総司の結婚についてコメントを求められた。

「……ご結婚おめでとうございます、と。心から祝福しております」

横谷は苦々しげにそう言うと、逃げるようにしてその場を後にした。

「めでたくゴールインした我妻総理と麗さんですが、式は来年の春頃を予定しているそうで――」

番組が進行し、女性アナウンサーがにこやかに解説している間も、布施はモニターに映る総司と麗の映像に気を取られていた。

「総理に対して今伝えたいことはありますか？」

駅のホームで指輪を受け取った麗に記者が尋ねた。

「さっぎはごべんなざい……っ……本当はめちゃくちゃ大好きでずぅ……！」

左手の甲を律儀にカメラに向けながら麗は言った。顔に煌めく涙と鼻水よりも、薬指の婚約指輪は一際輝いていた。

布施は映像の麗を見て厳しい表情をいくらか和らげた。カメラに抜かれているとはつゆ知らず、「応援したくもなるわなぁ」と二人の姿を微笑ましげに眺めていた。

◯

結婚式場のブライズルームに顔を出すなり、恵子は「まあ！　素敵」とはしゃいだ声を出した。真っ白な室内は窓から差し込む日の光で眩いくらいに明るい。窓辺に佇む花嫁が声に気付いて振り返った。恵子に続いて入室した龍彦もその姿につい目を細める。

純白のウエディングドレスに身を包んだ麗は、伏し目がちにはにかんだように笑った。裾が床まで届くロングトレーンのドレス。スカートを両手で摑み、恥ずかしそうに身を捩った。

「やー……なんだか魔法にかけられたみたいで、落ち着かんっていうか」

「麗ちゃん、すっごく綺麗よ。本当、どこかのお姫様みたいね」

「馬子にも衣装か」

龍彦が憎まれ口を叩く。「出た出た」とうんざりしたように恵子が言った。

「私の記憶違いでなければ、総司とは綺麗サッパリ縁を切る約束だったはずだが。なぜ消えたはずの花嫁がこんなところにいるのかな」

麗は「消え損ねちゃいましてぇ……」とえへっと笑った。

「私は消えようとしたんだけどね？　でも総司が泣きながら駅まで引き止めに来たもんだから、私もしゃーないかーみたいな気持ちになっちゃって、仕方なくこれからも側に」

「息をするように嘘をつくんじゃない」

タイミングよく部屋に入ってきた総司が迷惑そうに言った。普段のスーツ以上にタキシードをきちっと着こなし、時間に追われるようにせかせかしている。麗の隣に歩み寄って額に軽くキスをした。麗は慣れない様子で照れくさそうに頬を染めている。

「キミの泣き顔は全国民が知るところだ。今更言い訳はできないぞ」

「ぎゃー。思い出させないでほしい」

「それに父さん。麗とそんな約束をしていたなんて、僕には一言も言わなかったじゃないですか。道化を演じろなんて人をけしかけておいて。危うく彼女が本当に姿を消してしまうところだった」

　恵子が「馬鹿ねぇ、総ちゃん」と口を挟んだ。

「この男、こうなることを見越してわざと麗ちゃんにあなたの前から消えろなんてヒドイことを言ったのよ。まさか気付いてなかったの？」

「え、マジで？」

　総司より先に麗が反応した。総司は「……そういうことか」と悔しそうに納得する。

「麗ちゃんが姿を消そうとすれば、総ちゃんは必死こいて後を追うでしょ。マスコミ利用してそれを全国に流せば国民感情に訴えかけられる、そう考えたんじゃないの？」

　恵子に指摘されて、龍彦はそっぽを向くようにして口髭を弄んだ。

「すべて計算尽くよ。あなたたち二人共、この人の手の上で踊らされていたってこと」

　総司はしてやられたといったふうに肩をすくめた。麗は「この父にしてアンタありね」と冷ややかに総司を茶化す。「そのようだ」とぐうの音も出なかった。

龍彦は居心地悪そうに咳払いをした。

「さて。党の連中も来ている頃合いだろうな。私たちも挨拶に行かねば。総司、麗さん。我妻の名に泥を塗ることのなきよう、立派な式を期待しているぞ」

龍彦が恵子に右腕を差し出した。恵子はその腕に寄り添い「照れるよねぇ」と夫を小突く。夫婦仲はすっかり元に戻ったみたいで、両親の仲睦まじい姿を眺めていた総司の顔にも思わず笑みがこぼれる。一つ、謎が残ったままであることを、ふと思い出した。

「結局のところ」

声が被った。隣の麗と顔を見合わせる。吹き出すようにして互いに笑い合う。退室しかけていた龍彦と恵子が振り向いた。

「結局のところ、二人が喧嘩していた理由は何だったんです?」

今度は龍彦と恵子が顔を見合わせて互いに苦笑いをした。龍彦に促されて恵子が顔をしかめる。

「実はねぇ……」

元首相夫人は渋々ながら懺悔(ざんげ)でもするかのように重い口を開いた。

○

「サバを読んでたぁ？」

目の前のピタリと閉じた扉の向こうからパイプオルガンの壮厳な音色が漏れ聞こえていた。チャペルの敬虔な雰囲気をぶち壊すようにして大貫は大笑いしている。隣に立つ麗が顔を覆うウエディングベール越しに大貫に刺すような視線を向ける。大貫は「悪い悪い」と笑いを堪えて背筋を正した。

「しかし、六歳とはまた大きく出たな。確かに美人だし、年の割には若々しいけどよ」

「出会いが水商売時代の酒の席だったから、店の指示でお客には年を誤魔化してたんだって。付き合ってからも結局訂正できずにズルズルいっちゃって、二十年前のスキャンダルの時に、喧嘩の勢いに任せて暴露したんだってさ」

「へぇ。それで元総理が激怒したってワケか。三つ下だと思ってた妻が実は三つ上の姉さん女房だったんだもんなぁ。そりゃあ怒るか」

「ううん。怒ったのは恵子さん」

「はあ？　なぁんでサバを読んだ本人が怒るんだ？」

「それまで呼び捨てだったのに、『恵子さん』って急にさん付けになったからだって」

大貫は必死に声を押し殺して笑っていた。

「……雅人のヤツ、元気でやってんのかな」

しんみりと麗が呟くように言った。ようやく落ち着いた大貫が麗を見やった。

「自分一人だけ幸せになっていいのかって顔だな」

「そうじゃないけど……」

「アイツもな、ようやく心入れ替えたみたいでよ。オマエに肩代わりさせた五百万も含めてしっかり自分の手で借金を完済するって頑張ってるみたいだぜ」

麗は「そっか」とちょっぴり声を弾ませた。

「いつか詫び入れに来るだろうから、その時は許してやれよ」

大貫がニッと歯を見せて笑う。麗は「うん」とベールに隠れて静かに微笑んだ。

入場の準備が整い、麗は式場のスタッフからブーケを手渡された。ドレスに負けず劣らずの純白のバラが綺麗な球形を作っている。大貫は着慣れないモーニングのジャケットを整え、珍しく緊張した声で「でもよ」と言った。

「本当によかったのか？　俺みたいな輩を式に呼んでよ。しかも父親代わりのエスコートなんて任せちまって」

麗は大貫の左腕にそっと右手を絡めた。

「正直、大貫さんのことクソゴリラって思ってた。小学生相手に親の借金代わりに返せなんて、この外道(げどう)って恨んでた。でも……真っ当な人生を選ばなかったのは私自身だし、他人のせいにはできないもんね。それにさ。親の借金があったから、それを返すためにがむしゃらに生きてこられたのかなって。今はそう思ってるんだ」

扉が開いた。目の前には祭壇へと至るバージンロードが続き、オルガンがパッヘルベルのカノンを奏でている。麗は大貫の腕をぎゅっと握った。

「超〜好意的に解釈してだけどね？　だから、認めるのは癪だけど……私を育ててくれたのは大貫さんだよ。ありがとね。フェアリーゴッドファーザー」

「……バカ野郎」

参列者が見守る中、バージンロードを二人で歩いた。歩幅を合わせ、一歩、また一歩。祭壇へと続く短い階段の手前には総司が立っている。麗と大貫が最前席までやってくると、二人の前まで歩み寄った。大貫が麗の手を取り総司へと橋渡しをする。総司が麗の手を取った。握り合う二人の手が解けぬよう、大貫は麗と総司の手を両手で力強く包み込んだ。

「ウチの姫を頼んだぜ、王子サマ」

ベールに阻まれて大貫の表情はよくわからなかった。けれど、声を震わせ泣いていたように麗には思えた。

大貫の手がそっと離れた。その言葉に応えるように総司は麗の手をしっかりと握りしめた。二人はそのまま足並みを揃えて階段を上り、祭壇の前に到着した。黒ずくめの衣装に肩から赤いストールを下げた外国人牧師が、聖書を片手に総司と麗にその一部を英語訛りで朗読し、祈りを捧げる。

「ソウジさぁん。アナタはぁ、アキラさんを妻としぃ、病める時も健やかなる時も愛することを誓いマスかぁ？」

「誓います」

迷いのない口ぶりで総司は答えた。牧師は麗に視線を移した。

「アキラさぁん。ソウジさんを夫とし、病める時も健やかなる時も愛することを誓いマスかぁ？」

「メチャクチャ誓いますっ」

ぷはっと参列席から数人の笑い声が漏れ聞こえた。最前列に座っていた身重のサクラが「いいぞぉ、麗！」と場違いな声援を送る。「メチャクチャ誓ってやれぇ！」と大貫も声を揃えた。

「ちょっと！　総理大臣がただ誓うだけでいいの？」

恵子がヤジるように言った。「おいおい……」と苦笑する龍彦。尚美が「そうだそうだぁ！」と続く。「誠意を見せてください」と橘。神聖で静粛なチャペルが国会じみた世俗的な騒々しさに包まれる。麗が隣に立つ総司の脇腹を肘で小突いた。

「……失礼。さっきの宣誓を訂正したい」

牧師は戸惑いながら「訂正って……」とやけに流暢な日本語で呟いた。

「彼女を妻とし、愛することを」麗を一瞥して総司は言った。「〝メチャクチャ〟誓うよ」

まばらな拍手に「いいぞ」「よく言った」「総理万歳」と次々声が上がる。雰囲気に流されて他の参列者からも次第に盛大な拍手が沸き起こった。

「デハ！　誓いの！　キスを！」

拍手に負けず劣らずの声で牧師が叫ぶように言った。

二人は互いに向き合い、総司は麗の顔を隠すベールを両手でゆっくりと捲った。麗は上目遣いに総司を見上げている。顎をツンと突き出した。

「ここまできてアレルギーはなしだかんね」

総司が麗の両肩をそっと掴む。「その時はワルツでも踊って誤魔化すさ」

ふふっと笑って麗は目を閉じた。

チャペルに祝福の歓声が上がる。

触れ合う唇はとても熱くて柔らかくて、麗の胸をドキドキとときめかせた。

まるで何度目か知れないファースト・キスのようだった。

○

こうしてファースト・レディになった秋葉麗は、我妻総理と二人仲良く、末永くいつまでも幸せに暮らしましたとさ。

めでたし、めでたし。

○

「――ってワケにはいかないのよねぇ」

チャペルと広場を繋ぐ階段の上で、麗は難しい顔で愚痴るように言った。隣に立つ総司が「何の話だ、いきなり」と眉根を寄せる。広場では参列者の女性陣が血眼で場所取りに躍起になり、熾烈な争いを繰り広げていた。目当ては麗が手に持つブーケだ。

「おとぎ話だと『二人は幸せなキスをしていつまでも幸せに暮らしました』でおしまいだけどさ？　現実はこのあとも人生が続くのよね」

「むしろこれからが本番だろ。ひょっとしてマリッジブルーかい？」

「まさか！　私は今すっごい幸せだよ。ただ、私なんかが本当にファースト・レディとしてやっていけるのか、ちょっぴり不安っていうか」

麗は弱気に呟いた。総司は「そんなことか」と可笑しそうに笑う。「なによ」と麗は不満げなジトッとした視線を総司に向けた。

「僕は心配していないってこと。リリーだって言っていたじゃないか。キミは最高のファースト・レディになるって。ガラスの靴で断崖絶壁を登りきったその反骨心があれば、きっとこの先もうまくやっていけるさ」

「反骨心ねぇ。まぁ、本場のファースト・レディに認められたのは悪くないけど」

ムスッとした表情を崩さず麗は言う。総司は「それに」と麗の肩を抱いた。

「あの時の麗の言葉を借りれば、キミは正しく自慢のマイ・ファースト・レディだよ」

総司の笑顔に釣られて麗のしかめっ面も思わず緩んだ。

広場が次第に騒がしくなり、麗のブーケトスを急かした。

「次にガラスの靴を拾うのは果たして誰か」

麗が広場に背を向ける。胸元で咲き誇る白バラのブーケに願いを込めるようにして、それを天高く放り投げようとした。その手を「ちょっと待て」と総司が止める。

「見ろ。あそこにいるのは幹事長のお孫さんだ。一度結婚したが出戻ってきたらしい。そのすぐ後ろにいる赤いワンピースの女性は献金額トップの自動車業界大手のご令嬢、噴水近くのショールを羽織ったあの娘は」

総司は広場に集まる女性たちの中から、今後の政治活動において特に重要となる人物の関係者を目ざとく見つけ出し、ブーケを投げ入れることで自分に最大限の益をもたらしてくれそうな位置を瞬時に計算して導き出した。

「いいか。今から僕が言う場所にうまくブーケを……」

そう言って麗の手元を見る。ない。

「ブーケは⁉」

「もう投げちゃった」

ニヒヒと麗が笑う。見上げると、回転したブーケはまるで地球儀のような球形となってくるくると回り、綺麗な放物線を描いて広場へと落ちていく。悲鳴のような歓声が上がった。ブーケを求めて参列者が続々とその手を伸ばした。ブーケは彼女たちの手の上をぽん、ぽぉんと跳ねるようにして転がっていく。その行く末を二人で眺めながら、麗は言った。

「知らなかった？　チャンスはいつだって、どこにだって、誰にだって転がっているものなのよ」

跳ねたブーケが地面に落ちかけた時、小さな手のひらが抱きかかえるようにしてブーケを摑んだ。少女の姿に麗は目を見張る。

シンデレラに憧れたかつての私がそこにいた。

少女は勝ち取ったブーケを頭上に高く高く持ち上げた。もちろん、彼女が次に発する言葉は決まっている。気付けば口をついて出るこのフレーズ。

「シンデレラ、んにゃろお！」

次代のシンデレラを讃(たた)えるように麗は力強くそう言った。

本書は、集英社文庫のために書き下ろされた作品です。

本文デザイン／関 静香（woody）
本文イラスト／碧井ハル

集英社文庫

マイ・ファースト・レディ

2022年７月25日　第１刷　　定価はカバーに表示してあります。

著　者　尾北圭人（おきたよしひと）

発行者　徳永　真

発行所　株式会社 集英社

東京都千代田区一ツ橋2-5-10　〒101-8050

電話　【編集部】03-3230-6095

【読者係】03-3230-6080

【販売部】03-3230-6393（書店専用）

印　刷　図書印刷株式会社

製　本　図書印刷株式会社

フォーマットデザイン　アリヤマデザインストア　　マークデザイン　居山浩二

ISBN978-4-08-744415-5 C0193